La Comunidad de la Sangre

LA TRAMA

La Comunidad de la Sangre

Una historia del príncipe Lestat

Crónicas Vampíricas

Anne Rice

Traducción de Manuel Manzano

La comunidad de la sangre

Título original: *Blood Communion*

Primera edición en España: octubre, 2019
Primera edición en México: abril, 2020

D. R. © 2018, Anne O'Brien Rice

Todos los derechos reservados,
incluidos los derechos de reproducción de la totalidad o parte de la obra

D. R. © 2019, Penguin Random House Grupo Editorial, S. A. U.
Travessera de Gràcia, 47-49, 08021, Barcelona

D. R. © 2020, derechos de edición mundiales en lengua castellana:
Penguin Random House Grupo Editorial, S. A. de C. V.
Blvd. Miguel de Cervantes Saavedra núm. 301, 1er piso,
colonia Granada, alcaldía Miguel Hidalgo, C. P. 11520,
Ciudad de México

www.megustaleer.mx

D. R. © 2019, Manuel Manzano, por la traducción
Ilustraciones de Mark Edward Geyer

ISBN: 978-607-318-776-3

Impreso en México – *Printed in Mexico*

El papel utilizado para la impresión de este libro ha sido fabricado a partir de madera
procedente de bosques y plantaciones gestionadas con los más altos estándares ambientales,
garantizando una explotación de los recursos sostenible con el medio ambiente y beneficiosa para las personas.

Penguin
Random House
Grupo Editorial

Dedicado a mi madre, Katherine Allen O'Brien,
y a la memoria de mi amiga, Carole Malkin

Amo, luego existo.

1

Soy el vampiro Lestat. Mido un metro ochenta y cinco, tengo los ojos azules grisáceos, aunque a veces parecen violetas, y una constitución delgada pero atlética. Mi cabello es rubio y espeso y me cae sobre los hombros, y con los años se ha vuelto más claro, de modo que a veces parece blanco puro. Vivo en esta tierra desde hace más de doscientos cincuenta años y soy verdaderamente inmortal, he sobrevivido a una serie de ataques y a mi propia imprudencia suicida, lo que ha hecho que me vuelva cada vez más fuerte.

La forma de mi cara es cuadrada, mis labios, carnosos y sensuales, mi nariz, insignificante, y tal vez sea uno de los no muertos más convencionales que veréis jamás. Casi todos los vampiros son hermosos. Son elegidos por su belleza. Pero yo tengo el aburrido atractivo de un ídolo de matiné redimido por una expresión feroz y seductora, y hablo un estilo de inglés rápido y fácil, contemporáneo, después de dos siglos de que se aceptara el inglés como el idioma universal de los no muertos.

¿Por qué os estoy contando todo esto?, podríais preguntaros vosotros, los miembros de la Comunidad de la Sangre, que ahora me conocéis como el príncipe. ¿No soy el Lestat tan vívidamente descrito en las floridas memorias de Louis? ¿No soy el mismo Lestat que se convirtió en una superestrella del rock durante un breve período de tiempo en la década de los ochenta, dando a conocer los secretos de nuestra tribu en películas y canciones?

Sí, soy esa persona, sin duda, quizá el único vampiro conocido por su nombre y su aspecto por casi todos los bebedores de sangre del planeta. Sí, hice esos vídeos de rock que revelaron a nuestros antiguos padres, Akasha y Enkil, y cómo podríamos perecer todos si uno o ambos de ellos fueran destruidos. Sí, escribí otros libros después de mi autobiografía; y sí, de hecho, ahora soy el príncipe y gobierno desde mi *château* en las remotas montañas de Francia.

Pero han pasado muchos años desde la última vez que me dirigí a vosotros, y algunos aún no habíais nacido cuando escribí mis memorias. Algunos no habéis nacido en la Oscuridad hasta hace muy poco tiempo y otros tal vez no creáis en la historia del vampiro Lestat tal como os la contaron, o en la historia de cómo Lestat se convirtió en el anfitrión del Germen Sagrado de toda la tribu y, por fin, liberado de aquella carga, sobrevivió como el dirigente de quien ahora dependen el orden y la supervivencia.

No os equivoquéis, escribí los libros *El príncipe Lestat* y *El príncipe Lestat y los Reinos de Atlantis*, y todo lo que en ellos se relata sucedió, y los muchos bebedores de sangre descritos en los dos libros se retratan con precisión.

Pero una vez más, ha llegado el momento de que me dirija a vosotros de manera íntima y le dé forma a esta narrativa a mi manera inimitable e informal, mientras trato de relatar todo lo que creo que deberíais saber.

Y lo primero que debo deciros es que ahora escribo para

vosotros, para mis compañeros bebedores de sangre, los miembros de la Comunidad de la Sangre, y para nadie más.

Por supuesto, este libro caerá en manos de los mortales. Pero lo percibirán como ficción, no importa lo obvio que pueda ser lo contrario. Los libros de *Las crónicas vampíricas* fueron recibidos en todo el mundo como simple ficción, y siempre lo serán. Los pocos mortales que interactúan conmigo cerca de mi hogar ancestral creen que soy un ser humano excéntrico que disfruta haciéndose pasar por vampiro, el líder de un extraño culto de imitadores de vampiros con ideas afines que se reúnen bajo mi techo para participar en retiros románticos que los alejan del ajetreado mundo moderno. Esta sigue siendo nuestra mayor protección, la cínica destitución que nos aparta de nuestro papel de verdaderos monstruos, en una época que podría ser más peligrosa para nosotros que cualquier otra en la que hayamos vivido.

Pero no me ocuparé de ese tema en este relato. La historia que voy a contaros tiene poco o nada que ver con el mundo moderno. Es un cuento tan antiguo como el género mismo, sobre la lucha de los individuos para encontrar y defender su lugar en un universo atemporal, junto a todos los demás hijos de la tierra y del sol y de la luna y de las estrellas.

Pero para mí es importante deciros, ahora que comienza esta historia, que mi naturaleza humana estaba tan resentida y confundida como siempre lo había estado. Si volvéis a mi autobiografía, es probable que veáis lo mucho que quería que los humanos creyeran en nosotros y cómo, con audacia, configuré mi narrativa como un desafío: ¡venid, pelead contra nosotros, destruidnos! Por mi sangre francesa solo corría una versión aceptable de la gloria: hacer historia entre los hombres y las mujeres mortales. Y mientras me preparaba para mi único concierto de rock en San Francisco en el año 1984, soñé con una inmensa batalla, una confrontación apocalíptica para la que los más ancianos bebedores de sangre serían despertados y hacia la que se verían irresistiblemente atraídos, y los jóvenes, incitados con furia, y el mundo mortal, comprometido con la aniquilación de nuestra maldad de una vez por todas.

Bueno, nada resultó de aquella ambición. Nada en absoluto. Los pocos científicos valientes que insistieron en que habían visto la prueba viva de nuestra existencia se encontraron frente al fracaso personal, y solo unos pocos fueron invitados a unirse a nuestras filas, momento en el que pasaron a formar parte de la misma invisibilidad que nos protege a todos.

A lo largo de los años, sin dejar de ser un ápice el rebelde y el maleducado que soy, creé otra gran sensación, descrita en mis memorias, *Memnoch el diablo*, y eso también invitó al escrutinio de los mortales, una indagación que podría haber seducido a más personas desafortunadas para que destruyeran sus vidas argumentando que éramos reales. Pero ese breve daño al tejido del mundo de la razón fue corregido de inmediato por bebedores de sangre inteligentes que eliminaron toda evidencia forense de nosotros de los laboratorios de la ciudad de Nueva York, y en un mes toda la emoción que despertamos mi Santo Velo de Santa Verónica y yo llegó a su fin, y la propia reliquia quedó oculta en las criptas del Vaticano en Roma. La Talamasca, la antigua Orden de Eruditos, logró dar con ella más tarde y tras adquirirla la destruyeron. Hay una historia que cuenta todo lo ocurrido, una historia breve en cualquier caso, pero no la encontraréis aquí.

La cuestión es que, a pesar de todo el alboroto y de las molestias, permanecimos tan a salvo en las sombras como siempre lo habíamos estado.

Esta historia, para ser precisos, trata de cómo los vampiros del mundo nos unimos para formar lo que ahora llamo la

Comunidad de la Sangre, y cómo llegué no solo a ser su príncipe, sino el verdadero dirigente de la tribu.

Uno puede asumir un título sin realmente aceptarlo. Uno puede ser ungido como príncipe sin empuñar el cetro. Uno puede acordar liderar sin creer en el propio poder para hacerlo. Todos sabemos que estas cosas son ciertas.

Y así fue conmigo. Me convertí en el príncipe porque los ancianos de nuestra tribu querían que lo fuera. Poseía una especie de afinidad carismática con la idea, que otros no compartían. Pero en realidad no examiné lo que estaba haciendo cuando acepté el título, ni me comprometí a ello. En cambio, me aferré a una pasividad egoísta hacia todo el asunto, asumiendo que en cualquier momento podría cansarme de toda la empresa y marcharme. Después de todo, seguía siendo invisible e insignificante, un marginado, un monstruo, un demonio depredador, Caín el asesino de sus hermanos y hermanas, un peregrino fantasma en un viaje espiritual tan estrictamente definido por mi existencia de vampiro que cualquier cosa que descubriera nunca sería relevante para nadie, excepto como poesía, como metáfora, como ficción, y debería consolarme con eso.

Oh, me gusta ser el príncipe, no me malinterpretéis. Me encantó la rápida y notoria restauración de mi antiguo castillo y de la pequeña aldea que se extendía debajo de la estrecha carretera de montaña que conducía a la nada, y fue un placer indudable ver cada noche el gran salón lleno de músicos y bailarines sobrenaturales, haciendo destellar sus exquisitas y pálidas pieles, sus cabellos resplandecientes, sus trajes de extraordinaria riqueza y sus innumerables joyas. Todos y cada uno de los no muertos fueron y ahora son más que bienvenidos bajo mi techo. La casa tiene innumerables salones por los que pueden pasear, salas en las que acomodarse para ver películas en pantallas planas gigantes y bibliotecas en las que leer o meditar en silencio. Debajo hay criptas que se ampliaron para mantener segura a toda la tribu en la oscuridad, incluso cuando el propio *château* fue atacado durante las horas diurnas y quemado sobre nuestras cabezas.

Me gusta todo esto. Me gusta recibir a todo el mundo. Me gusta darles la bienvenida a los jóvenes neófitos, cogerlos de la mano y acompañarlos a nuestros armarios, donde pueden elegir la ropa que necesiten o que deseen ponerse. Me gusta verlos arrojar sus trapos y quemarlos en una de las muchas chimeneas. Me gusta escuchar por todas partes a mi alrededor el suave y desigual rumor de voces sobrenaturales en plena conversación, incluso discutiendo, y también el ritmo bajo y vibrante de los pensamientos sobrenaturales.

Pero ¿quién soy yo para gobernar a los demás? Marius me ungió como el príncipe Malcriado antes de que pisara el escenario de la música rock hace décadas, y estoy seguro de que acertó, porque lo era. Marius creó aquella etiqueta para mí cuando se dio cuenta de que estaba revelando al mundo todos los secretos de los vampiros que me había obligado a guardar bajo pena de destrucción. Y después, una verdadera legión se hizo eco del apelativo, y ahora lo utilizan con tanta facilidad como usan el simple título de príncipe.

No es ningún secreto para los ancianos que nunca he doblado la rodilla ante autoridad alguna, que aplasté el aquelarre de los Hijos de Satán cuando fui hecho prisionero en la década de 1700 y que rompí incluso la mayoría de las reglas más informales con mi aventura en la música rock, y que merecía una buena parte de la condena por imprudencia, que recibí.

Tampoco me postré ante Memnoch.

Y no me incliné ante Dios encarnado, que se me apareció en aquel etéreo reino espiritual al que Memnoch me arrastró, durante el polvoriento y estrecho camino de vuelta al Calvario en la antigua ciudad de Jerusalén. Y habiendo dado tan poca importancia a todo ser que alguna vez hubiera tratado de controlarme, parecía una persona muy poco adecuada para hacerse cargo de la monarquía de los no muertos.

Pero al mismo tiempo que empezaba esta historia, lo acepté. Lo acepté verdadera y completamente y por una razón muy simple: deseaba que nosotros, los vampiros de este mundo, sobreviviéramos. Y no quería que nos aferráramos a los simples márgenes de la vida, acabando como un miserable remanente de vagabundos bebedores de sangre, luchando entre nosotros en las primeras horas de la noche por los abarrotados territorios urbanos, quemando los refugios de este o aquel enemigo, destruyéndonos unos a otros por los más insignificantes problemas humanos o vampíricos.

Y eso es en lo que nos habíamos convertido antes de que aceptara el trono. Eso es lo que éramos: una tribu sin padres, como lo expresó Benji Mahmoud, el pequeño genio vampiro que llamó a ancianos de todas las edades para que vinieran y cuidaran de sus descendientes, para traernos el orden, la ley y los principios, por el bien de todos.

El bien de todos.

Es muy difícil hacer lo que es bueno para todos cuando crees que «todos» son malos, detestables por su propia naturaleza, sin derecho a respirar el mismo aire que los seres humanos. Es casi imposible concebir el bienestar de «todos» si uno está tan consumido por la culpa y la confusión que la vida parece poco más que una agonía, excepto por esos momentos abrumadoramente extasiantes en los que uno está bebiendo sangre. Y eso es lo que la mayoría de los vampiros cree.

Por supuesto, nunca estuve convencido de que fuéramos malvados o repugnantes. Nunca acepté que fuéramos maléficos. Sí, bebí sangre y arrebaté vidas, y causé mucho sufrimiento. Pero lidié con las condiciones obvias de mi existencia y la sed de sangre de mi naturaleza y mi gran voluntad de sobrevivir. Conocía muy bien el mal inherente a los humanos y tenía una explicación simple para ello. El mal deriva de lo que nos vemos obligados a hacer para sobrevivir. Toda la historia del mal de este mundo está relacionada con lo que los seres humanos se hacen unos a otros para sobrevivir.

Pero creer eso no significa vivirlo a cada minuto. La conciencia es una entidad poco fiable, a veces incluso extraña para nosotros, y gobierna el momento presente con tormento y dolor.

Y lidiando con la intranquila conciencia, lo hice también con mi pasión por la vida, mi deseo de placer, música, belleza, comodidades y sensualidad, y las inexplicables alegrías del arte y la deslumbrante majestuosidad de amar a otro más que a nada en el mundo, al parecer, dependían de ese amor.

No, no creía que fuéramos malvados.

Pero había adoptado el lenguaje del autodesprecio. Bromeaba sobre emprender el Sendero del Diablo y golpear como la mano de Dios. Utilizaba el odio hacia nosotros mismos para aliviar mi conciencia cuando destruía a otros bebedores de sangre; lo usaba cuando elegía la crueldad por conveniencia, aunque se me hubieran abierto otros caminos. Degradé e insulté a aquellos que no sabían cómo ser felices. Sí, porque yo estaba decidido a ser feliz. Y luchaba con toda mi furia para encontrar maneras de llegar a serlo.

E hice mía, sin admitirlo, la vieja idea sagrada de que éramos intrínsecamente malvados y no teníamos lugar en el mundo, ningún derecho a existir.

Después de todo, fue el mismo Marius, el antiguo romano, quien me dijo que éramos malos, y que el mundo racional no tenía lugar para el mal, que el mal nunca podría integrarse de manera efectiva en un mundo que había llegado a creer en el verdadero valor de ser bueno. ¿Y quién era yo para cuestionar al gran Marius, o para darme cuenta de lo solitaria que era su existencia, y de cuánto dependía de mantener el núcleo de la vida vampírica para aquellos a quienes calificaba tan fácilmente como el mal?

Sea cual sea mi confusión, no desempeñé ningún papel en una revolución social para los bebedores de sangre. No. Fue otra persona la que cuestionó las antiguas suposiciones sobre nosotros con una simplicidad infantil que cambió nuestro mundo.

Benji Mahmoud, nacido en la Oscuridad a los doce años de edad, beduino de nacimiento, fue el bebedor de sangre que nos transformó a todos.

Convertido por el poderoso y milenario Marius, Benji no encontró uso alguno a ideas como la culpa inherente, el autodesprecio obligatorio o el inevitable tormento mental. La filosofía no significaba nada para él. La supervivencia lo era todo. Y tuvo otra visión: que los bebedores de sangre del mundo podrían ser una tribu de inmortales fuerte y duradera, cazadores de la noche que respetaban al otro y exigían su respeto a cambio. Y de esa simple convicción en el audaz llamamiento de Benji, finalmente nació mi monarquía.

Y solo de manera informal y despreocupada puedo deciros cómo al final llegué a aceptar ser el monarca.

Encontraréis la historia llena de digresiones, y puede haber ocasiones en las que sospechéis que las propias digresiones son la historia. Y tal vez tengáis razón. Pero sea cual sea el caso, es el relato que tengo que contar acerca de cómo llegué a aceptar lo que otros me habían ofrecido y cómo llegué a saber quiénes somos realmente las criaturas de la noche.

Oh, no os preocupéis. No todo es reflexión interior, ni cambio interior, por así llamarlo. Hay acción. Hay intriga. Hay peligro. Y ciertamente hubo sorpresas para mí.

Pero entremos en materia, ¿de acuerdo?

Mientras comienzo el cuento, todavía me esfuerzo mucho para cumplir con las demandas de la vida en la Corte, para encontrar un equilibrio entre las expectativas del Consejo de Ancianos y mis deseos salvajes de mejorar y enriquecer dicha Corte atrayendo a bebedores de sangre de todo el mundo. No estoy siquiera cerca de creer en la Corte de una manera profunda, simplemente me atrae la pasión de creer en los demás, y creo que sé lo que significa ser el príncipe, pero yo no lo soy.

¿Esperaba que la Corte perdurase? No, en realidad no. No lo esperaba porque todos los esfuerzos que había presenciado para forjar un refugio duradero para los no muertos habían fracasado. Y muchos de los que acudían a la Corte sentían lo mismo. «Esto también pasará», no dudaban en decir, incluso cuando nos deseaban lo mejor.

Pero quería que la Corte perdurase, lo quería de verdad.

Así que permitidme comenzar el relato en una noche en que Marius, el antiguo Hijo de los Milenios romano, en un arrebato de resentimiento, se impacientó ante lo que él denominó mi «confianza y optimismo nauseabundos» sobre el mundo en general.

Aquella noche se celebró un baile en el gran salón del *château*, como era habitual cada viernes, y estaba nevando (nieva a lo largo de toda esta historia), y los asuntos de la Corte habían discurrido de un modo relativamente sencillo durante los últimos dos o tres meses, y yo experimentaba una cierta inclinación hacia la felicidad, creyendo que todo iba especialmente bien. Sí, era probable que todo se derrumbara al final, pero por ahora iba bien.

Marius, contemplando a los bailarines bajo el suave resplandor dorado de los candelabros, me dijo con voz fría y dura:

—En última instancia, todos te decepcionarán.

—¿De qué diablos estás hablando? —le pregunté. Sus palabras me habían golpeado con fuerza y quería volver a escuchar la música, y contemplar a los bailarines moverse al son de la melodía, y ver la nieve caer más allá de las puertas abiertas de la terraza. ¿Por qué precisamente ahora Marius, sentado en el banco a mi lado, tenía que decir algo tan siniestro?

—Porque, Lestat —contestó—, has olvidado algo absolutamente esencial sobre nuestra naturaleza. Y tarde o temprano te lo recordarán.

—¿Y qué es? —le exigí. Nunca he sido un alumno cortés—. ¿Por qué tienes que inventarte inconvenientes en un momento como este?

Se encogió de hombros. Se cruzó de brazos y, sin dejar de mirar hacia el salón de baile, se apoyó contra la pared enyesada que había a nuestras espaldas. Llevaba su larga melena rubia rojiza sujeta con un broche dorado en la nuca, y sus ropas sueltas de terciopelo rojo y su rostro despejado que mostraba una mirada satisfecha y relajada eran totalmente incompatibles con la manera en que me estaba arruinando el momento.

—Has olvidado que somos asesinos por naturaleza —señaló—. No, escúchame. Solo escucha. —Puso su mano sobre la mía, pero mantuvo la mirada fija en los bailarines—. Has olvidado que lo que nos diferencia y siempre nos diferenciará de los seres humanos es que cazamos a hombres y mujeres y nos encanta matarlos. Estás tratando de convertirnos en ángeles oscuros.

—No tanto. Nunca olvido lo que somos.

—Cállate —me ordenó, y continuó hablando, ahora recorriendo la habitación con la mirada, lentamente—. Pronto tendrás que acomodarte a lo que somos, al hecho de que seamos
criaturas más simples que los seres humanos, que solo nos per-
mitimos un acto creativo y erótico supremo, que no es otro que
el acto de matar.

Yo estaba resentido.

—No me he olvidado ni por un solo instante —repliqué,
mirándolo a los ojos—. Nunca lo he hecho. ¿Cómo podría
olvidarlo? No sabes lo que daría ahora por una víctima dulce
e inocente, una tierna... —me interrumpí. Me enfureció que él
estuviera sonriendo.

Era solo una sonrisa leve, apenas perceptible.

—¿Por qué mencionas eso ahora? —le pregunté.

—¿No lo sabes? —respondió. Y volvió la cabeza para mi-
rarme—. ¿No puedes sentirlo? —Sus ojos, posados en los
míos, parecían sinceros y casi amables—. Todos están esperando algo.

—Bueno, ¿qué más puedo darles que haya bajo el cielo?
—planteé.

Algo nos interrumpió esa noche. Algo se interpuso entre
nosotros. Ya no recuerdo exactamente qué fue, pero fuimos
interrumpidos, aunque no olvidé aquel pequeño intercambio
de palabras en un sombrío rincón del salón de baile mientras
veíamos a los demás bailar.

No obstante, varias noches después, justo al llegar el oca-
so, me desperté con la inquietante noticia de que una pandilla
de desagradables bebedores de sangre había aterrorizado a un
viejo inmortal en los pantanos de Luisiana que había pedido
mi ayuda, y también que nuestros queridos amigos, los inmortales Hijos de la Atlántida, una tribu de extraños seres
con los que compartíamos las sombras, habían abandonado

sus nuevas instalaciones en la Inglaterra rural y se habían trasladado al refugio de las grandes torres farmacéuticas Collingsworth de Gregory en las afueras de París.

Asuntos para el príncipe que abordaría de inmediato. Y esta es la historia de todo lo que siguió.

2

La masacre de la banda de rebeldes disidentes de Luisiana fue inevitable. Se les había advertido que se mantuvieran alejados de Nueva Orleans, donde se sabía que hostigaban a otros bebedores de sangre y causaban suficientes estragos como para salir en los periódicos locales. Y esta vez no solo habían roto la paz atacando la propiedad de un viejo inmortal que pedía ayuda, sino que habían irrumpido en mi casa en la Rue Royale, robado ropa de mis armarios y baúles y hecho trizas una pintura impresionista menor pero hermosa y muy querida por Louis.

Probablemente, la mayoría ya sabéis muy bien quién es Louis y qué significa para mí. Pero para los recién llegados, voy a decir algunas palabras sobre él.

Louis de Pointe du Lac era un terrateniente en la Luisiana colonial francesa cuando le entregué la Sangre Oscura en algún momento antes del final del siglo XVIII. Poco después, en gran parte para atarlo a mí, ya que lo amaba mucho, traje a una niña vampira a nuestra familia, y los tres vivimos juntos en relativa paz durante sesenta años en el viejo barrio francés de Nueva Orleans.

Esto fue descrito por Louis en su totalidad en la primera de *Las crónicas vampíricas*, publicada hace más de cuarenta años. Louis contó la historia de su vida en aquel libro, y también la historia de su esfuerzo en busca de algo que le diera algún sentido a su dolorosa existencia como vampiro. Fue una historia trágica con un final trágico. Y fueron las escandalosas mentiras que Louis dijo sobre mí, intencionadas y no (a algunas personas no se les debería otorgar ninguna licencia poética), las que me impulsaron a escribir mi propia autobiografía y a contar los secretos de Marius a todo el mundo.

Bien, Louis y yo nos habíamos reunido en varias ocasiones, y esa vez, en la Corte de Francia, nuestro reencuentro significó un vínculo duradero. Le pedí que dejara esa pintura impresionista en nuestro viejo piso de la Rue Royale, y ahora esos malvados miserables la habían destruido sin razón alguna.

Pero fue la llamada del viejo vampiro la que me obligó a emprender el viaje a través del Atlántico para arreglar cuentas. Un inmortal totalmente desconocido para mí, llamado Dmitri Fontayne, me había escrito con tinta china en un pergamino y con una letra anticuadamente hermosa contándome que aquella banda de rebeldes había intentado quemar su casa de la región de los pantanos, le había robado los caballos y asesinado despiadadamente a sus dos sirvientes mortales.

Aquello no podía quedar impune.

Así que me fui a Luisiana junto con mis dos guardaespaldas, Thorne y Cyril, con los que me estoy encariñando cada vez más, y eso es algo bueno porque van conmigo a todas partes.

Ahora bien, existía una razón vital para eso, ya que hubo una época en la que mantenía dentro de mí el Germen Sagrado, la inteligencia llamada Amel, a la que todos los vampiros del planeta estaban conectados. Si yo hubiera sido destruido en ese momento, todos los bebedores de sangre del mundo habrían perecido conmigo.

Pero ya no llevo el Germen Sagrado en mi interior. De hecho, nadie lo lleva. Amel ha sido liberado, y su intelecto ahora reside en un nuevo cuerpo de carne y hueso, provisto por nuestros compañeros inmortales, los Hijos de la Atlántida.

Una vez hecho esto, esperaba que Thorne y Cyril me dejaran. Esperaba que anunciaran que ya no había ninguna razón para protegerme. Pero para mi sorpresa, ambos pidieron quedarse conmigo. Y el Consejo de Ancianos les solicitó formalmente que se quedaran, aduciendo que yo todavía era el príncipe y que la continuidad de la vitalidad de la Corte dependía de mí.

Aquello supuso para mí una leve conmoción, en absoluto desagradable. Fui mucho más consciente de cuánto se requería mi presencia en el *château*, y no podía quejarme de que me necesitaran, me respetaran y me desearan allí.

Así que los tres nos fuimos a Nueva Orleans en busca de los malhechores.

No voy a contar cómo los aniquilamos. No encontré placer en ello. Comprobé que los rebeldes habían sido ya advertidos, que estaban decididos a cometer maldades, que creían que los viejos nos jactábamos de poderes que no poseíamos, y luego los destruí. Utilicé el Don del Fuego (o la habilidad telepática para prenderlos en llamas) y, al mismo tiempo, un fuerte estallido telequinético que hizo pedazos sus cabezas antes de que se convirtieran en humo. No quería hacerlos sufrir. Quería que desaparecieran. Habían tomado la opción de recorrer el Sendero del Diablo y habían herido de manera gratuita a otro bebedor de sangre sin ninguna razón y habían asesinado a seres humanos queridos por él.

Pero todo aquello me molestó. El líder de la banda, el último en morir, me había preguntado qué autoridad tenía para quitarle la vida, y lo cierto es que no encontré una buena respuesta para él. Después de todo, había sido el príncipe Malcriado durante décadas, ¿no es así? La pregunta ardió con él. Por supuesto que podría haber expuesto toda una retahíla de razones, pero no lo hice.

Y cuando estuvo hecho, y ya no quedaba nada de aquellos novatos insensatos excepto los charcos de grasa oscura sobre los tejados en los que habían caído, me sentí bastante disgustado y desesperadamente sediento.

Thorne, Cyril y yo pasamos una hora cazando. Mi ansia de sangre inocente era, como de costumbre, casi insoportable, así que me conformé con el infernal tormento del Pequeño Sorbo con varias víctimas tiernas, atrayendo a jóvenes en un oscuro club nocturno, abarrotado de personas ante un escenario en el que un cantante de folk cantaba suaves lamentos con un acento sureño que lo hacía sonar ligeramente británico.

Después caminé. Solo caminé. Caminé por aceras de Nueva Orleans que no se parecen a ningunas otras del mundo, algunas de adoquines, otras de losas espigadas, de cemento fracturado, muchas de ellas peligrosamente rotas por las raíces de los árboles, otras cubiertas de hierba alta, de verde musgo aterciopelado, y algunas incluso con nombres de viejas calles grabados en letras azules.

Nueva Orleans, mi Nueva Orleans.

Finalmente volví a mi piso e inspeccioné la pintura destrozada. Le dejé una nota a mi abogado local para que la restauraran, lo felicité por haber hecho lo que pudo para limpiar el apartamento y luego me senté en mi sillón dorado favorito en la sala principal, en la oscuridad, contemplando los faros de los coches que pasaban por la Rue Royale reflejándose en el techo empapelado. Me encantan los sonidos del Barrio Francés en las noches tranquilas... las risas, las charlas, la alegría, el dixieland emergiendo de las puertas abiertas, la música rock golpeando en alguna parte, es una fiesta eterna.

A la noche siguiente fuimos a la región de los pantanos en busca de la residencia de Dmitri Fontayne, el bebedor de sangre de elegante letra.

3

Me enamoré de aquel ser en el mismo momento en que vislumbré la casa y la gran verja negra de hierro que la rodeaba. Hoy en día, esas vallas altas a menudo están hechas de aluminio, y simplemente no tienen el mismo aspecto que las tradicionales de hierro. Pero aquella verja estaba hecha de hierro de verdad y era muy alta, con piquetes dorados, como las grandes verjas y los viejos portalones de París, y me encantó aquella señal de buen gusto, incluida la pesadez de la puerta, rematada en un hermoso arco, cuando la abrí.

Al final de un sendero relativamente corto, bordeado por majestuosos robles, se alzaba la casa, con altos escalones de mármol y galerías en la parte superior e inferior que cruzaban su amplia fachada. Las gráciles columnas corintias de dos plantas de altura puntuaban las galerías, otorgando al lugar una grandeza grecorromana que recordaba a un templo.

Estaba claro que el edificio había sido construido en los años anteriores a la Guerra Civil, cuando los estadounidenses ricos competían desesperadamente por ver quién levantaba la casa más inmensa, utilizando madera de cipreses nativos y estuco para construir edificios que parecían completamente de mármol cuando en realidad no lo eran.

Capté el olor de las lámparas de aceite antes de ver su luz suave y delicada detrás de las cortinas de encaje profusamente adornadas, y me quedé un momento en el escalón inferior admirando el montante de abanico sobre la amplia puerta frontal. Llegaron a mí todos los aromas de Luisiana, tan familiares, tan atractivos...: la fragancia cruda de las magnolias que florecían en abundancia en los árboles cercanos, y el intenso perfume de las rosas en los parterres a lo largo de las galerías, y el jazmín, el jazmín de noche, de una dulzura tal que uno podría caer en un sueño sin fin simplemente respirando su perfume, recordando las noches de antaño, la vida avanzando con confianza a un ritmo más lento.

Oí pasos en el pasillo, y luego una figura en la puerta, imperialmente delgada, como dijo el poeta, y con un cabello como el mío, largo, muy rubio, casi blanco, recogido de la manera que Marius y yo habíamos popularizado en la Corte. Y una mano levantada con el destello de un anillo de rubíes me indicó que entrara.

Me apresuré a aceptar la bienvenida, mientras Thorne y Cyril, como solían hacer, daban una vuelta para inspeccionar la propiedad.

Aquel bebedor de sangre me gustó tan pronto como le estreché la mano. Sus ojos no eran grandes, pero sí de un azul radiante y su sonrisa animaba todo su rostro.

—Entra, príncipe, entra —dijo en un inglés muy preciso, afilado por un acento que no pude identificar.

Tenía mi estatura y era espigado, llevaba una chaqueta moderna de cintura estrecha y una camisa a la antigua con adornos de encaje sobre pantalones de franela, y unos zapatos acabados en punta, con cordones, brillantes como espejos.

Me condujo por un amplio pasillo central, pavimentado con mármol blanco y negro, hasta un salón doble muy espacioso, tan común en las antiguas casas de las plantaciones, que había convertido en una biblioteca llena de libros de todas las épocas. Una mesa central señoreaba el segundo salón, y allí nos sentamos a hablar.

Por el pasillo, al otro lado, había visto un comedor con una mesa ovalada larga y sillas inglesas Chippendale. Esa habitación también estaba llena de librerías.

Las pintorescas lámparas de aceite dispuestas aquí y allá alrededor de la estancia proporcionaban una luz cálida. El suelo de pino pulido relucía. Esos suelos antiguos nunca deberían estar al descubierto, sino más bien cubiertos de alfombras o de una tarima. Pero el lacado de polímero los había endurecido resaltando su belleza y dándole un resplandor ámbar a la habitación.

—Por favor, llámame Mitka —me pidió—, y si tus guardaespaldas quieren entrar, son bienvenidos. Me llamo Dmitri Fontayne. Soy medio ruso, medio francés. Me convirtieron en un bebedor de sangre en Rusia, en la época de Catalina la Grande.

Aquello me encantó. Por lo general, los vampiros no decían su edad ni contaban su historia tan fácilmente, y el hecho de que enseguida fuera al grano me pareció digno de confianza.

Su mente estaba totalmente de acuerdo con sus palabras, y esas palabras me fascinaron. No creo que me haya encontrado nunca con un bebedor de sangre con esa experiencia. Y de repente sentí que deseaba contarle muchas cosas sobre Louis. Louis, siempre inmerso en las novelas de Tolstói y con todas esas preguntas sobre su literatura que nadie se preocupaba por responder. Cuánto le habría gustado.

Pero volví al presente.

—Mitka, un placer —le respondí—. Y tú ya sabes quién soy. Lestat, aunque parece que al mundo le gusta llamarme «el príncipe». No te preocupes por Thorne o Cyril, saben que quiero hablar contigo a solas.

—Como quieras —contestó—. Pero no deben alejarse mucho. Tienes enemigos.

—Si estás hablando de Rhoshamandes, sé todo sobre él y sus últimas actividades.

—Ah, pero hay otros, príncipe —apuntó—. Por favor, diles que se queden cerca de ti.

Hice lo que él deseaba, y en silencio les envié un mensaje mental a ambos, que ahora merodeaban por los establos, disfrutando de los caballos, al parecer espléndidos, y que estaban deseando montar.

—¿Qué enemigos son esos? ¿Sabes que la banda de rebeldes de Nueva Orleans ha sido aniquilada?

—Sí, lo sé —afirmó. Una sombra pasó por su rostro, y por un momento bajó la cabeza, como si murmurara una oración por los muertos, pero no capté nada, y entonces me sorprendió santiguándose rápidamente, pero al estilo ortodoxo griego. Como los griegos, los rusos se tocan el hombro derecho antes que el izquierdo.

Cuando levantó la vista, su rostro se iluminó maravillosamente y sentí una especie de júbilo, muy común en mí en los últimos tiempos, solo por estar allí con él, en aquella sala tan ornamentada y rodeada por cientos de volúmenes tentadores, sintiendo el aire nocturno a través de las altas ventanas abiertas al sur. De nuevo, las rosas. Su aroma es tal vez más fuerte en Luisiana que en cualquier otro lugar. Y ahora, transportado por la brisa, se mezclaba con una evocadora y viva combinación de fragancias salvajes procedentes del pantano cercano.

De nuevo, tuve que volver en mí. Solía lidiar con extraños momentos de rabia de vez en cuando, pero ahora eran episodios de euforia, como si las comodidades comunes del mundo fueran verdaderos milagros.

De repente, me llegó un pasaje de Tolstói, algo que Louis me había leído, algo que el príncipe Andrei Bolkonsky pensó estando a un paso de la muerte. Algo sobre el amor, el amor que hace que todo sea posible, y luego el extraño comentario de Louis de que las dos primeras grandes novelas de Tolstói fueron en realidad estudios sobre la felicidad.

—Ah, sí —exclamó el bebedor de sangre frente a mí con un entusiasmo irresistible—. «Todas las familias felices son iguales» —declaró citando la famosa primera frase de *Anna Karenina*. Luego se contuvo—. Perdóname. Por cortesía trato de no invadir las mentes de los que acabo de conocer. Pero no he podido evitarlo.

—No te preocupes en absoluto —le dije. Eché un vistazo a la sala. Demasiados temas de conversación se agolpaban insistentes en mi cabeza y traté de poner algo de orden. ¿De qué habíamos hablado? De enemigos. Pero yo no quería hablar de enemigos. Comencé a comentar todo lo que veía ante mí, los inevitables sillones orejeros de Filadelfia que flanqueaban la chimenea de mármol, el secreter alto que enfatizaba la librería, una pieza encantadora con diseños incrustados y puertas espejadas sobre la tapa del escritorio.

Al mismo tiempo, él se mostraba muy contento por mi interés. Y en ese momento se me ocurrió algo loco: era como si cada vez que me encontraba amistosamente con otro bebedor de sangre, empezara a conocer y a adentrarme en otro mundo. Había leído en algún libro o visto en alguna película que los judíos creen que toda vida es un universo, y que, si quitas una vida, bueno, entonces estás destruyendo todo un universo. Y pensé: «Sí, eso también es cierto para nosotros, por eso debemos amarnos los unos a los otros, porque cada uno somos un mundo entero». Y los bebedores de sangre teníamos siglos de historias que contar, milenios de experiencias que nos permitían relacionarnos y entendernos.

Sí, sé lo que estáis pensando mientras leéis estas páginas. Todo esto es obvio. Cuando de repente las personas comprenden el amor, pueden sonar como perfectos idiotas, cierto.

—El enemigo es una criatura llamada Baudwin. —La voz de Mitka me sobresaltó—. Una criatura desagradable, pero poderosa, antigua, tal vez tanto como Marius o Pandora, aunque no podría asegurarlo. Estaba al acecho en Nueva York en el momento en que estuviste allí, cuando te convertiste en enemigo de Rhoshamandes y fuiste proclamado príncipe. Sin embargo, no lo he visto desde hace más de un año.

—Es un placer conocerte —le dije—. Me reuniré con ese tal Baudwin cuando llegue el momento. Ahora no perdamos el tiempo con él, aunque agradezco tu advertencia.

No había necesidad de que habláramos de obviedades, de si ese tal Baudwin era de la misma edad que Marius o Pandora, simplemente porque llegado el momento los destruiría con el Don del Fuego, tal como había acabado con los rebeldes de Nueva Orleans. Era aleccionador darme cuenta de que había semejante cantidad de criaturas a las que no había llegado a conocer todavía, pero que, en cambio, sabían de mí. Me gustaba creer que conocía a todos los Hijos de los Milenios y que tenía una idea clara de quién me odiaba y quién no. Pero nunca había oído hablar de ese tal Baudwin.

—Me encanta tu casa y todo lo que has conseguido aquí —comenté alejando los pensamientos más oscuros de mi mente. Bastaba con saber que Cyril y Thorne estaban prestando atención a cada palabra que decíamos.

—Me hace muy feliz que lo apruebes —respondió—. No lo llamaría restauración, ya que he usado algunos materiales modernos y he hecho varias elecciones claramente contemporáneas, pero me he esforzado todo lo posible por elegir para todo solamente materiales de muy alta calidad.

Él también parecía haber olvidado sus pensamientos más oscuros, su rostro demostraba ahora entusiasmo y, como sucede a menudo, el calor y la expresión humana volvieron a él y pude ver qué tipo de hombre había sido. Probablemente tenía unos treinta años de edad, nada más, y me fijé en lo delicadas que eran sus manos y sus gestos, y en que todos los anillos que llevaba, incluso su anillo de rubí, estaban hechos con perlas.

—He tardado años en adquirir los muebles —expuso—. Recuerdo que, al principio, cuando vine por primera vez allá por la década de 1930, parecía más fácil encontrar objetos del siglo XVIII de muy alta calidad: pinturas, sillas, ese tipo de cosas.

Me contó que la estructura de la casa era excelente, y que estaba quitando el yeso viejo para dejar a la vista los muros de ladrillo que la elevaban. Aquellas paredes bajaban hasta el suelo en lugar de los cimientos, y servían para evitar la humedad del pantano. No había oído hablar de aquel tipo de arquitectura en muchos años.

—La casa estaba prácticamente en ruinas cuando la vi por primera vez. Entenderás que no tenía idea de que tú estabas en Nueva Orleans en aquellos tiempos. Sabía que los bebedores de sangre existían, pero no tuve verdadera constancia de ello hasta muchas décadas después, cuando leí todas tus historias. Una noche de luna brillante, cuando recorría el viejo camino a Napoleonville, vi la casa, y habría jurado que me habló, que me desafió a adentrarme en sus ruinas, y una vez que lo hice supe que debía devolverlo todo a su antigua gloria, para que alguna noche, cuando finalmente me marchara, estuviera infinitamente mejor de lo que la había encontrado, y dejar mi sello con orgullo.

Sonreí, me encantaba la manera en que su voz fluía con tanta sinceridad y emoción.

—Ah, ya sabes que estos viejos suelos de pino nunca deberían estar al descubierto, pero los tratamos con polímeros y ahora son muy duros y, además, desprenden un cierto brillo ambarino.

—Bueno, ahora no hay vándalos que te atormenten —afirmé—. Y me he encargado de que a partir de ahora nadie más se atreva siquiera a pensarlo. Creo que lo que sucedió anoche en Nueva Orleans se sabrá a lo largo y ancho de estas tierras. No he dejado a nadie vivo para contar la historia, pero acontecimientos de ese tipo siempre salen a la luz.

—Sí, es cierto —precisó—. Me he enterado de sus muertes —añadió, y una sombra apareció en su rostro—. No quiero hacer daño a otros bebedores de sangre. Si cuando vine a Luisiana hubiera sabido que estabas aquí y que necesitabas ayuda, habría acudido. Estuve en Lima, Perú, durante muchos años, bueno, casi desde que hice la travesía hace siglos, y América era tan nueva para mí, tan sorprendentemente nueva...

—Puedo entender que nunca quieras irte de esta casa —le dije—. Pero ¿por qué no vienes a la Corte? Ojalá hubieras venido.

—Ah, pero ya ves, allí tengo un enemigo, un enemigo bastante implacable, y de haberme ido a la Corte habría favorecido mi propia desaparición.

Dijo esto último con seriedad, pero no con miedo.

—De hecho, debo confesar que doy la bienvenida a la

oportunidad de presentar el asunto ante ti para que quizá puedas influir en mi enemigo para que me permita acudir a la Corte y me deje en paz.

—Haré más que eso —le aseguré—. Resolveré el asunto. Dime quién es.

Me gustaba. Me caía muy bien. Me agradaba su rostro delgado y sus labios bien formados y sus dulces ojos azules de mirada nacarada. Su pelo, aunque rubio, reflejaba destellos de un blanco perlado. Su chaqueta era de color azul claro, y llevaba perlas en el lugar de los botones, y por supuesto estaban aquellos anillos de su mano derecha. ¿Por qué, me pregunté, solo en la mano derecha? Si un hombre lleva tres anillos en la mano derecha, entonces habitualmente lleva dos o tres también en la mano izquierda.

No podía leer su mente mientras me miraba, pero sabía que estaba reflexionando sobre su enemigo, admiré la manera en que podía mantener sus pensamientos ocultos. Su expresión era atenta y agradable. Finalmente habló.

—Arjun —dijo casi en un susurro.

—Lo conozco, por supuesto.

—Sí... Lo he leído... en los dos libros. Y está en la Corte, ¿no es así? Está con la condesa De Malvrier.

La condesa De Malvrier era el antiguo nombre de Pandora, un nombre que pertenecía a una existencia anterior y que ahora nunca usaba. Y sí, Arjun estaba en la Corte con ella y, a mi entender, haciendo que la vida de Pandora fuera bastante miserable.

Arjun fue despertado por «la Voz», el espíritu dentro de nosotros, Amel, volviendo a la consciencia desesperado por destruir a algunos de los vampiros conectados a él. Pero todo eso ya era historia. Y Arjun, desprevenido y poco interesado en la era moderna, se alojó en la Corte como un paciente en un manicomio, mirando a su alrededor con ojos amenazadores y sin separarse un solo instante de Pandora.

Hubo momentos en que parecía recuperado, en que se mostraba agradable, preparado para abrazar una nueva existencia, pero esos períodos se habían vuelto cada vez menos frecuentes, y Arjun atemorizaba a muchos vampiros más jóvenes que carecían de su poder.

—He leído los últimos libros al menos dos veces —señaló Fontayne—. Y tengo la esperanza de que Arjun se haya ablandado conmigo, pero no quisiera ponerlo a prueba inesperadamente.

—¿Por qué Arjun es una amenaza para ti? —le pregunté—. Explícame qué ocurrió. Dame toda la información para que pueda hablar con él y llegar a una solución.

En ese instante me sorprendió el repentino recuerdo de uno de los rebeldes de Nueva Orleans exigiéndome furioso: «¿Con qué autoridad me haces esto?».

Sentí un escalofrío y traté de recuperarme.

—Quiero ser de ayuda —le dije.

—Te respalda la autoridad del Consejo de Ancianos —replicó con un tono amable mientras me cogía de la mano—. Esa es la fuente de tu autoridad y también la necesidad de toda la Corte.

Me gustaba mucho. No veía ninguna razón para ocultarlo. Su expresión generosa, su discurso fácil... todo era agradable, como también lo era aquella casa con los libros brillando en los estantes bajo la suave luz.

—Tengo mis dudas —le confesé—. Pero me comporto como si no tuviera ninguna, y me comportaré de esa manera con Arjun, si me explicas el caso.

—Por supuesto. Te aseguro que soy inocente de cualquier delito —manifestó—. Nunca he hecho nada intencionadamente para disgustar a Arjun.

—Entonces explícame lo ocurrido.

—Estuve en San Petersburgo en el siglo XVIII —empezó—. Por aquel entonces Catalina la Grande estaba encantada con la sociedad europea, y mi padre era parisino y mi madre, una condesa rusa. Sin embargo, ambos ya habían muerto cuando busqué un puesto en la corte de Catalina. Hablaba ruso y francés, naturalmente, y también inglés como lo hablo ahora. Casi nada más llegar había obtenido un trabajo como traductor y más tarde trabajé como tutor de francés en una casa noble, y desde allí respondí al anuncio de la condesa Malvrier. La suya era una de las casas más encantadoras de San Petersburgo en aquella época, en el Dique de los Ingleses, completamente nueva y lujosamente amueblada, pero ella era solitaria y rara vez aparecía en sociedad, y nunca invitaba a nadie a su casa.

»Mi primer encuentro con ella fue impactante. Me hizo subir a su dormitorio. Llevaba un simple camisón de gasa blanca y los pies descalzos. De pie junto a la chimenea, me pidió que le cepillara el pelo.

»Me quedé estupefacto. Había doncellas por toda la casa, y también muchos sirvientes varones. Pero no tenía la menor intención de negarme. Cogí el cepillo y le cepillé el pelo.

Mientras él hablaba, pude verla. Vi a Pandora iluminada por el fuego. Vi que temblaba, y que su rostro estaba tenso y sus ojos, llenos de hambre y dolor.

—Me dijo que quería que yo fuera su bibliotecario, y que debería revisar cajas y cajas de libros. Parece que había coleccionado aquellos volúmenes a lo largo de muchos años y procedían de todo el mundo. Ahora sé, por supuesto, que los había estado recopilando durante siglos. Me pidió que los ordenara con el fin de llenar con ellos las estanterías de los salones. —Entonces se detuvo y señaló su propia biblioteca—. Esta es muy pequeña en comparación, pero entonces aquellas casas rusas eran tan grandiosas... En esa época había una riqueza inimaginable en Rusia, y un gran apetito por el arte europeo.

—Puedo imaginarlo —admití. Y otra vez vi a Pandora mirándome directamente a través de su mirada. Vi a Mitka de pie detrás de ella con el cepillo en la mano. Su cabello era largo, castaño, ondulado y caía sobre sus hombros como si fuera un retrato prerrafaelita. Podía oler el incienso embriagador en la habitación, algo oriental, exótico y fragante. La única iluminación procedía de las llamas de la chimenea.

—Sí —continuó—, y finalmente me dijo que aún más importante era que le leyera en francés las obras de Diderot y Rousseau. También quería que le leyera trabajos científicos en inglés. Estaba interesada en todo lo que fuera europeo, pero sobre todo en la Ilustración, *le Siècle des Lumières*. Al poco tiempo, dejó de interesarse por aquello y me pidió que le explicara a John Locke, cuál era el atractivo de David Hume, y todo lo que supiera sobre Voltaire.

»Por supuesto, no era de extrañar, ya que la emperatriz Catalina estaba enamorada de todos esos mismos escritores y pensadores europeos, y la Corte en pleno cultivaba el interés en seguir a la emperatriz, tanto si le importaban aquellos temas como si no.

»Durante meses y meses, todas las noches le leí en voz alta, algunas veces desde la puesta de sol hasta las primeras luces de la mañana. Por supuesto, nunca la vi de día, y no me sorprendió. Habitualmente trabajaba ordenando la biblioteca hasta el mediodía. Luego dormía y, a veces, especialmente en invierno, ella me llamaba antes de la hora en que supuestamente debía llamarme.

»No me importaba. La adoraba. Me enamoré de ella. Sin embargo, me dijo que no quería que eso sucediera, porque su amante era exigente y muy cruel, y podría aparecer en cualquier momento. No me detendré en esto, pero sí tuve fantasías de matarlo. No obstante, te aseguro que nunca intenté hacerle daño realmente. Aquello fue, bueno, poético.

Me reí.

—Entiendo —le dije. Él sonrió agradecido y continuó:

—Cuando finalmente apareció, lo odié de inmediato. Era Arjun. Entonces vestía completamente como un ruso, y la primera vez que lo vi iba cubierto de pieles, usaba guantes de piel y acababa de llegar de una tormenta. Era casi medianoche y la condesa y yo hablábamos en voz baja sobre un posible viaje a París. Yo le aseguraba que le encantaría, y ella me repetía lo que siempre respondía a cualquiera de mis sugerencias, que era absolutamente imposible, y que le mostrara cómo era París, y yo estaba haciendo todo lo posible por describirle la ciudad cuando llegó Arjun.

»Me dijo que me marchara de allí de inmediato. Después de aquel día y durante el año siguiente, vi a la condesa solo en la biblioteca y cuando estaba vestida apropiadamente, y solo por las noches, durante las tres horas anteriores a que ella y Arjun salieran.

»Estaba ferozmente celoso, pero me lo guardé para mí mismo. Después de todo, no tenía título, no provenía de una gran familia y solo tenía unos pequeños ahorros que eran menos de la mitad de lo que me habían pagado por mi trabajo hasta entonces.

»Hacía todo lo que podía para mantenerme alejado del maestro cuando él estaba en casa; fingía estar ocupado sin importar la hora y me quedaba en mis habitaciones siempre que podía. Pero no era suficiente. A menudo, cuando aparecía el maestro, me decía que me marchara.

»Por desgracia, seguíamos encontrándonos, una vez en el

ballet, otra vez en la ópera y luego otra vez en un baile. Entonces quedó muy claro que me encontraría con Arjun adondequiera que fuera en San Petersburgo, y finalmente, una noche, cuando llegué a casa inesperadamente y me encontré al maestro y a su amante en medio de una gran discusión, Arjun se volvió hacia mí y, en un arrebato de rabia, sacó su sable, me acorraló y me atacó. No podía moverme ni hablar. Empezó a brotar sangre de mi cuerpo y él se echó a reír. Entonces hizo que los sirvientes me encerraran en mis habitaciones.

»Me estaba muriendo, había pocas dudas al respecto, y sentía rabia porque sabía que nadie habría llamado a ningún médico. A los pocos minutos ya estaba demasiado débil para levantarme de la cama. Pensé que era el final. Tenía treinta y cuatro años de edad, estaba amargado y desconsolado y sufriendo un dolor terrible.

»De repente, oí gritos en la planta de abajo y luego el sonido de la gran puerta principal de la casa cerrándose de golpe, y supe que el asesino se había marchado. Tal vez entonces, pensé, alguien me ayudaría.

»Unos segundos después se abrieron las puertas de mis aposentos y apareció la condesa. Examinó mi herida y luego simplemente me pidió que confiara en ella y en lo que haría a continuación. Me dijo que me daría el poder de vivir hasta el fin de los tiempos.

»Casi me reí. Recuerdo que dije: "Condesa, ahora mismo me conformaría con vivir lo que queda de noche".

»Ni siquiera podía formular una pregunta sensata sobre todo aquello, cuando ella me levantó en sus brazos y comenzó a chupar la sangre de mi herida y a bebérsela. Se me nubló la vista y me desmayé.

»No recuerdo haber visto nada, nada se me reveló, no cayó velo alguno de los misterios de la vida, solo sentí una especie de éxtasis cálido y luego una somnolencia en la que mi muerte parecía inevitable y un paso bastante simple. Intenté comprender lo que me hacía, y pensé que trataba de facilitarme la muerte, y ciertamente lo hizo. Ya no me importaba nada. Luego me levantó de nuevo y esta vez se hizo un corte profundo en la muñeca izquierda con los dientes y forzó mi boca contra la herida.

»Ya sabes cómo fue, el sabor de su sangre y la voraz y repentina sed que se desencadenó en mí de inmediato. Bebí su sangre, la bebí como si fuera vino que se deslizara por mi garganta, y escuché su voz hablarme, grave y firme, sin detenerse. Me resumió la historia de su vida. No recuerdo expresión alguna en su voz, ni siquiera una cadencia. Era como una cinta dorada desplegándose, la escuchaba y sentía cómo corría su sangre por mi interior mientras me contaba que había sido un gran vampiro, Marius, quien la había convertido. Me explicó lo profundamente que lo amaba, cómo se habían perdido el uno al otro, y cómo había viajado por el mundo. Me habló de poderosos bebedores de sangre como ella. Y de algunos de los nombres que encontré en tus libros. Sevraine fue el que recuerdo más claramente. Me contó que había buscado refugio bajo el auspicio de la Gran Sevraine. Y en algún momento habló de la India, de templos y de selvas y de que se encontró con el príncipe Arjun y lo trajo con ella, y de cómo este se había convertido en el más cruel de los amantes, dándole el peor tormento que jamás hubiera conocido.

»Llegó un momento en que dejé de beber su sangre. Me senté a un lado de la cama mirándola mientras ella me ponía rápidamente un largo abrigo forrado de pieles para ocultar mis prendas ensangrentadas, y salimos a la noche.

»Pasó lo que tenía que pasar. Cacé a mi primera víctima. Un pobre mendigo casi muerto de frío. Terminé de morir, como dijo ella, y me vacié de mis viles fluidos. Luego volví a casa apresuradamente, me encerré en mis habitaciones, me bañé y vestí con ropa limpia, y luego ella me llevó al ala este de la casa, que estaba cerrada, y encontramos un escondite para mí. Me dijo que no me moviera de aquel lugar hasta que estuviera a salvo. Me habló de la parálisis que sufriría cuando la primera luz brillara en el cielo. Y dormí ese extraño sueño sobrenatural que bien conocemos y soñé con ella, soñé que la abrazaba con una pasión que no tenía ningún significado real para ella, deseándola desesperadamente y jurándole que la alejaría de Arjun.

»Arjun se enojó cuando supo lo que había hecho ella. Pude escucharlo fácilmente cuando por fin abrí los ojos. Parecía que estuviera destruyendo la casa entera.

»No podía escuchar aquello y no hacer nada, aunque ella me hubiera advertido que poseía una inmensa fuerza y poderes para destruir simplemente con su mente, aunque ella me hubiera advertido de que tanto él como ella poseían el poder de quemar objetos y personas a voluntad.

»Salí de mi escondite y corrí hacia la parte central de la casa, decidido a luchar contra él hasta la muerte.

»Pero se había ido. Ella me encontró y me llevó de vuelta a su dormitorio. No había tiempo, dijo ella, para proveerme como habría querido. Pero debía escuchar con atención lo que me dijera. Descosió la funda de una de sus almohadas y en ella metió todas las joyas que había en su tocador, esmeraldas y perlas y rubíes y pulseras de oro. Agregó todas las monedas que tenía en sus aposentos, y luego me dio el nombre del banco por medio del cual me proporcionaría unos ingresos y me reveló qué palabras clave debía usar para reclamarlos.

»En el mismo momento en que terminaba sus instrucciones y yo ya tenía la funda de la almohada en mis manos, llegó

Arjun, tan tranquilo y tan enorme como un tigre, me imaginé, aunque hasta entonces nunca me había enfrentado a un tigre de verdad. Y allí estaba él, exhibiéndose amenazador. Sentí terror.

Vi a Arjun como lo había visto Fontayne.

Arjun era un hombre grande, de piel oscura, con unos extraordinarios ojos negros que me recordaban a los ópalos. Tenía el pelo negro como la tinta, y en su mayoría era una masa anudada y enredada, y vagaba por el *château* con una túnica larga y muy ornamentada llamada *kurta* con un pijama de seda debajo, con los pies descalzos.

En la historia de Fontayne, Arjun iba espléndidamente vestido como un caballero del siglo XVIII, con un brillante brocado dorado de encaje, con calzas y medias blancas y zapatos con hebillas adornadas y el pelo recogido en un turbante carmesí. Su rostro era horrible, deformado por la rabia y el odio.

—«Te dejaré vivir», me dijo Arjun, «por una buena razón, ya que ella haría que mi existencia fuera un infierno si te hiciese lo que deseo. Pero si alguna vez vuelvo a verte, Mitka, te quemaré vivo».

»Y habiendo dicho aquello con su voz suave y oscura, demostró su poder, aquel poder maligno para inmolar a las criaturas vivas solo con su mente, con un gran cuadro colgado de la pared, y vi que se volvía negro y se marchitaba, y luego estallaba en llamas diminutas mientras caía en fragmentos humeantes al suelo. "Morirás así", me advirtió, "lentamente, y me suplicarás sollozando que termine contigo de una vez. Ahora vete, vete de aquí".

»La condesa asintió y me dijo con firmeza que ni siquiera la mirara, que hiciera lo que Arjun me había dicho.

»Por eso no puedo ir a la Corte, Lestat, porque si él está allí, me hará lo que aquella noche me prometió que haría.

Reflexioné sobre aquello durante un buen rato. Estaba a punto de responderle cuando él habló de nuevo:

—Te juro que nunca he hecho nada para ofenderlo. Sí, la amaba y la codiciaba, pero te juro que no hice nada para provocar su enemistad. Él se ofendió por mi propia existencia y simplemente se enojó al saber que ella me había dado la Sangre.

—Entiendo —le dije. Una vez más reflexioné, y después de un largo rato le anuncié—: Arjun está en la Corte y es difícil y obstinado. Para Marius es como un dolor de muelas. Le contaré esta historia al Consejo y luego le pediré a él que se presente y nos diga si tiene alguna objeción a que tú vengas a la Corte. Le dejaré que tome una decisión, ya sea para aceptar tu llegada o para insistir en que no lo hagas. Y si insiste en que no puedes venir, si piensa en destruirte si te ve, entonces le exigiré saber por qué. Si me has dicho la verdad, no tendrá ninguna buena razón. Y para disputas como esta se creó mi autoridad, cualquiera que sea su origen. Defenderé tus intereses. Insistiré en que perdone todo lo que lo haya ofendido en el pasado.

Vi angustia y desconfianza en su expresión. En voz baja, dijo que tal vez todo eso era pedirme demasiado.

—No —negué—. Para eso soy el príncipe, para que todas las disputas como esta encuentren solución, y para que todos puedan acudir a la Corte en paz. Déjame hacer lo que debo hacer. Y confío en que pronto vendré a por ti.

Su cuerpo se estremeció como si estuviera a punto de llorar y luego se puso de pie, se acercó a mí, me cogió la mano derecha y me la besó. Me levanté y salimos juntos del salón. Supongo que tenía la vaga intención de volver a Nueva Orleans, pero realmente no quería dejar a Fontayne.

Por supuesto, esa noche ya era demasiado tarde para regresar a Francia.

—Confía en mí —le pedí.

—Hay una cosa más —añadió en un susurro.

—¿Qué es?

—Yo nunca... No sé cómo... No puedo cruzar el mar como tú.

—Oh, sí, puedes —repliqué—. No te preocupes por eso. Regresaré a por ti y te mostraré cómo hacerlo. Eres mayor que yo. Aprenderás bastante rápido.

No quería irme, y él se había dado cuenta.

Se me ocurrió una idea absurda: estar allí con él, en su casa. Estar simplemente sentado a una mesa de su salón hablando con él me había parecido algo natural y bueno, como si a pesar del motivo de nuestro conflicto fuéramos simples seres humanos y el mundo oscuro no existiera. Me avergoncé de ello. ¿Por qué teníamos que ser como los seres humanos?, me pregunté. ¿Por qué no podíamos sencillamente ser bebedores de sangre? Y me vino otra vez la idea de lo nuevo que era para mí amar a los demás miembros de la tribu y aceptarlos como seres que tenían derecho a estar tan vivos como lo estaba yo.

Lo miré, a él, a sus ojos brillantes, a su sonrisa amable, y él me cogió de la mano y me dijo que quería enseñarme la casa.

Después de eso, pasamos juntos varias horas, durante las cuales paseamos por muchas habitaciones y admiré no solo la interminable colección de libros que se extendía de una habitación a otra, sino también muchas de sus pinturas, incluyendo algunas piezas de pintores rusos del siglo XIX que nunca había visto. Fontayne me dijo que sus pinturas más valiosas no estaban en la casa, ya que después del ataque de los rebeldes, las había puesto a buen recaudo en la cámara acorazada de un banco de Nueva Orleans, pero que podría llevarlas a la Corte si yo las aceptaba. Yo estaba encantado.

Para mí fueron unos momentos muy agradables. Estaba rebosante de afecto por Mitka, conversamos largamente y al final le hice la inevitable pregunta simplista: «¿Realmente conociste a Catalina la Grande y hablaste con ella?».

La respuesta fue «Sí», y la pregunta provocó un largo ensueño sobre cómo era San Petersburgo en aquellos tiempos, y cuánto había disfrutado de los bailes en la Corte y de la pasión de los rusos por todo lo francés. Por supuesto, la Revolución francesa tuvo un gran impacto; sin embargo, la vida en Rusia se mantuvo estable y era impensable que allí pudiera producirse ninguna revuelta.

Podríamos haber continuado aquella conversación durante un año.

Salimos de la casa, recorrimos los jardines repletos de flores y enredaderas que florecían de noche, y vi los establos de Fontayne, incluidos los restos del que había sido quemado, y solo hacia el final de la noche me confió que los rebeldes habían destruido a una joven a quien él quería llevar a la Sangre.

Sentí aquello como una espada en el corazón. Me puse furioso.

—No tengo ni idea de por qué lo hicieron —confesó—. ¿Por qué vinieron a por mí? ¿Por qué me atacaron? Nunca cazo en Nueva Orleans. ¿Por qué destruir a esos mortales que trabajaban en mi casa?

Deseé que aquellos animales hubieran vuelto a la vida para poder matarlos de nuevo, y así se lo hice saber.

—Y solo estaba esperando tu aprobación para traerla a la Sangre —agregó—. Sabes, quería verte para que me dieras permiso.

Guardé silencio, pero no era la primera vez que un bebedor de sangre pedía la aceptación completa de la Corte y de mi posición como soberano.

—Seguramente habrás establecido reglas sobre quiénes pueden ser traídos a la Sangre —dijo mientras seguíamos caminando—. Probablemente habrás determinado algunas normas.

No respondí. Sabía que el Consejo lo estaba considerando. Sin embargo, todos estábamos de acuerdo en que el derecho a crear a otro bebedor de sangre, a transformar a otro ser humano con nuestra propia sangre, era un acto tan intensamente personal, íntimo y emocional que no sabíamos cómo imponerle una ley. Traté de decir algo al respecto.

—Es como decirles a los humanos que no pueden tener hijos.

Pude ver que ahora sentía un dolor tan profundo que no podía hablar.

Continuamos por un largo sendero que cruzaba el jardín y rodeamos un gran estanque lleno de enormes peces de colores que brillaban bajo la luz de muchas linternas japonesas a lo largo del borde. Finalmente, repuso: «Bueno, ¿de qué sirve hablar de eso ahora? Ellos la destruyeron. No quedó nada de ella. No puedo ni pensar en cómo fueron sus últimos momentos».

Quería preguntarle si la chica sabía lo que había planeado para ella, pero ¿por qué causarle más desdicha? Pensé en mi propio arquitecto, en aquella aldea en la montaña, cerca del *château*, y en mi propio plan para traerlo a la Sangre, y pensé que debía actuar de inmediato.

Desde tiempos inmemoriales, los inmortales habían atormentado a otros inmortales destruyendo a los seres humanos bajo su protección.

Le pregunté sobre Baudwin, a quien había caracterizado como mi enemigo. Le pregunté si este tenía alguna conexión con los disidentes que acababa de eliminar.

—No —contestó—. Baudwin es antiguo y no lo conozco. Vino a mí con un propósito. Había oído hablar de los libros que has escrito y de la Corte y quería saber qué pensaba al respecto. Cuando no respondí a su indignación ante la idea de una monarquía o una corte, pareció perder interés en mí. No fue fácil estar ante su presencia. Era demasiado viejo, demasiado poderoso. —Hizo una pausa, me miró y luego añadió—: Para mí es difícil creer que jóvenes y viejos puedan congregarse en la Corte.

—Bueno, lo hacen —le dije—. El león y el cordero se tumban juntos. —Me encogí de hombros—. Este es el espíritu de la Corte. La antigua regla de la hospitalidad prevalece: todos los bebedores de sangre son bienvenidos. Todos los inmortales son bienvenidos.

Él asintió.

—Para que alguien sea expulsado debe romper esa paz —continué—. Y si Arjun no puede aceptar tu llegada, entonces tendrá que marcharse.

—Me he encontrado con muy pocos bebedores de sangre a lo largo de los años —contó Fontayne—, y siempre con incomodidad y sospecha. Mi existencia ha sido solitaria casi más allá de la resistencia. Pero Baudwin me preocupó. Había algo infantil y estúpido en él. Afirmó descender de una leyenda. Tal vez se marchó porque no lo encontré interesante y se dio cuenta.

¿Descendía de una leyenda?

Pero finalmente llegó el momento de regresar a Nueva Orleans. Cyril y Thorne aparecieron de repente a una distancia cortés, y lo supe, por supuesto, por el cielo levemente iluminado y el canto de los pájaros de la mañana.

Besé a Fontayne en ambas mejillas y le prometí que resolvería el problema con Arjun tan pronto como pudiera.

No fue hasta que estuve solo con Cyril que me confió en un susurro que Arjun ya no estaba y que eso era todo lo que sabía. Cuando llegamos al apartamento de Nueva Orleans, había un mensaje de voz para mí en mi teléfono fijo. Era de Eleni, de Nueva York.

«Lestat, te necesitan en la Corte. Armand ya se ha adelantado. Parece que Marius ha destruido a Arjun.»

4

A la noche siguiente crucé el Atlántico en un tiempo récord, entrando en el *château* por la antigua torre, la única de las cuatro que aún se mantenía en pie antes de su restauración.

La casa estaba inquietantemente silenciosa, la orquesta no se había reunido, el salón de baile estaba vacío, y Louis me dijo en cuanto entré que Marius no había dicho ni una palabra desde que ocurrió la «catástrofe», y que él y el Consejo en pleno me estaban esperando.

Pero antes de continuar con la historia de la muerte de Arjun, o cualquier otra historia, quiero informaros sobre el estado de la Corte, de la aldea y de lo que había sucedido allí.

Como muchos ya sabéis, hace años comencé a restaurar el *château* en el que había nacido y la aldea desierta que se extendía en la ladera de la montaña, justo debajo. Aquellas ruinas se encontraban en una parte muy remota de las montañas de Francia, y pagué ingentes sumas de dinero a los arquitectos y los obreros que traje a este lugar perdido y los reté a reconstruir el *château* no como había sido en mi infancia, con solo una de sus cuatro torres en pie y unas pocas habitaciones habitables en su parte central, sino como había sido originalmente, después de las Cruzadas, cuando mis antepasados estaban en la cima de su riqueza y poder. Y, además, quería modernizarlo con electricidad, y que los maestros artesanos enyesaran toda la estructura y cubrieran los suelos con el mejor parquet de madera noble, llevando a cabo la labor de restauración que habría efectuado un hombre del siglo XVIII.

Durante años no me acerqué por allí, sino que tomé decisiones a partir de montones de fotografías que me enviaron dondequiera que me encontrara, y abrí los baúles para pagar el mobiliario completo del lugar, las reproducciones más caras y hermosas de sillas, mesas, camas... de ese siglo. A todo esto, agregué una inmensa colección de alfombras y tapices persas y de Aubusson. Las ventanas se equiparon con marcos dobles y gruesos cristales para aislar el interior del frío, e incluso las viejas criptas que había debajo del edificio fueron remodeladas y divididas en confortables habitaciones con paredes de mármol.

Cuando vi el lugar por primera vez después de tantos años, fue como si estuviera soñando. Las cuatro torres habían sido completamente reconstruidas, y la aldea en sí, poco más que una empinada calle secundaria, acogía ahora tiendas y casas del estilo imperante en el siglo XVIII, e incluso algunas mansiones señoriales habían sido remodeladas en el campo.

Seguramente había dado el visto bueno a todo aquello, pero había prestado poca atención al plan maestro o a los requerimientos a lo largo de los años. Y me enamoré de lo que vi ante mí.

Una pequeña población de artesanos y artistas se alojaba en el pueblo y consideraron mi llegada como un auténtico acontecimiento. Me esforcé en no defraudarlos, vestido con una larga capa forrada de pieles, con gafas de cristales de color lavanda pálido cubriéndome los ojos y las manos enfundadas en guantes.

Quejándome de la luz brillante dondequiera que fuera, pronto los seduje con la idea de que el pueblo sería mejor entendido y apreciado a la luz de las velas, y que debían perdonarme por querer verlo solo de ese modo.

Así, a la luz de las velas, recorrimos unas quince pequeñas edificaciones y pude admirar las meticulosas recreaciones de la sastrería, la carnicería, la panadería, la quesería, la mercería y los otros establecimientos que alguna vez formaron la pequeña comunidad, pero lo que realmente me sorprendió gratamente fue la posada, de la cual guardaba los recuerdos más dolorosos y alegres, y la iglesia, que había sido restaurada tan magníficamente que se podría haber dicho una misa en el altar sin que nadie se diera cuenta de que el lugar no estaba consagrado.

Los artesanos vivían cómodamente en las plantas que había encima de aquellas tiendas que parecían museos, y trabajaban juntos en grandes talleres en la casa solariega, más allá de los confines del pueblo. Me mostraron un gran mapa de todas las tierras que poseía y el mucho trabajo que quedaba por hacer para crear el antiguo recinto ferial donde se celebraban los mercados anuales, y me plantearon que tal vez habría que erigir otra posada, una mucho más grande para el público que indefectiblemente acudiría al lugar para ver toda la recreación.

Por supuesto, tuve que decepcionarlos. Tenía que decirles que el *château* estaría habitado por una orden secreta de hombres y mujeres que se reunían para hablar sobre filosofía y música y escapar del mundo moderno, y que nunca se celebraría un evento al que acudiera público. Pude sentir su decepción cuando se lo expliqué. De hecho, fue casi angustia. Algunas de aquellas personas habían dedicado todos sus esfuerzos a ese único proyecto, y ahora no me quedaba otra que darles más faena, permitir que la aldea se desarrollara para servir a su comunidad y la nuestra, y pagarles generosamente para que siguieran trabajando en la oscuridad de aquel extraño reino más allá del tiempo y del mundo moderno.

El oro fue el secreto. Los salarios se convirtieron en sobornos. Envié a un médico para que atendiera las necesidades locales. Los alimentos y las bebidas eran suministradas sin coste alguno y por la noche la posada era un lugar donde todos podían comer y beber sin que se alojaran huéspedes de verdad, aunque, por supuesto, sí acogía a algunos muy poco comunes, los Hijos de la Atlántida, que llegaron más tarde.

Había mucho más trabajo por hacer, había que construir establos, comprar caballos, levantar una inmensa red de invernaderos para cultivar flores para el *château* y frutas y verduras para el pueblo...

Y hubo que decir grandes mentiras, pero sin ningún tipo de alarde, esto es, a regañadientes, como que nosotros, como orden secreta, importábamos toda nuestra comida, y los que visitaban el *château* traían consigo lo necesario para cubrir sus especiales necesidades dietéticas.

Para mi sorpresa, el arquitecto principal del grupo, Alain Abelard, de quien pronto me enamoré y del que todavía estoy enamorado, estaba familiarizado con mis libros, tenía una colección de mis viejos vídeos de rock, respetaba completamente mi personaje de vampiro, y pensaba que todo aquello era encantador, maravillándose de esa enorme riqueza que amasan las estrellas roqueras estadounidenses y británicas, tanta como para poder apoyar una empresa tan magnífica.

En su alma tranquila y generosa, pude ver que estaba convencido de que algún día lo abriría todo al público. Mi esperanza era poder traerlo a la Sangre. Pero no de inmediato: aún había mucho trabajo por hacer.

Cuando caminé por el *château* restaurado, experimenté emociones que no pude contener. Despedí a los guías mortales y fui de habitación en habitación a solas, recordando demasiado bien cómo había sido todo aquello durante mi vida mortal.

Los magníficos salones con paredes de paneles de seda y los relieves de yeso y las alfombras Savonnerie reemplazaban ahora a los miserables camastros que habíamos ocupado en aquellos días.

Una hermosa sala de banquetes se utilizó para ser la Cámara del Consejo de la Corte, y los arquitectos todavía trabajaban en los muchos apartamentos que cobijaba toda la edificación y en sus modernos baños de mármol, repletos de bañeras empotradas en el suelo y amplias duchas.

Los vampiros adoran los baños modernos, les encanta estar debajo de un chorro de agua caliente, eliminar la suciedad por completo, y luego sacudirse el agua del pelo y secar su piel sobrenatural con lujosas toallas antes calentadas en pequeños braseros. Bueno, el *château* tenía un baño para cada apartamento o suite o dormitorio. No desprendemos olores, no absorbemos los aceites exquisitos y, a menudo, nos quedamos con la ropa de nuestras víctimas precisamente porque está impregnada de un olor humano y ello permite que pasemos desapercibidos mientras nos movemos por las abarrotadas tabernas, bares y clubes de baile, aunque de todos modos no hay nadie pendiente de nosotros.

El salón donde una vez mi familia y yo cenamos, conversamos, escuchamos las peticiones de los aldeanos y de los granjeros, y donde nos reunimos alrededor del único fuego que podíamos permitirnos, era ahora un gran salón de baile palaciego, con un amplio espacio para una orquesta de vampiros, que podía albergar a unos cinco mil bailarines.

Una vez acabada la fiesta, cuando toda la familia se reunía, podría haber dos mil bebedores de sangre en ese salón. Nadie los contaba, excepto nuestro médico residente, Fareed, quien, hasta ahora, sigue intentando en vano calcular el tamaño real de la tribu. La hipótesis que defiende recientemente es que está compuesta por cuatro mil miembros.

Sin embargo, a veces se reúnen unos tres mil en el *château*. El hecho es que nadie sabe cuántos bebedores de sangre duermen en la tierra o acechan en la periferia, como el que me describió Fontayne, aquel «enemigo» llamado Baudwin.

Ahora permitidme explicar cómo se estableció y organizó la propia Corte. Lo he descrito someramente en los otros dos libros que publiqué después de convertirme en príncipe, pero quiero que todos sepáis cómo fueron las cosas. Y cómo evolucionaron rápidamente en cuanto abrí las puertas del *château* para todos —se corrió la voz de una mente telepática a otra— y di garantías de seguridad, siempre y cuando vinieran con buena voluntad y respeto por nosotros.

Mis compañeros anfitriones eran los ancianos que acababa de conocer y a los que ya amaba: Gregory Duff Collingsworth, con su familia, Chrysanthe, Zenobia y Avicus; el doctor Fareed y su creador, Seth, el hijo de Akasha; la deslumbrante belleza conocida como la Gran Sevraine, que durante algún tiempo fue amiga de mi adorada madre Gabrielle; y los Hijos de los Milenios, a los que amé tanto, Pandora y Marius. Jesse Reeves y mi querido David Talbot también vinieron a residir en el *château*, y al final también lo hicieron los jóvenes neófitos de Marius, la pianista Sybelle y aquel que consiguió despertarnos y unirnos como tribu, Benji Mahmoud.

Antoine, mi antiguo neófito de Nueva Orleans, se reunió también con nosotros y se convirtió en el director de nuestra orquesta; asimismo, desde un refugio alpino que había permanecido en secreto durante más de mil años, vinieron muchos más músicos traídos a la Sangre por Notker el Sabio, ya que la música era tan importante para él que se había convertido en su manera de moverse por la eternidad.

Había muchos otros, Bianca, un amor de Marius largo tiempo perdido; Davis, del viejo Fang Gang; Everard de Landen, de Italia; Eleni, que hace mucho fue mi amiga en el Théâtre des Vampires; y Allesandra, una poderosa inmortal que sobrevivió a los incendios que acabaron con muchos de los antiguos Hijos de Satán que habitaron debajo del gran cementerio de Les Innocents.

Había una gran cantidad de estancias, y los huéspedes llegaban y se marchaban cuando querían, y progresivamente comenzaron a quedarse durante períodos cada vez más largos.

Pero cada noche, durante mucho tiempo, llegaron ante nuestras puertas nuevos bebedores de sangre, muchos sin dinero y viviendo de víctima en víctima, y otros demasiado jóvenes para enclaustrarse en las remotas montañas donde se encontraba el *château*.

No permitiría que ningún bebedor de sangre se aprovechara de los mortales de la aldea o de los pueblos circundantes, y eso significaba que muchos de los jóvenes que no podían viajar por el aire con confianza no podían permanecer con nosotros a menos que estuvieran protegidos por un vampiro más viejo que pudiera guiarlos regularmente hasta los densos terrenos de caza de Marsella, Londres o París.

Pero una corte así necesitaba eventualmente una estructura, un mantenimiento e incluso ejecutores que pudieran librarnos rápidamente de aquellos que llegaban sin respeto alguno por lo que tratábamos de alcanzar.

Se creó un equipo, sin que yo me ocupara de ello, gracias a una joven americana llamada Barbara.

Barbara, como todos los bebedores de sangre que cruzaron el umbral, tenía una historia que contar que llenaría dos volúmenes, pero basta con decir que llevaba ciento treinta años en la Sangre y que la violencia le había arrebatado a los dos vampiros mayores que la habían convertido, formando con ella una casa que había perdurado hasta este siglo. No fueron los Quemados, como los llamamos, quienes destruyeron a sus amados ancianos, sino una violenta y fortuita incursión de uno de esos bebedores de sangre merodeadores que matan a otros por el dominio del territorio.

Barbara y sus mentores habían vivido en una venerable casa de madera de estilo victoriano en una pequeña ciudad universitaria en el Medio Oeste, lo suficientemente cerca de varias ciudades como para poder cazar con facilidad. Habían llevado una vida tranquila durante décadas bajo el mismo techo, mientras Barbara o uno de los suyos se dedicaba a enseñar en la universidad de vez en cuando, de vez en cuando, asimismo, hacían algún viaje. Ese pequeño grupo estudió a lo largo de los años nuestros libros, nuestras *Crónicas vampíricas*, con escepticismo, pero con respeto, y fue a mí a quien acudió Barbara cuando un rebelde incendió la antigua casa de sus mentores y los destruyó con ella.

Barbara estaba en la ciudad de San Luis en aquel momento, para asistir a un concierto sinfónico, y llegó a casa antes del amanecer, justo para presenciar la conflagración. Permaneció cerca de las ruinas solo el tiempo suficiente para determinar sin duda alguna que sus creadores estaban realmente muertos, reducidos a cenizas en medio de los escombros, entre los cuales se vislumbraban sus inconfundibles prendas de ropa.

Y entonces Barbara aceptó la invitación, noche tras noche transmitida para todos por Benji Mahmoud, de acudir a la Corte en Francia como invitada o para pedir justicia.

A Barbara le había resultado muy difícil cruzar el mar. Viajó tan al norte por el continente americano como pudo y luego tomó un avión rumbo a Londres, y de allí otro a París, desde donde condujo hacia las montañas durante varias noches antes de encontrarse con el castillo restaurado, iluminado sobre un pueblo perfecto que dormía como si estuviera encantado.

Por supuesto, fue el toque de queda el responsable de lo que Barbara vio cuando conducía por la calle principal. No se permitía salir a nadie de la colonia mortal después de cierta hora, excepto para ir y venir de la taberna, que ella dejó atrás en dirección hacia el ancho puente sobre el foso que rodeaba al castillo.

Yo no estaba allí cuando llegó por primera vez, y no la conocí hasta una semana después. Me atrajo de inmediato. Tenía unos cincuenta años cuando la Sangre le devolvió su aspecto más juvenil, sus cabellos grises recuperaron el color negro y desterró para siempre una enfermedad paralizante en las articulaciones que había hecho que sus movimientos fueran cada vez más débiles y dolorosos. Se vestía con gruesas y sencillas chaquetas de tweed y faldas largas con botas marrones visibles bajo el dobladillo, y se sujetaba el cabello con un pasador de diamantes, su único adorno. Tenía un rostro alargado y estrecho, casi demacrado, con unos ojos inmensos y unas cejas negras y gruesas que se dibujaban muy rectas sobre su mirada, y unos labios de fresa. Su piel era muy oscura para ser una bebedora de sangre y traslucía una herencia griega e italiana y la mezcla de sangre africana de una de sus abuelas.

Me gustó de inmediato. Pero más que eso, me impresionó. La Corte le pareció algo asombroso y comenzó a trabajar haciendo todo lo que tuviera que hacer, desde pulir espejos, sacudir alfombras, desempaquetar cajas de nuevas estatuillas de bronce (siempre estaba ordenando esas cosas) y antiguos jarrones chinos, a reparar grifos que estaban rotos, recolocar cuadros que colgaban torcidos, deshollinar chimeneas cuyo tiro no funcionaba y recoger prendas dispersas y tratar de encontrar los apartamentos de sus dueños.

Y aunque la limpieza del *château* en aquel momento era el deber de varios mortales que residían en el pueblo, Barbara me aseguró que no había necesidad de exponerse a tal riesgo.

«Estoy enamorada de esta Corte —se ofreció— y puedo proporcionaros lo que sea necesario para todos si me permitís hacerlo.» Ella había visto lo que era obvio, que ciertos vampiros que habían entrado y que se aferraban inseguros a las sombras harían lo que fuera necesario para convertirse en una parte vital de la familia. Muchos tenían habilidades de sus vidas mortales que podrían ser revividas ahora para un buen uso. Solo una palabra mía y su lealtad y sumisión serían ilimitadas.

En cuestión de meses, Barbara comenzó a organizar un equipo de bebedores de sangre rápidos y entusiastas que atendían todas las necesidades posibles mientras, además, eran los ojos y los oídos del Consejo por doquier. Barbara estableció un registro de qué apartamentos pertenecían a quién, cuáles estaban vacíos y cuántas habitaciones aisladas había, y se encargó de que no faltaran velas de cera de abeja, flores frescas y leña para las chimeneas.

Se ocupó de mi guardarropa y, aunque nunca soñé con pedirle que lo hiciera, me cosió botones en los abrigos e incluso me remendó una gran capa de terciopelo que me negaba a tirar, aunque estaba demasiado frágil para poder usarla.

Fareed estaba particularmente encantado con las innovaciones de Barbara, y como deseaba conocer la historia de cada bebedor de sangre que acudía a la Corte, insistió en tomar una muestra de la sangre de cada criatura y estudiarla en busca de sus características distintivas.

Barbara llevaba a los invitados hasta Fareed y les explicaba lo que les haría. Les hablaba a todos con una voz suave, profunda y convincente, y con idéntica amabilidad. Y su francés y alemán fluidos fueron muy útiles.

Fareed había confeccionado muchos árboles genealógicos de vampiros en sus ordenadores, y otras gráficas complejas, en los que consignaba los padres comunes compartidos a lo largo de la historia y en todo el mundo por los bebedores de sangre. Su sueño era, con el tiempo, rastrear los ancestros de todos los neófitos hasta la fuente primigenia, pero sus listas y gráficos estaban llenos de nombres y extraños espacios en blanco, y solo ocasionalmente aparecía algún nombre común a más de dos vagabundos sin parentesco.

Todos estuvimos de acuerdo en que aquella era una información valiosa. Se compilaron volúmenes para cada nombre mencionado, con una breve historia de ese bebedor de sangre, aunque solo fuera uno más en las historias salvajes de un vagabundo harapiento.

Fareed quería llevarse a Barbara a sus oficinas de París y yo me negué. Aun así, encontró a los bebedores de sangre perfectos para asistir a Fareed y a su equipo de médicos vampiros.

En la Corte, ella continuó creando nuevos y refinados puestos de trabajo en el servicio y listas de quehaceres y, asimismo, se ocupó del tema de los ingresos de los muchos trabajadores que teníamos y de que los jóvenes estuvieran bajo la tutela de vampiros mayores que pudieran llevarlos de caza a París y a Marsella. Formaba a las sirvientas y a los ayudantes de cámara de los caballeros, y tenía un equipo de conductores para llevar a los miembros de la Corte a conciertos, a la ópera o al cine en las ciudades cercanas.

De hecho, Barbara creó tal red de personal de apoyo que comencé a preguntarme cómo habíamos vivido hasta entonces sin ella.

Y el *château* pronto estuvo increíblemente limpio, desde las habitaciones más altas y más pequeñas de la torre, hasta las amplias criptas abiertas de sus sótanos.

Fue Barbara quien encontró mazmorras que no sabíamos que existían bajo los cimientos de la torre sudoeste.

Emocionada, me condujo por la escalera de caracol de piedra hasta aquella extraña zona bajo tierra, donde las paredes rezumaban humedad, y las celdas de la prisión mostraban sus barrotes oxidados y montones de desechos que, por lo que pude imaginar, podrían ser restos humanos.

Largos y estrechos conductos de aire dejaban pasar la tenue luz de la luna a algunos de aquellos lugares.

—Todo esto tiene que limpiarse y restaurarse, príncipe —determinó—. Nunca se sabe cuándo lo necesitarás.

—¿Una mazmorra, Barbara? —pregunté.

Marius me decía por encima del hombro que Barbara tenía razón. Así que dio la orden para que se llevara a cabo. Barrotes nuevos, cerraduras nuevas...

—Ves un futuro diferente del que veo yo —le recriminé.

—El problema es que no ves el futuro —aseveró él. E hizo comentarios muy similares a los que me había hecho recientemente sobre «nuestra naturaleza» y sobre lo que yo me negaba a aceptar al respecto.

—Si piensas que alguna vez meteré aquí a cualquier desventurada víctima mortal, realmente me has juzgado mal —repliqué.

Una extraña expresión apareció en su rostro. Luego se volvió hacia Barbara.

—Ven conmigo, cariño —dijo—. Te daré las indicaciones de lo que hay que hacer aquí.

Muy pronto nos acostumbramos a los bebedores de sangre que asumían voluntariamente el papel de sirvientes, mostrando un profundo respeto por todos nosotros con la misma firmeza con que los antiguos sirvientes de mi padre lo habían hecho en el siglo XVIII, y casi por la misma razón.

Habíamos sido mendigos en aquellos días, una de las familias más pobres de la comunidad, pero aquellos viejos sirvientes cuyos antepasados nos habían servido durante generaciones se consideraban bendecidos por vivir bajo el techo de un marqués y tener un plato de gachas para comer todos los días, un lugar frente al fuego de la cocina y carne en los días festivos. No puedo recordar a ninguna de aquellas personas, joven o vieja, que alguna vez se propusiera hacer fortuna en las ciudades de Francia donde hombres, mujeres y niños morían de hambre durante el duro invierno.

—Solo déjanos quedarnos aquí. Haremos lo que sea. —Barbara repetía aquella súplica una y otra vez. Organizaba las tareas, la cadena de mando, alejaba del *château* a los mortales curiosos y se aseguraba de que todos conocieran las reglas de la casa y se comprometieran a «servir».

La última innovación de Barbara había sido la librea. Esperaba que los ancianos y los miembros más modernos de la tribu se indignaran ante la idea, pero no fue así, y pronto nos acostumbramos a un servicio vestido con impecables trajes y túnicas de terciopelo negro, y a que se dirigieran a nosotros con apelativos como «señor», «señora» o «señorita».

Por supuesto, yo siempre fui «el príncipe», aunque de vez

en cuando también escuchaba que alguien se refería a mí simplemente como «el soberano».

El soberano.

La joven americana formó un pequeño grupo de empleados que mantenía los registros, pagaba los impuestos, abría el correo y contestaba los únicos teléfonos de línea fija que había en el *château*, que estaban en los escritorios de sus despachos en el sótano.

Y Barbara, que lo dirigía todo, llevaba un exquisito y encantador vestido negro con un collar de perlas naturales en la garganta y aquel pasador de diamantes que recogía su cabello, salía siempre de las sombras cuando la necesitaba.

Así que esa es la Corte a la que regresé, en la que se alojaban unos seiscientos bebedores de sangre, y donde me sentía en casa, como nunca me había sentido en ninguna otra parte excepto, tal vez, en mi viejo apartamento en la Rue Royale en el siglo XIX, cuando Louis se sentaba en el sillón junto al hogar a leer los periódicos franceses y Claudia, con su vestido de gasa blanca y mangas acampanadas, tocaba al piano la música alegre y vivaz de Mozart.

«¡Apágate, apágate, pequeña vela!» Ese recuerdo reconfortante puede convertirse en agonía en un instante.

5

—¿Así que Arjun está muerto? —pregunté mientras bajaba la escalera de la torre—. ¿Dónde está Barbara?

Pero fue Louis a quien me encontré. Iba, como ya era habitual, con la corbata de seda torcida, una palpable capa de
polvo en los hombros y en aquellos zapatos que alguna vez
brillaron. Comenzó a explicarme lo ocurrido en un susurro,
como si eso tuviera el más mínimo sentido en un edificio lleno de criaturas con poderes telepáticos. Ni siquiera Barbara
había podido conseguir que cuidara de su aspecto.

Lo cogí del brazo y avanzamos a través de varios salones
desiertos en dirección a la Cámara del Consejo.

—Lo que pasó no fue culpa de Marius —dijo Louis. Tenía
una expresión de dolor en su rostro habitualmente sereno y
mostraba un ligero temblor en los labios—. Arjun atacó a Marius —continuó. Su voz fue casi un susurro otra vez, pero me
di cuenta de que, en realidad, cuanta más emoción sentía
Louis, más bajaba la voz—. Tuvo que ver con Pandora. Arjun
quería llevársela, pero ella no quería irse, y Marius le advirtió
que la dejara en paz o que asumiera las consecuencias. Se fueron a algún lugar cerca del bosque para hablar de ello. Pero

todos pudieron oír a Arjun gritándole a Marius, reprochándole su intervención, y sus salvajes protestas por el amor que profesaba por Pandora.

Podía imaginármelo fácilmente, aunque en realidad nunca lo hubiera oído levantar la voz, excepto en la historia que me contó Fontayne.

—Y Pandora, ¿qué estaba haciendo? —quise saber.

—Llorar. Sollozar en brazos de Bianca —suspiró—. De un modo u otro, se había transformado en la personificación de la mujer en conflicto, pasiva y sufridora, totalmente incapaz de defenderse. Bianca y Pandora se habían convertido en las dos esposas de Marius, y Arjun estaba inquieto y quería irse. Afirmó haber renacido, listo para enfrentarse a este nuevo mundo, y le ordenó a Pandora que se preparara para regresar a la India con él.

—Ella no quería irse con Arjun.

—No, obviamente no. Pero parecía incapaz de decirlo.

—¿Viste lo que pasó finalmente? —le pregunté. Estábamos acercándonos a la Cámara del Consejo, y había visto a muy pocos vampiros, en su mayoría sentados juntos en pequeños grupos entre las sombras, como si alguien les hubiera prohibido moverse o hablar, bailar, cantar, leer o hacer nada. Barbara estaba fuera de la sala con su cuaderno de cuero negro contra el pecho, esperándome.

—No —respondió Louis—. No, pero otros sí lo vieron. Me había tapado las orejas con las manos porque estaba tratando de leer. Pero todos coinciden en lo mismo: Arjun empujó a Marius, le dio un vil golpe en la cara y le lanzó el fuego. Marius le envió el fuego de vuelta y lo destruyó completamente.

Innumerables pensamientos se apiñaron en mi cabeza. ¿Qué estaba pasando realmente? ¿Por qué la casa estaba tan sospechosamente tranquila después de lo ocurrido? ¿Qué había en la mente de todos esos vampiros que ahora estaban sentados en silencio medio ocultos por las sombras? ¿Qué había en la mente del Consejo?

Pensé de nuevo en Fontayne, que esperaba algún tipo de permiso de la Corte antes de traer a una joven mortal a la Sangre, y en aquel rebelde que me siseó: «¿Con qué autoridad me haces esto?», y me dije que no podía hacer más que entrar en la Cámara del Consejo.

Entré y ocupé mi lugar habitual en la cabecera de la mesa más próxima a la puerta. Barbara se sentó a la derecha, lejos de la mesa y cerca de la pared, abrió su cuaderno y preparó su antigua pluma para escribir. Louis tomó su lugar habitual a mi derecha en la mesa.

Marius estaba en la silla de mi izquierda, pero la había apartado de la mesa y se había sentado frente a la asamblea, aunque sin mirarla y con los brazos cruzados. Vestía su habitual túnica de terciopelo rojo. Y no se había molestado en recortarse el pelo, algo que solía hacer al levantarse, de manera que en esos momentos le tapaba media cara y le caía sobre los hombros. Tenía el ceño fruncido.

No reconoció mi presencia.

La araña de cristal del techo funcionaba a su máxima potencia, inundando la habitación con una luz despiadada, los candelabros de las paredes también estaban encendidos, sus diminutas bombillas eléctricas imitando las llamas de unas velas prendidas. Bajo aquella iluminación nadie parecía ni remotamente humano. Era una asamblea de inmortales, algunos de cuyos miembros podrían ser fácilmente etiquetados como monstruos. Pero a mí me resultaban hermosos porque su piel sobrenatural y sus ojos brillantes eran completamente familiares para mí.

Pero allí había dos criaturas que no eran bebedores de sangre.

En absoluto.

Ahora, para aquellos de vosotros que sois nuevos en este relato, os daré algunos detalles de quién se había reunido en aquella sala.

En el extremo opuesto de la mesa estaba sentado Gregory Duff Collingsworth, el vampiro más viejo de todos nosotros, con su aspecto de siempre, el de un hombre de negocios suizo o alemán. Llevaba un sencillo traje gris y una corbata roja, y había cruzado los brazos sobre el pecho; asintió hacia mí con una sonrisa fugaz y agradable. Siempre llevaba el cabello muy corto, y por lo que sabía hasta entonces, no hubiera podido ser de otro modo, porque nuestro cabello nunca crece una vez que hemos sido creados, y si se corta, vuelve a crecer de la noche a la mañana. Parecía alegre y feliz de verme.

A su derecha estaba Seth, que muy probablemente era el que le seguía en edad, y a quien la Reina Akasha convirtió en vampiro unos treinta años más o menos después de Gregory. Llevaba una sotana negra sencilla, como la de los sacerdotes católicos, el pelo negro muy corto y fijaba sus oscuros ojos en mí como si en realidad no me estuviera viendo. Junto a él estaba sentado el doctor Fareed, nuestro querido científico y médico, un anglo-indio con hermosos ojos verdes, vestido con su habitual bata blanca de facultativo. Garabateaba en una libreta de papel amarillo con su pluma estilográfica negra. El ruido de la pluma deslizándose sobre el papel era el único sonido perceptible en la habitación. A su lado estaba Sevraine, nacida mil años después de que la Sangre hubiera llegado a Akasha y la hubiera convertido en el primer vampiro. Y Sevraine, conocida por todos como la Gran Sevraine, lucía su glorioso cabello peinado con perlas y diamantes entrelazados.

Su túnica enjoyada de seda de color verde oscuro se parecía mucho a la *kurta* o al *sherwani* que vestían los varones indios, y los diamantes y rubíes que la adornaban valían una gran fortuna.

—Buenas noches, príncipe —me saludó ella en cuanto me senté—. Nos alegra ver que has regresado.

—Gracias, *chérie* —respondí a riesgo de ser reprobado por mostrarme condescendiente por mi amables y afectuosas palabras. Pero no había tenido tiempo de contenerme.

Al otro lado de la mesa, justo después de Louis, estaba David Talbot, mi acólito anglo-indio, vestido como siempre con un traje moderno de lana marrón, una camisa de color caramelo y una corbata dorada, y con su pelo negro ondulado, corto y bien peinado. Él también parecía estar tomando notas de algún tipo en un cuaderno, pero su pluma no emitía sonido alguno.

A su derecha estaba Jesse Reeves, convertida por la gran Maharet, una mujer tan preocupantemente delgada como un pajarillo que en vida había sido de tez pálida y pecosa y ahora era tan blanca como el alabastro. Aquella palidez natural, infundida por la poderosa sangre de las gemelas Maharet y Mekare, que eran tan viejas como Gregory, unida a su ondulado cabello cobrizo con mechas blancas hacían que su figura pareciera más fantasmal que humana. Luego estaba Teskhamen, el Hijo de los Milenios que en un bosque de druidas había convertido a Marius dos mil años atrás. Llevaba el mismo tipo de túnica enjoyada que Sevraine, solo que la suya era de terciopelo negro y estaba salpicada, en lugar de por joyas, de abalorios asimismo negros que le otorgaban un brillo salvaje. Y a su lado se sentaban dos criaturas inmortales también de carne y hueso pero que no eran humanas, la primera de ellas Amel, el espíritu que hace miles de años se había fusionado con Akasha para dar al mundo el primer vampiro, y que había conectado a todos los bebedores de sangre de la tribu a ese cuerpo anfitrión, Amel, ahora en el delgado y bien proporcionado cuerpo de carne y hueso de un joven de cabellos rojos y rizados, con unos ojos verdes que me miraban con mucha atención, con su hermoso rostro cruzado de lado a lado por una sonrisa generosa.

Y a su derecha, la Replimoide femenina, la Hija de la Atlántida, la impresionante Kapetria de piel oscura, que había construido el cuerpo de Amel para él, un ser hecho en otro mundo y enviado a nuestra tierra hace eones, poseedor de gran genio, inteligencia y conciencia, que había despertado en el siglo XX en una tumba de hielo para ir en busca de sus antiguos hermanos. Los rápidos y oscuros ojos de Kapetria estaban fijos en mí, y también sonreía. Su espesa, rizada y larga melena le enmarcaba el rostro, y llevaba, como era habitual en ella, una bata blanca almidonada como la que vestía Fareed, y rodeaba con el brazo a la figura que había a su lado, Bianca, que también estaba en silencio, con la mirada baja.

Y allí estaba Armand, con los brazos cruzados, estudiando a Marius, con su cabello castaño rozándole descuidadamente el rostro y sus ojos marrones como dos rendijas, concentrado.

También estaba Pandora, la que hace siglos convirtió al desafortunado Arjun y que luego se convirtió en su esclava en lugar de su mentora; Pandora, que a menudo irradiaba una tristeza tan oscura y agridulce que invitaba a los demás a llorar. Vestía túnica y velo negros, y tenía los ojos cerrados como si estuviera soñando, con la cabeza inclinada y las dos manos entrelazadas sobre la brillante mesa de caoba. Pude ver muy poco de su cabello castaño rizado. Y de ella no emanaba un solo sonido. Bianca, a su lado, asimismo permanecía en silencio, mirando al suelo.

Mentes bloqueadas.

—Es obvio que me esperabais —comenté. Quería hacerles todo tipo de preguntas y, ante todo, saber por qué Amel y Kapetria estaban allí, pero cuando les dije que me alegraba de verlos, Marius comenzó a hablar de inmediato y yo lo escuché.

—Bueno, está claro que he quebrantado nuestras leyes —empezó con voz abrupta y hostil, volviéndose hacia mí y acercando su silla a la mesa—. He destruido a otro bebedor de sangre, lo he quemado hasta que no ha quedado nada de él.

Nadie dijo una palabra.

—Así que, por supuesto —continuó Marius—, estoy esperando tu juicio y el de todos los reunidos aquí. Acepto que Kapetria es ahora una de los nuestros, y que está aquí debido a este asunto, y en cuanto a Amel, bueno, sí, Amel, nuestro amado Amel... —se detuvo. Sus ojos se empañaron y tragó saliva como si la voz se le hubiera secado en la garganta y, luchando contra la emoción, declaró—: Nuestro amado Amel también tiene derecho a estar aquí.

—Tonterías —repuso Gregory—. Tanto este cónclave como el supuesto juicio son del todo innecesarios. —Sonaba completamente humano. Tras llevar tantos siglos en la Sangre, Gregory debería aparecer como el más sobrenatural de todos nosotros. Pero en su caso era distinto: debido a las muchas centurias que había pasado formando parte del mundo mortal, construyendo un vasto imperio farmacéutico, había adquirido un barniz humano que era tan denso como cualquiera de los remedios que nosotros solíamos usar para hacernos pasar por hombres y mujeres, y su actitud y su voz eran completamente humanas. Su piel estaba bronceada por su cuidadosamente planificada exposición al sol mientras dormía durante la parálisis diurna, y tenía el don de gentes de un gran ejecutivo, acostumbrado a dar órdenes a los demás pero a ser amable con todos. Siguió hablando—: Todos aquí entienden exactamente lo que sucedió. Nadie ha cuestionado lo que hizo Marius. Marius es el único que cuestiona a Marius.

—¡Eso es ridículo! —protestó este—. Maté a otro bebedor de sangre. Rompí las mismas reglas que establecí como vinculantes para todos nosotros. —Desplazó su mirada de mí a Gregory—. ¿Es que vamos a dictar reglas para los jóvenes bebedores de sangre de todo el mundo, pero las romperemos nosotros mismos en momentos de pasión?

—Cualquiera de nosotros habría hecho lo mismo en esas circunstancias —expuso Seth en voz baja. Me miró y prosiguió con voz serena y tranquila—: príncipe, hubo testigos, aunque todos eran jóvenes. Pero estuvieron de acuerdo en lo que vieron. Arjun atacó a Marius, se burló de él, lo insultó y amenazó su vida. Arjun lanzó el fuego a Marius con un torrente de maldiciones, y Marius respondió. Igual que habría respondido yo mismo.

De nuevo se hizo el silencio. Detrás de mí, las puertas se abrieron y vi a Cyril y a Thorne entrar a la habitación y sentarse cerca de la pared. Aquello nunca era una buena señal, pero quería permanecer atento al Consejo.

Sevraine habló.

—Arjun aterrorizaba a Pandora —manifestó—. Para ese bebedor de sangre las mujeres no eran personas.

—Pandora, ¿tienes algo que decir? —preguntó Jesse. Miró a los demás. Y luego a mí—. ¿No deberíamos escuchar a Pandora?

Esta no se movió ni abrió los ojos. Podría haber sido una estatua.

Bianca, a su lado, casi rozándola, sintonizada con la mezcla de dolor y confusión que debía de estar convirtiendo aquel momento en algo tan miserable para Pandora, tampoco se movió.

Armand permaneció en silencio, pero ahora podía ver que estaba enojado.

—Marius —le dije—, ¿qué quieres que hagamos?

—Algo debe hacerse —contestó inclinando la cabeza—. Algo debe decirse. Algún efecto debería tener el hecho de que yo haya transgredido con consecuencias mortales unas reglas con las que pretendo mantener a los demás en orden. Violé la ley.

—Ah, el romano, siempre el viejo romano —exclamó Pandora en voz baja—. Siempre el hombre de la razón. —Abrió los ojos y miró al frente—. Arjun me atormentó durante siglos. Y me has librado de él y te estoy agradecida por ello. No quería que él muriera, no, no quería que le pasara nada malo, pero anhelaba con toda mi alma liberarme de él.

—Pero no podías hacer nada al respecto, ¿verdad? —Marius se encendió. Nunca lo había visto tan enfadado. La miraba por encima de la mesa—. No podías enfrentarte a él tú sola. No, y por eso tuve que hacerlo yo, tuve que enfrentarme a él y a sus suposiciones brutales y llenarme las manos de sangre cuando la supervivencia de nuestra tribu ahora es lo único que me importa bajo el cielo.

Golpeó la mesa con la mano. Temí que la madera se astillara, pero no lo hizo. Apretó el puño y percibí el olor de la sangre que salía de su palma.

—Escúchame —le pidió Seth—, seguramente ninguna ley que hagamos privará a un bebedor de sangre del derecho a defenderse contra alguien que lo ataque con el fuego.

—Podría haberlo frenado fácilmente —replicó Marius. Estaba temblando de rabia. Tenía la cabeza inclinada y se frotaba las manos como si no pudiera controlarse—. Pude haberlo frenado y...

—¿Y qué? ¿Tendríamos a otro Rhoshamandes en nuestras manos? —planteó Gregory—. ¡Podría haber regresado en cualquier momento y buscar venganza contra Pandora o contra ti o contra todos nosotros! Él rompió la paz, Marius. Nos has librado de alguien que no estaba hecho para estos tiempos, y que no estaba hecho para esta empresa que nos es tan querida.

—Estoy de acuerdo —declaré sin pararme a pensar. Entonces me di cuenta de que todos me estaban mirando—. Estoy de acuerdo, esta es nuestra empresa, como bien expresas, Gregory, y lo es todo para nosotros. Queremos que esta Corte perdure. Queremos que la tribu perdure, y Arjun no era un ser a quien le importara eso, no si intentaba sacar a Pandora de aquí por la fuerza.

—Es lo que trataba de hacer —dijo Pandora. De nuevo, su voz era suave, como si estuviera entablando una simple conversación—. Y estoy agradecida de ser libre. Y Marius, te pido perdón por no poder liberarme yo misma de Arjun. Te pido perdón por que me faltaban las fuerzas, pero fui su creadora y su madre, y también su amante, y simplemente no podía hacerlo.

Sabía que eso era cierto. No había prestado mucha atención a Pandora ni a Arjun desde hacía más de un año, pero había visto y escuchado lo suficiente como para saber que él le hacía la vida imposible, que su sufrimiento aumentaba, y que en los últimos meses se aferraba a la Corte, negándose a viajar con él, ni siquiera a París.

—Debería haber tenido tu fuerza —continuó Pandora, mirando a Marius—. Pero no la tengo. Y lo hiciste más por disgusto ante...

—¡Oh, no te engañes a ti misma! —la interrumpió él.

Ella hizo una pausa y luego prosiguió:

—Tal vez más por disgusto ante mi debilidad que por cualquier otra...

Marius soltó un fuerte bufido y apartó la mirada de ella.

—Fuera cual fuese la razón —intervine—, ya está hecho. Y concluyo, basándome en todo lo que me habéis dicho, que se hizo por una buena razón y en defensa propia, y doy por zanjado este asunto.

—Estoy de acuerdo —convino Gregory. Hubo murmullos de asentimiento por parte de todos, incluso de Amel.

—¿Hay alguien que se oponga a mi conclusión? —pregunté. Marius se puso de pie.

Me miró y luego a los demás.

—Siento mucho lo que hice —se disculpó—. Siento mi impaciencia, mi rabia y mi debilidad. Siento haber destruido a Arjun. Y quiero que sepáis, quiero que todos sepan, que creo que debemos cumplir con las leyes que hacemos los unos para los otros. Nosotros, el Consejo, los ancianos, no disfrutamos de ningún privilegio, de ninguna excepción a la ley, no tenemos una prerrogativa especial para romperla. Lo siento y os doy mi palabra de que nunca más volveré a quitarle la vida a otro bebedor de sangre con rabia y sin sentido.

Nuevamente hubo murmullos de aprobación.

Amel parecía profundamente conmovido por todo aquello y, durante un momento, casi al borde de las lágrimas. Ese era, no obstante, su mejor modo de lidiar con las emociones fáciles de un hombre joven, aunque era mucho más viejo que cualquiera de nosotros. Levantó la vista hacia Marius, apenado, como si deseara con todo su extraño corazón antinatural poder hacer algo para detener el tormento que este no podía ocultar.

—Ya está —concluyó Pandora, mirando a Marius con expresión suplicante, pero él no le devolvió la mirada—. Y ahora —continuó—, puedes despreciarme tanto por esto como por tantas otras cosas.

—Eso es demasiado trivial y estúpido y autoindulgente como para merecer una respuesta —repuso—. Os agradezco a todos vuestro perdón.

—Entonces podemos pasar a un asunto más apremiante —propuso Gregory.

—¿De qué se trata? —pregunté. Ahora, más que nada en el mundo, quería contarles el asunto de Fontayne, hablarle de él a Pandora, y tener la seguridad de que podría traerlo a la Corte, pero podía ver todas las miradas puestas en mí, incluso la de ella.

—Rhoshamandes —dijo Gregory, mirándome directamente—. Lestat, debes dar la orden de acabar con Rhoshamandes.

6

Yo estaba enfurecido. Rhoshamandes. Cinco mil años en la Sangre. Viviendo en su propia isla privada de Saint Rayne. Visitado de vez en cuando por sus neófitos Eleni y Allesandra, y conviviendo con su amante, Benedict. Un bebedor de sangre que claramente me despreciaba por lo que le había hecho en el pasado, después de que él asesinara a la gran Maharet, y mientras mantenía cautivo a mi hijo Viktor. Un bebedor de sangre que había accedido a dejarnos en paz si nosotros lo dejábamos en paz.

—¿Por qué demonios hablamos de esto otra vez? —exigí—. ¿Qué ha pasado?

Por un momento, nadie dijo nada, y me fue fácil entender por qué. Habíamos discutido aquello repetidamente. Todos y cada uno de ellos estaban a favor de la destrucción de Rhoshamandes, y solo yo me había resistido a ello, insistiendo una y otra vez en que Rhoshamandes había sido perdonado formalmente por lo que le había hecho a Maharet, que no había hecho nada para romper la paz y no había cometido ningún acto de agresión contra nosotros.

Me enfurecía no lograr que ninguno de ellos entendiera lo

que significaba para mí juzgar a un bebedor de sangre que había caminado por la tierra durante miles de años, que había visto surgir y caer imperios y mundos que yo solo podía imaginar: derribar a un ser así por un error que había cometido debido a las tentaciones de la voz de un espíritu que le había mentido, manipulado y acosado para atacar a Maharet y destruirla.

Pero nunca hubo la más mínima comprensión. La mayoría del Consejo se mostró firmemente convencida de que Rhoshamandes debería ser destruido, y aquellos que no parecían preocuparse demasiado por el problema no estaban en desacuerdo.

—Amel —le dije—. Esta es la primera vez, que yo sepa, que estás en esta mesa. ¿No puedes hablar a favor de Rhoshamandes?

—Lestat, ¿por qué haría eso? —replicó con su voz de niño, y de repente su rostro se sonrojó mientras me miraba. Nos habíamos visto muchas veces en el último año, y me había acostumbrado a él en ese nuevo cuerpo inmortal, y en ocasiones era como si el espíritu, Amel, ese extraño y aterrador ser, nunca hubiera existido.

—Porque fuiste tú, al adquirir la consciencia, Amel, quien lo incitó a matar a Maharet. ¿Lo has olvidado?

Aquel fue un momento doloroso para los demás, y pude verlo. Miraban a Amel con inquietud, como si no hubieran olvidado, ni por un momento, al espíritu antiguo que había sido, y no podían confiar en el joven pelirrojo que estaba sentado frente a ellos. No parecía que les tranquilizaran sus obvias emociones, sino que más bien desconfiaban de ellas. Pero Amel, desde el primer momento en que pronunció una palabra coherente en forma de espíritu, había sido víctima de sus emociones. Y ahora también lo era.

Volví a lo más profundo de mi mente, recordando que aún no hacía dos años desde que, en una mesa como esta en Trinity Gate, en Nueva York, estos mismos inmortales habían hablado de encarcelar al espíritu Amel en una cámara de fluidos en la cual, ciego, sordo e incapaz de hablar, podría haber regresado a una tortuosa existencia sin sentido. Traté de rechazar tales pensamientos porque no era el momento de hablar de ello, pero los Replimoides, independientemente de sus inmensos poderes, no podían leer nuestras mentes, y Amel, que una vez fue nuestra mente central, por así decirlo, que podía pasar de una mente a otra sin problemas, ahora era a todos los propósitos prácticos un Replimoide.

Me preguntaba cómo sería para ese extraño espíritu encarnado que había estado en un cuerpo físico durante meses —caminando, hablando, leyendo, quizá haciendo el amor, viviendo de nuevo como un inmortal— estar sentado entre nosotros ahora, entre los bebedores de sangre de la tribu que él había creado, habitado y mantenido durante siglos. Pensamientos como aquel no conducían a conclusiones fáciles o simples. Persistían en mí porque estaba obligado a llegar hasta la raíz de las cosas. Y quería entender todo lo que estaba sucediendo en aquel momento, y las emociones que podía sentir eran tristemente tan reales como las palabras o las acciones.

No. No iba a detenerme en eso, en la desconcertante relación entre aquella persona a quien amaba con devoción y los bebedores de sangre que no compartían ese amor, que ni siquiera lo entendían.

Si Amel recordaba aquel Consejo de inmortales que discutía desapasionadamente su destino, cuando ninguno de nosotros sabía con exactitud qué era, o de dónde había venido, o por qué o cómo se había fusionado con un ser humano para crear el primer vampiro, no dejó que se le notara.

Él había estado allí, en espíritu, dentro de nosotros, uniéndonos, atándonos a un anfitrión, hablando en nuestras mentes cuando le interesaba, engañando y mintiendo, y enfrentando al bebedor de sangre contra el bebedor de sangre. Y había tratado de manipular a Rhoshamandes, poniéndolo en contra de Maharet, y había tenido éxito. Y Rhoshamandes y su amante Benedict habían ido a la guarida de Maharet y le habían asestado un golpe tan brutal que apenas podía soportar pensar en ello.

Dejé que mis ojos se posaran en Jesse Reeves, la amada sobrina de Maharet y su neófita, y lentamente sus ojos se volvieron hacia mí, y capté el mensaje: «Rhoshamandes debe ser ejecutado. No hay alternativa. Eres tú, Lestat, quien no lo entiende».

—Destrúyelo —me ordenó Amel de repente, impulsivamente, con la cara enrojecida—. Destrúyelo antes de que él te destruya a ti o antes de que nos destruya a nosotros.

—Por eso estamos aquí, Lestat —afirmó Kapetria. Era la primera vez que hablaba en la reunión—. Estamos aquí porque Rhoshamandes ha comenzado a ensombrecer nuestras vidas, y no podemos respirar con calma en esas sombras. Rhoshamandes no quiere dejarnos en paz.

—Vamos a explicar lo que pasó —dijo Amel. Se volvió y la miró, tomó su mano derecha y la besó. Me miró mientras hablaba—. Nos hemos retirado de nuestra colonia en Inglaterra. Nos hemos retirado a los laboratorios de Gregory en París. Ahora estamos viviendo en la clandestinidad con la protección de Gregory, porque a cada paso, durante la última semana, Rhoshamandes nos ha acechado, ha encontrado alguna razón para amedrentarnos, ha entrado en nuestras habitaciones privadas, apareciendo de la nada como solo los antiguos pueden hacer, y no nos ha dejado un instante de paz.

Me sentí abatido. Les había asegurado que eso nunca sucedería. Rhoshamandes me había jurado que dejaría en paz a la colonia de los Hijos de la Atlántida.

Se lo pedí directamente, y él me dio su palabra. Declaró: «No tengo ningún interés en esas criaturas. Puedo ver que deseas protegerlos. No soy una amenaza para ellos. No tengo nada contra ellos. Mientras ellos me dejen en paz, yo los dejaré en paz».

Y ahora esto.

Kapetria parecía más preocupada de lo que nunca la había visto. Siempre la he considerado poderosamente hermosa, con su impecable piel bronceada, sus rasgos exquisitamente esculpidos y su espeso pelo ondulado y negro como las plumas de un cuervo. Su mirada desprendía una calidez inmediata que encontraba tranquilizadora. Y nos había demostrado su lealtad. La había demostrado más de una vez, pero lo más espectacular fue cuando sacó el espíritu de Amel de mí, dejando mi mente y mi cuerpo intactos.

Ella podría fácilmente haberme destruido en el proceso. Pero pospuso el acto hasta que estuvo segura de que podía lograrlo mientras me salvaba la vida.

—Sabes cuánto amamos a nuestra colonia —me dijo Kapetria directamente—. Sabes cómo intentamos aprender de ti y de Gremt cuando la fundamos.

Por supuesto que lo sabía. Y me encantaba aquello en lo que se había convertido la colonia.

Kapetria, con la ayuda de Gregory y Gremt, compró un asilo abandonado en una zona rural de Inglaterra y una mansión señorial bastante cercana, e invirtió una gran suma en un pueblo de las inmediaciones mucho más grande y más vital que mi pequeña aldea recreada aquí en Francia. Los Replimoides habían establecido un «*spa* terapéutico» como tapadera para sus actividades, renovando completamente el asilo y desarrollando sus laboratorios allí. Restauraron propiedades en el pueblo, atrajeron nuevos intereses comerciales, renovaron la iglesia en ruinas y establecieron una donación periódica para financiar a un vicario residente.

Esa era la manera segura, les había dicho Gremt, de prosperar entre los mortales, mostrar gran generosidad a los lugareños, convertirse en una fuerza para el bien, para que pudieran perdonar fácilmente cualquier cosa que vieran que pudiera incitar a sospechar que una especie extraterrestre se había establecido en su zona.

Para los Hijos de la Atlántida aquello era sencillo, puesto que solo tenían buenos sentimientos hacia los seres humanos, y en realidad eran personas con un propósito en su mente: el de hacer lo que fuera bueno para la humanidad.

He visitado la comunidad británica varias veces en los últimos meses, asombrado por el progreso logrado por la colonia que ahora cuenta con sesenta y cuatro Replimoides, incluyendo treinta clones de Kapetria y treinta clones de sus tres hermanos, Garekyn, Welf y Derek.

Ahora, si habéis leído las historias más recientes de *Las crónicas vampíricas*, entonces sabréis cómo se multiplican estos seres y cómo esta singular característica se descubrió por accidente cuando Rhoshamandes hizo prisionero a uno de ellos, Derek, y le cortó un brazo. Los Replimoides se multiplican por medio de un proceso propio del reino de las plantas que se llama ramificación, que consiste en que una vez cortada una extremidad, esta se convierte en un individuo que es un clon del cuerpo del cual procede dicha extremidad, mientras que el cuerpo principal regenera una extremidad de reemplazo. Esto les da, por supuesto, una notable ventaja reproductiva en este mundo, y por esa misma razón algunas de nuestras tribus pensaron que, por el bien del mundo, los Replimoides debían ser destruidos.

Armand había sido quien había presentado esa idea con más fuerza, tanto ante los mismos Replimoides como cuando no se encontraban presentes. Mientras observaba que la colonia crecía hasta llegar a los sesenta y cuatro miembros, expresó su advertencia una y otra vez.

«Destrúyelos ahora o te arrepentirás más tarde» —había dicho—. Éramos humanos antes de ser bebedores de sangre. ¿Cómo podemos dejar que esa especie amenace a la raza humana?»

Mientras tanto, Armand aún no había dicho nada. Sin embargo, pude ver sus fríos y despiadados ojos fijos en Kapetria con su característica inocencia aparente, e imaginé una corriente de maldad fluyendo de él, aunque no dejaba entrever nada de su mente o de su corazón.

Rhoshamandes nunca me había expresado ese punto de vista, ese horror inherente a los Replimoides, pero como llevaba cinco mil años en la Sangre, sin duda conocía los sentimientos de Armand al respecto. Rhoshamandes podía espiarnos telepáticamente a gran distancia, y seguro que en esos precisos momentos ya sabía que estábamos discutiendo si lo destruíamos o no.

Por supuesto, él podría no estar escuchando nuestras conversaciones. Podría estar dirigiendo uno de sus barcos por los mares del norte, o sentado en un teatro escuchando ópera en algún lugar de Europa, inmerso en la música. O quizá ahora simplemente no le importaba lo que decíamos.

Después de todo, le había asegurado que no trataríamos de destruirlo si nos dejaba en paz, y eso incluía a los Hijos de la Atlántida. Estaba profundamente absorto en mis pensamientos al respecto, igual que cuando os los relato a vosotros, cuando Kapetria habló, y como no la miraba a ella sino a Armand, escuché por primera vez su voz temblorosa. Escuché la debilidad en ella, una fragilidad que nunca antes había notado.

—Hace cinco noches —empezó—, como si él supiera que estarías cruzando el Atlántico hasta tu antigua casa en Nueva Orleans, Rhoshamandes apareció y durante horas se dedicó a caminar por el pueblo, se sentó en un banco de la iglesia e incluso se paseó por nuestros propios terrenos.

—Cada noche —intervino Amel—, tenemos un servicio para vísperas en la capilla, al que cada vez asisten más aldeanos, a mí mismo me encanta asistir, y de repente allí estaba aquella figura alta y envuelta en una capa con capucha. Estuvo sentada en el último banco durante todo el servicio, y luego recorrió lentamente la calle principal del pueblo y se adentró en el bosque.

—Aquella repentina atención fue desconcertante —admitió Kapetria poniendo la mano en el brazo de Amel, tal vez para silenciarlo o calmarlo—. Pero hice un esfuerzo y le hablé educadamente, y él se puso muy rígido cuando habló conmigo, sonrió artificialmente y dijo que estaba encantado de que nos hubiéramos encontrado tan cerca de su casa. Por supuesto, le comenté que no veía el sur de Inglaterra tan cerca de Saint Rayne, pero me contestó que para una criatura como él, era cuestión de segundos cruzar semejante distancia. Y luego, de manera bastante solemne, me deseó lo mejor.

—Y habló con los demás —agregó Amel—. Incluso se desvió para encontrarse con Derek en la aldea, ¡y sabes que Derek se siente aterrorizado frente a Rhoshamandes!

—Sí —asintió Kapetria—. Derek está convencido de que Rhoshamandes lo estaba acosando, y cuando este se detuvo para hablar con él, le preguntó sobre su brazo regenerado. Dijo algo irónico acerca de que compartieran esa forma de sufri-

miento, que le habías «arrancado» el brazo como él le había «cortado» el brazo a Derek. Pero que, por supuesto, fue un hecho «afortunado» porque, de lo contrario, ¿cuánto tiempo habríamos tardado en descubrir que podíamos regenerarnos de esa manera tan simple? Con total frialdad, observó que habías sido el autor del descubrimiento, ya que eras el que le había «arrancado el brazo» en presencia de los inmortales que había conocido miles de años atrás, cuando el mundo que compartimos ahora no se podía imaginar. Y continuó diciendo que eso era lo que a menudo pasaba cuando tú cometías errores... Pero ¿de qué hablaba?

—De alguna manera —prosiguió Amel—, Lestat se las arregla para sacar provecho de sus errores como ninguna otra criatura que jamás haya conocido, y no solo te beneficiaría a ti, sino también a los Hijos de la Atlántida. Preguntó si todavía llevabas el hacha escondida en tu chaqueta.

—Derek no pudo responder a esa pregunta —apuntó Kapetria—. Y entonces él soltó una risita socarrona. Derek se sintió completamente abrumado por todo aquello. Pero hace dos noches me asustó y no soy un ser que se asuste fácilmente. Me atrevería a decir que me falta una comprensión inteligente del miedo —dijo en tono de duda.

—¿Qué hizo? —preguntó Armand de repente.

Kapetria lo miró directamente por primera vez.

—Yo estaba en mi estudio. Había estado trabajando toda la tarde en el laboratorio; por fin tenía algo de tiempo para descansar y me dejé caer en un sillón junto a la chimenea. Tenía frío, tiritaba y me frotaba los brazos y estaba a punto de darme por vencida cuando, de repente, los troncos de roble de la chimenea se encendieron violentamente. Se oyó un tremendo rugido seguido de un crujido, y entonces lo vi sentado en el sillón frente a mí, como si hubiera estado allí todo el tiempo. Era como si él poseyera poderes mágicos, y yo estaba indefensa contra ellos. Era una magia con la que podría invadir nuestros espacios más privados.

—No fue magia —repuso Gregory—. Era simplemente velocidad, pero tanta que no puedes imaginarla, y por supuesto sorpresa.

—Bueno, fuera lo que fuese, me asustó —admitió Kapetria—. Me hice una idea de lo que la gente quiere decir cuando habla de estar asustada. Incluso se podría decir que fue algo bueno, porque aprendí lo que significa tener miedo.

—Bueno, eso es exactamente lo que él quería que sintieras

—señaló Marius—, miedo, y por eso entró en tu estudio y encendió el fuego sin que lo vieras.

—¿Qué dijo él? —inquirió Gregory.

—Al principio nada. Ni tampoco yo. Me volví y vi que la puerta del pasillo estaba abierta, y pensé que tal vez la había cruzado en silencio y con rapidez para que yo no lo viera...

—Eso es lo que hizo —afirmó Gregory—. Eso es todo lo que hizo, Kapetria, y todos tenemos ese poder y esa habilidad.

—¿Así que se fue sin decir nada? —insistió Marius.

—No —contestó ella—. Finalmente rompió el silencio. Me preguntó si no iba a darle la bienvenida a mi salón, como lo llamó, y sin pensar le dije que aparentemente no era necesario, ya que él había entrado en mi estudio privado por su propia voluntad. Luego, por primera vez desde que comenzaron sus extrañas visitas, dijo algo positivamente amenazador. Me confesó en voz baja, una voz fría y hostil, que nos encontraba a todos irritantes y que no nos quería en Inglaterra.

»Le pregunté si me estaba diciendo que debíamos marcharnos, y me respondió que dejaría eso a mi criterio. "Eres muy atractiva para los vampiros", declaró, "con tu sangre cada vez más regenerada, y es realmente sorprendente que Lestat te haya recibido a ti y a tus compañeros como a iguales y que te haya puesto bajo una protección que no puede garantizar".

—¿Eso es exactamente lo que dijo? —le pregunté.

—Sí —respondió Kapetria—. Y entonces nos fuimos inmediatamente a Francia, todos nosotros, esa misma noche, en avión; aterrizamos en París mucho antes de la madrugada. Y antes de la puesta de sol nos reubicaron en nuestros antiguos alojamientos en Collingsworth Pharmaceuticals.

—Sí —asintió Amel con un profundo suspiro—, detrás de las paredes de acero en el interior de una torre en la que no tenemos ventanas, pero al parecer estamos bastante seguros.

—Amel miró a Gregory—. Y Gregory nos ha vuelto a aceptar con su generosidad habitual, e incluso ha esperado a tu vuelta para tratar todo este asunto.

Me recosté en la silla. No pude ocultar una expresión de disgusto. Todos se mantuvieron en silencio por un momento y luego David Talbot y Gregory comenzaron a hablar a la vez. Gregory le dio paso a David.

—Escucha, mi querido amigo —me dijo David, inclinándose hacia delante sobre la mesa mientras me miraba—, ¡debes acabar con esa criatura! Pero espera, antes de contestar, escúchame. Yo era un hombre mortal hace apenas cincuenta años, Lestat, un ser humano que había vivido durante setenta y cuatro años antes de perder su cuerpo original, asumir otro, y ver ese cuerpo transformado por el Don Oscuro. Recuerdo muy bien todas las lecciones morales de ser humano, y te lo digo: debes ordenar de inmediato la destrucción de esa criatura. Estás jugando con tu vida, con la vida de los Replimoides y con la vida de todos los que están aquí.

—Y ahora él está en algún lugar escuchando cada palabra que sale de nuestras bocas —le dije.

—Con mayor razón —señaló David.

—Da la orden —me instó Gregory.

—Da la orden —convino Sevraine.

—Da la orden —insistió Seth.

Jesse simplemente levantó la mano derecha sin emitir sonido alguno y asintió con la cabeza.

Todos ellos dieron su consentimiento mediante un gesto o unas pocas palabras, excepto Armand. Sus ojos estaban fijos en mí.

—¿Por qué demonios vacilas? —preguntó Armand—. ¿Dónde está el villano despreciable que destruyó el aquelarre de los Hijos de Satán en una sola noche?

—Oh, por el amor de Dios, no hice eso —exclamé—. Tú me hiciste prisionero y me llevaste a tu aquelarre, y no destruí a nadie. No alimentes viejos rencores. Eso no ayuda.

Desde el otro lado de la habitación, escuché la voz de Cyril.

—Deshazte de él, jefe —dijo—. Acaba con él. Es demasiado peligroso, demasiado estúpido y carece de alma.

Ningún miembro del Consejo hizo objeción alguna a que mi enorme y despeinado guardaespaldas revestido de cuero hablara. De hecho, Marius expresó acuerdo con su evaluación de inmediato.

—Eso es, precisamente —declaró Marius dirigiéndose a mí—. No tiene un alma que controle un cuerpo cuyo poder indescriptible ha crecido durante miles de años. Nada atempera su frágil visión del mundo.

—De acuerdo —cedí levantando ambas manos—. Déjame entenderlo, Marius. Tú, que hace unos minutos exigías una censura pública de algún tipo por tu destrucción de Arjun, ¿estás diciendo que ahora debo retractarme de mi decisión sobre Rhoshamandes porque él ha acosado a los Replimoides y ha violado la santidad del estudio privado de Kapetria para incomodarla con una serie de frases mal elegidas?

—Conoces todos los viejos argumentos —manifestó Marius.

—Y ya has escuchado mi respuesta al respecto —le contesté—. Lo que ha cambiado no es suficiente para garantizar la reversión del perdón de un príncipe, no por lo que puedo ver.

—Él quiere destruirnos —expuso Kapetria—. Juega con nosotros al gato y al ratón.

Sacudí la cabeza y por un momento traté de retirarme al interior de mi propia alma para pensar sobre el asunto, pero me encontré mirando a los ojos de Amel. Nunca había visto una mirada de angustia mezclada con malicia como la que ahora se reflejaba en su rostro.

Su labio inferior temblaba de una manera infantil, y entonces habló.

—¿Sabes lo que significa levantarse de un largo y desdichado sueño del cual habías intentado despertarte una y otra vez sin éxito, y después vagar por la oscuridad, buscando luz de una estación remota tras otra a lo largo de las inacabables carreteras de un país invencible y sin nombre? —se lamentó. Le temblaba tanto el cuerpo como la voz—. Imagínatelo —añadió—. Imagina una mente que despierta gradualmente a sus propios contornos como mente, una mente que lucha por comprender que una vez fue una persona, una criatura, un ser... y lucha por dar sentido a lo que puede oír, pero no ver, y luego ve, pero no completamente... en medio de una cacofonía de voces que nunca dejan de hablar. —Se interrumpió. Se llevó la mano a la frente y bajó la mirada por un momento, como si luchara violentamente contra sí mismo.

—Amel, te estoy escuchando —le dije—, y te entiendo.

—Lo que él quiere decirte —intervino Kapetria—, es que en esos viajes interminables de un lado a otro de los hilos de la red que la sangre vampírica había creado, reconocía lo que a él le parecían innumerables mentes, y entre esas mentes estaba la de Rhoshamandes, y sabía que era egoísta, pequeña, quebradiza y fácil de seducir.

Asentí.

Amel se había recuperado. Me miró de nuevo.

—Lo conozco —afirmó, con voz ronca—. Es un monstruo. Mátalo antes de que te mate. Si mueres, Lestat... si mueres, si dejas que lo indecible...

Kapetria rodeó con los brazos aquel cuerpo que ella había creado para él, y lo besó mientras le acariciaba el cabello.

—Él te entiende —dijo, y repitió—: Te entiende.

Hubo una pausa. Sentí la misma reticencia que había experimentado todas las veces que debía condenar a Rhoshamandes. Pero luché por encontrar un modo más persuasivo de expresar mi profundo sentimiento, es decir, que aunque su comportamiento había sido agresivo y desagradable en extremo no había hecho nada para merecer la pena de muerte.

Fue Sevraine quien rompió el silencio. Sevraine era una deslumbrante bebedora de sangre, su rostro tenía la perfección de una estatua, y su cabello, como el de Pandora, a menudo se asemejaba a un velo. Mientras hablaba con voz baja y firme, la miró fijamente.

—Conozco a Rhoshamandes —declaró—. Siempre lo he conocido. Lo conocí cuando era un hombre mortal. Lo conozco ahora. Si él fuera un bebedor de sangre más joven, digamos que solo llevara quinientos años en la Sangre o incluso un milenio, todo este asunto sería diferente. Él aborrece el conflicto, y es, en un sentido muy real, un cobarde.

»Pero lo has provocado, príncipe, y lo que más lo enloquece es que Benedict, su amante, se sienta atraído por ti —precisó sin quitarme los ojos de encima—. Ahora Benedict está en el salón de baile esperando a que empiece la música. Y también estuvo aquí anoche. Y a medida que Rhoshamandes pierde su dominio sobre él, se irrita, se inquieta y se enoja cada vez más. Y sus poderes son demasiado grandes para su mente, especialmente ahora que los ha saboreado y sabe exactamente qué fuerzas destructivas puede provocar.

Asentí.

—Es un ser superficial e irreflexivo —agregó Sevraine—. Si se retirase, si encontrara alguna parte del mundo donde pudiera vivir en paz y a la que nunca llegaran noticias ni de ti ni de la Corte, sería diferente. Pero por ahora sigue merodeando, arañando sus propias heridas.

—Está bien —convine—. Entiendo lo que decís. Pero no puedo simplemente retractarme de mi decisión. Ahora me iré a Luisiana para traer a la Corte a un viejo neófito de Pandora, y cuando regrese tomaré una decisión al respecto, os lo prometo.

Me detuve. Era dolorosamente consciente de que Benedict sin duda podía escuchar cada palabra pronunciada en esa sala, y que también Rhoshamandes podía escucharnos si eso era lo que deseaba.

—Por ahora —dije, como dirigiéndome a Rhoshamandes—, la criatura está a salvo. No ha roto la paz. Y todavía disfruta de nuestra protección.

Me puse de pie y les hice un gesto a Thorne y a Cyril para que me siguieran. Cuando alcancé el pomo de la puerta, reflexioné sobre lo sencillo que sería para ellos hacer lo que quisieran sin mi consentimiento, y por qué insistieron en que diera la orden. Pero así es como había sucedido y ellos no iban a asumir el peso de mi decisión.

De camino hacia la torre norte pasé por el salón de baile. Vi a Benedict y lo abracé. Estaba agitado, triste, obviamente, pero también me abrazó.

—¿Cómo va con Rhoshamandes? —le pregunté.

—Se está acostumbrando a las cosas, Lestat. Lo está haciendo de verdad —respondió Benedict en tono de súplica—. Le he instado a venir a la Corte, a ver todo esto por sí mismo. Lo hará a tiempo, sé que lo hará. —Entonces me besó. Fue un beso repentino, en los labios. Vi miedo en sus ojos. Vi el dolor. Su rostro, como el de Amel, era juvenil, igual que su voz, y también llevaba el cabello despeinado, solo que era de un color diferente.

—Quiero que todos prosperemos —confesé.

Llegué a las almenas antes de pensar en Pandora. Ni siquiera le había preguntado si quería que Fontayne viniera a la Corte. Pero durante los últimos minutos en la mesa del Consejo había visto bien su cara, y me pareció que había una sonrisa agradable en sus labios. Seguramente ella sabía dónde había estado yo y adónde iba ahora.

De repente, cuando salí al viento frío, la oí justo detrás de mí.

—Sí, tráemelo, Lestat —pidió. El viento se llenó con el verde aroma del bosque. La nieve se acercaba y le daba la bienvenida a su belleza. El viento azotó su vestido.

—Me gustó de inmediato, Pandora —le dije.

—Ese es tu don —afirmó ella—. Tienes amor que darles a todos.

«Amor», la palabra más usada. «Amor», la palabra más popular del siglo XXI.

Quería seguir hablando con ella, contarle todas mis reflexiones recientes, es decir, que teníamos que amarnos, respetarnos, dejar de usar nuestra propia naturaleza repugnante de bebedores de sangre para justificar el trato cruel que nos dábamos unos a otros, que ahora yo estaba enamorado del mundo, y sí, como Marius me había dicho, tal vez no estaba permitiendo que nuestra verdadera naturaleza se expresara, y sí, quizá la estaba ignorando. Y me pregunté qué pensarían Cyril y Thorne de todo esto, de viajar conmigo todas las noches, de permanecer a mi lado, de hablar solo en contadas ocasiones y solo de las cuestiones más prácticas.

Pero simplemente la besé y le agradecí con toda mi alma que ella no estuviera sufriendo por la pérdida de Arjun.

Por la noche, Thorne, Cyril y yo nos fuimos hacia el oeste mientras el sol se ponía sobre la distante costa de Norteamérica.

7

Acababa de caer la noche cuando nos acercamos a la magnífica casa de Fontayne en el país de los pantanos. Quería entrar a la finca de la manera adecuada y me detuve frente a las puertas para llamar al timbre, cuyo eco oí dentro de la casa. Una vez más, admiré el alto cercado de hierro y el aspecto imponente de aquella gran edificación de estilo renacentista griego con sus altas columnas y sus enredaderas con flores. Al mismo tiempo, sentí algo. Escuché algo.

—Hay alguien con él —susurró Thorne—. Iremos delante de ti.

—No, no vamos a dejarlo solo —se opuso Cyril.

Sentí que su poderoso brazo se deslizaba por mi espalda y su mano derecha caía sobre mi hombro. Nadie sabía cuántos años tenía Cyril, ni siquiera él mismo. A las preguntas más simples, daba respuestas absurdas o insensatas. Analfabeto y cínico por naturaleza, no tenía antecedentes de sí mismo en su corazón y no tenía nada que compartir con nadie más. Pero no dudaba de su poder.

Envié el mensaje a Fontayne de que habíamos llegado y

nos acercábamos a la puerta. Pero no me devolvió respuesta alguna.

Sin embargo, avancé por el ancho camino entre las filas de robles, subí los peldaños de mármol, crucé el porche y levanté la aldaba de bronce. Llamé tres veces y Fontayne abrió la puerta. Dio un paso atrás para que yo entrara, pero su rostro era frío y duro, y trató de hacerme una señal con la mirada. Dirigió los ojos hacia la derecha, una y otra vez. Alguien estaba allí. Alguien estaba detrás de él.

Cuando entré en la habitación, no vi a nadie.

—¡Me alegra que hayas venido, como prometiste! —exclamó Fontayne, y volvió a hacerme la misma señal con los ojos, aunque su mente estaba obviamente bloqueada—. He tenido un visitante —agregó.

—¿Rhoshamandes? —le pregunté.

Un violento bramido llenó el aire, como el rugido de una bestia, y de repente Fontayne fue lanzado contra mí. Sentí un calor espantoso presionándome contra la puerta cerrada, y olí las llamas antes de que me envolvieran. Fui cegado por el fuego, y luego sentí que me elevaba en el aire.

—¡Vete, vete si quieres salvar la vida! —gritó Fontayne. El fuego ardía por todas partes. Las paredes se abrían como si fueran desgarradas por un huracán.

Thorne nos agarró a ambos con sus brazos y atravesamos el techo de aquella planta y luego el tejado exterior, que se quebró y quedó reducido a astillas de madera quemada, y de repente estábamos en lo alto de la casa en llamas, y luego esta desapareció, y las nubes nos tragaron mientras acelerábamos hacia el este a una velocidad a la que nunca me había atrevido a viajar.

Me aferré a Fontayne mientras Thorne nos llevaba. Empujé la cara de Fontayne contra mi pecho, y cubrí su mano derecha con la mía, el viento era tan feroz que parecía que me iba a arrancar el pelo.

Ahora era imposible pensar, hablar o enviar incluso el más leve mensaje telepático. Pero sabía que regresábamos a través del Atlántico, y recé para que Cyril estuviera a salvo a nuestro lado.

Perdí la consciencia antes de llegar al *château*. Fue por la velocidad, el frío, la violencia y el agotamiento de haber hecho el viaje en la otra dirección.

Y me desperté, soñoliento y desorientado, en una habitación grande en la parte superior de la torre nordeste.

Era una de esas habitaciones que rara vez se utilizaba. Me encontré sentado en el suelo, sobre una gruesa alfombra oriental, y vi el fuego en la chimenea y las velas de los candelabros encenderse de repente por brujería y las ventanas cerradas a la noche.

Fontayne yacía de espaldas, aparentemente sin vida. Su ropa estaba quemada y ennegrecida, y pude ver una terrible quemadura en un lado de su cara.

En cuanto a mí, había sufrido quemaduras en la ropa, y gruesos fragmentos de mi abrigo dañado cayeron sobre la alfombra. Me pasé los dedos por el pelo. No sentí quemaduras en la piel.

Thorne se alzaba sobre mí.

—¿Dónde está Cyril? —quise saber.

—No importa —contestó Thorne—. Cyril puede cuidarse solo y conseguirá atrapar a ese bastardo. ¿Le doy sangre? —preguntó señalando a Fontayne.

Asentí. Se sentó y acogió a Fontayne en sus brazos, como una extraña *Pietà*, mientras se mordía la muñeca y presionaba la herida contra los labios de Fontayne. Este parecía muy débil.

Pandora estaba en la habitación, y Marius con ella, y Bianca, y Gregory.

Gregory me ayudó a levantarme. Mi asistente Barbara trajo un abrigo nuevo para mí y me ayudó a ponérmelo.

Pandora se arrodilló y le hizo un gesto a Thorne para que le entregara a Fontayne. Ella se puso de pie, sosteniéndolo en sus brazos, se abrió una herida en el cuello y presionó contra ella la boca de él.

Se apartó de nosotros y caminó hacia las sombras llevándose a su discípulo a un rincón oscuro.

Barbara me cepillaba el pelo mientras Gregory me examinaba el cuerpo en busca de quemaduras.

—¿Quién ha sido? —exigió saber Gregory.

—No ha sido Rhoshamandes —respondió Thorne—. Era alguien llamado Baudwin.

—¡Baudwin! —repitió Gregory en un susurro, sorprendido. Llevaba su atuendo habitual de hombre de negocios y desprendía el olor de una colonia masculina cara. De inmediato, mostró preocupación por aquella noticia—. Pensaba que Baudwin se había ido hace tiempo —comentó.

—También yo —convino Thorne—. Pero no es así, y Fontayne ya nos advirtió contra él cuando lo conocimos.

Ya casi me había recuperado y me senté junto a la chimenea en un moderno sillón de piel, que afortunadamente era suave y mullido. Todavía medio congelado por el viaje, extendí mis manos ante el fuego.

—Baudwin —dije—, y trató de destruirnos a los dos, a mí y a Fontayne.

—Cyril le devolvió el fuego —apuntó Thorne.

Marius y Seth entraron en la habitación.

—Se acabó todo —declaré levantando la mirada—. No hay necesidad de alarmarse, pero hemos perdido una casa magnífica por culpa de ese asalto absolutamente ridículo.

Me pareció irónico que ninguno poseyera el poder telepático para detener un incendio. Tampoco poseíamos ningún don telepático para curar nuestras propias heridas, ¿verdad?

Pandora llevó a Fontayne hasta la chimenea y lo sentó frente a mí. Llevaba el pelo suelto y despeinado, y debajo de su fina camisa blanca le temblaba el pecho. Pandora se arrodilló a su lado, le quitó las botas negras y las arrojó a un lado. Con dulzura, le frotó los pies con ambas manos.

Estaba por dejarlo en paz, por dejar que entrara en calor, por dejar que Pandora hiciera su trabajo, pero las preguntas comenzaron de inmediato. Gregory, con el brazo apoyado en el respaldo de la silla, quería saber qué había pasado.

Seth quería que Thorne lo llevara de vuelta al lugar donde había ocurrido el asalto.

—Dale tiempo a Cyril —aconsejó Thorne—. Cyril puede arreglárselas con ese desalmado. Llegará pronto.

Todos hablaban a la vez, incluido Fontayne, pero enseguida se callaron y lo escucharon. Empezó a contar lo ocurrido.

—Llegó anoche. Me dijo que me destruiría si no cooperaba con él. Mis poderes no eran rival para los suyos. No había nada que pudiera hacer para expulsarlo de mi casa. Me sentí impotente bajo mi propio techo. A la noche siguiente supo que ibas a venir.

—¿Qué aspecto tiene ese demonio? —preguntó Gregory—. ¿Qué edad tiene?

—Procede de las islas Británicas —contestó Thorne—, fue creado antes que yo, y siempre ha reclamado ser descendiente de un legendario bebedor de sangre, pero nadie lo cree. Su melena y barba rojas todavía estaban cubiertas de hielo, pero parecía impermeable al frío, simplemente estaba allí de pie, vestido con una gruesa chaqueta de piel negra.

—¿Y quién era ese legendario bebedor de sangre? —inquirí.

—Gundesanth —dijo Fontayne—. Su creador fue Gundesanth.

Gregory y Seth se rieron a carcajadas. Y también escuché la risa de Sevraine. A la luz del fuego y arrodillada junto a la silla de Fontayne, comenzó a masajearle las manos mientras Pandora continuaba con los pies. Tanto Pandora como Sevraine llevaban vestidos largos, oscuros y brillantes y zapatillas planas, y ambas tenían un aspecto bastante angelical. Solo las bebedoras de sangre muy hermosas descubrían sus hombros, brazos y pechos desnudos como ellas hacían ahora con aquellas prendas escotadas y ceñidas, y lo encontré extraordinario.

Doscientos cincuenta años en la Sangre y todavía respondía con emoción a los encantos eróticos de hombres y mujeres vampiros.

Barbara estaba de pie detrás de la silla, acariciando el cabello de Fontayne, y pude ver que toda aquella ternura y cuidados eran absolutamente asombrosos para él. Él miraba impotente a una y a otra criatura, aparentemente tan dulces. Vestida con aquel suéter de cuello alto y la falda larga de lana, Barbara mostraba calma y sencillez, pero parecía bastante indiferente a cualquier otra cosa que no fuera la recuperación de Fontayne.

—Está bien, ¿quién es Gundesanth? —planteé mirando a Seth—. ¿Seréis tan amables como para explicármelo o vais a seguir riéndoos un rato más?

—Según todos los informes, era un monstruo —contestó Seth—. Nunca lo vi. Pero sabía, incluso en los primeros años después de mi creación, que todos los rebeldes que habían huido del sacerdocio de sangre de mi madre afirmaban haber sido creados por Gundesanth.

—Yo lo conocía bien —apuntó Gregory—. Lo conocí antes de que desertara de la Sangre de la Reina, antes de que te crearan —le dijo a Seth—. Pero durante los últimos dos mil años nunca he oído hablar de él, ni siquiera una sola mención.

No estaba seguro de qué quería saber antes: información sobre Baudwin o sobre Gundesanth.

—Bueno, eso es lo que reclamaba Baudwin —expuso Fontayne. Parecía muy recuperado. Le había vuelto el color a las mejillas y había dejado de temblar—. Me insinuó que su propio maestro pronto se levantaría de su sueño para destruir la Corte. Afirmó que era algo inevitable.

—Y si ese fuera el caso —repuso Thorne en voz baja y áspera—, ¿por qué demonios Baudwin no esperó a su maestro?

Hubo risas a su alrededor. A excepción de Fontayne. Con el cabello ya recompuesto, se recostó en la silla y me miró directamente.

—Baudwin es una criatura grande, enjuta y de ojos pálidos. Cuando se me acercó pude ver que carecía de vello facial y que llevaba el cabello rubio muy corto. La segunda noche vi que se lo cortaba nada más despertarse y que se preocupaba poco por cómo le quedaba. Iba vestido casi con harapos, o lo que la gente de hoy en día llamaría harapos, ropa sucia y desconjuntada, un abrigo desgastado y desgarrado y una camisa de mezclilla azul de obrero y una bufanda tejida de lana. Parecía completamente fuera de lugar en una habitación amueblada. Se paseaba de un lado a otro preguntándome una y otra vez cómo «ese principiante de Lestat» había tenido la audacia de establecer una monarquía entre los no muertos y por qué no había sido destruido por semejante descaro. Dijo que había muy pocas cosas en el reino de los no muertos que pudieran despertar a su amado hacedor, Gundesanth, pero que esta Corte sin duda lo haría. Me exigió lealtad, pero no se la concedí. Esperaba morir en sus manos, pero no podía ofrecérsela. No quería morir, entiéndeme, pero no tenía el poder de engañarlo sobre aquello. Estaba tratando de reunir mis poderes, seguir las descripciones de tus libros, intentando aprovechar los dones que antes de leer tus relatos no sabía que poseíamos, y luego él anunció que venías. «Debes reunirte con Lestat y hablar con él», le dije. «Te encantará. No quiere ofender a nadie». Él se rio de mí. Entonces oí que llegabas.

Asentí y murmuré mi agradecimiento.

—Entonces ¿no dijo absolutamente nada de Rhoshamandes? —preguntó Gregory—. ¿Estás seguro?

—Sí, lo estoy —respondió Fontayne—. Absolutamente nada. Pero esa criatura impidió que le leyera los pensamientos y, aunque yo no pude ocultarle los míos, no reprimí mi odio por él. Y ahora lo odio por intentar destruirte —confesó mirándome a los ojos.

Asentí y le hice un gesto para que se tranquilizara.

—Era mi peor temor —admitió Fontayne—, por eso he vivido una vida lejos de otros bebedores de sangre, buscando afecto en los mortales, que debo decir que con el tiempo pueden destruirte el alma.

Miró a Pandora, que ahora estaba de pie junto a él. La miró como si fuera una diosa, y eso parecía.

—¿Y Arjun, señora? —le preguntó con voz suave y educada—. ¿Ha aceptado que yo venga?

—Arjun se ha ido —anunció Pandora—. Nunca más debes preocuparte por él, Mitka. Ahora yo me ocuparé de ti —le dijo, y luego me miró con sus ojos del color de la miel y el leve rastro de una sonrisa en sus labios rosados—. Me ocuparé de todo.

—¡Ojalá Cyril ya estuviera de vuelta! —exclamé.

Vislumbré expresiones preocupadas en los rostros de los demás. Y solo entonces vi a Louis, y a mi madre, de pie en la puerta.

No tenía ni idea de cuánto tiempo llevaban allí. Mi madre me miró, y su expresión decía lo que tan a menudo pensaba: «Así que estás vivo, ileso». Y entonces ella desapareció. Le hice un gesto a Louis para que entrara y conociera a Fontayne.

Thorne me dijo que no tenía que preocuparme por Cyril. Aún tuve suficientes fuerzas como para presentar a mis dos amigos, Louis y Mitka, pero luego tendría que retirarme a dormir. El viaje de ida y vuelta me había consumido demasiada energía y me había resultado agotador.

Me disculpé y dije que iba a mis aposentos privados. Y así lo hice. Caí en la cama como cualquier hombre mortal exhausto y me quedé dormido de inmediato. Me desperté más de una vez con la repentina aprensión de que estaba ardiendo, consumido por el calor fatal, solo para darme cuenta de que no era así, y volví a dormirme.

Fuera había empezado a nevar, y soñé con las noches cálidas de Luisiana y los plátanos, altos y espigados, meciéndose al viento en el patio de mi antigua casa, y soñé con los robles que flanqueaban el sendero hacia la casa de Fontayne. Y en mis sueños vi que la casa había quedado reducida a unas ruinas horribles, y odié al tal Baudwin, quienquiera que fuese, y quise destruirlo. En un instante había hecho lo que Rhoshamandes nunca se atrevió a hacer a ninguno de nosotros.

Mientras dormía, oí a Barbara entrar en la habitación. La vi inclinarse para añadir troncos a la chimenea. La oí cerrar las contraventanas de acero para impedir que la nieve golpeara los cristales. Quería despertarme, decir: «No, por favor, deja que la dulce nieve entre la habitación con sus diminutos copos», esos copos blancos que se derretían tan pronto como tocaban la alfombra o el damasco de las sillas o el terciopelo de la colcha debajo de mí. Si Cyril había muerto a manos de ese monstruo, Baudwin... Soñé de nuevo, soñé que Louis y

Fontayne hablaban, y después en mi sueño supe que estaban en la biblioteca adyacente a mis aposentos, y que ya se amaban, y que Mitka hablaba un idioma que Louis entendía, y luego el sueño se hizo cada vez más profundo. *Estoy en mi casa. Estoy en la casa de mi padre, levantada de las ruinas. Y la nieve cae, y mis parientes y amigos están a mi alrededor, y lo soportaremos todo, no permitiremos que nadie nos destruya.*

Desde muy lejos me llegó un vals de Strauss, el rumor bajo de voces vampíricas y el violín de Antoine. Y un recuerdo se dibujó lentamente en mi mente... mi viejo amigo, el amigo de mis años mortales, Nicolas, tocando su violín en el pequeño teatro de Renaud, y el público, aquella pequeña audiencia aplaudiéndole ruidosamente. Vi sus ojos castaños, parecidos a los de Pandora, y su sonrisa astuta cuando se volvió hacia el escenario. Olí el aceite de las lámparas y el polvo y el olor de los humanos, y de la oscuridad humeante emergió la mortal palabra, «Matalobos».

¿Y dónde está ahora ese bebedor de sangre que selló mi destino antes de entrar en el fuego? Es un fantasma y se aloja con los Hijos de la Atlántida, y tal vez ellos le estén haciendo un nuevo cuerpo. O tal vez esté en esta habitación, o en este sueño, invisible y lleno de angustia... «Duerme, duerme tan profundo que los sueños no puedan encontrarte, los sueños que no te dejarán descansar. Duerme.»

8

Me despertaron dos horas antes de que saliera el sol para decirme que Cyril había regresado con Baudwin, y que yo debería bajar rápido.

Habían llevado al prisionero a la mazmorra recién descubierta debajo de la restaurada torre sudeste.

Encontré a los miembros habituales de la casa en la gran sala que se hallaba justo encima de los calabozos. Los ancianos más importantes, Seth, Gregory y Marius, estaban allí, junto con el doctor Fareed, Sevraine y Armand.

Vestido con su abrigo de piel negra, Cyril parecía ileso, pero tenía una expresión maliciosa en el rostro, y su cabello, despeinado por el viento, tapaba parcialmente sus ojos oscuros y brillantes.

—Aquí lo tienes, jefe —anunció—. Este es el demonio que intentó quemarte. Es todo tuyo.

En el centro de la sala, en el suelo de piedra, estaba una de las visiones más sombrías que jamás haya visto, un ser casi completamente envuelto en lo que parecían ser tiras de metal negro.

La criatura estaba acostada de lado. Solo sus piernas por

debajo de las rodillas permanecían libres, enfundadas en unas botas marrones sucias, y se movían inquietas, mientras que el resto de su cuerpo hasta la cabeza estaba completamente atado por aquella bobina negra.

—Ah, claro, por todos los dioses —le dije—. ¡Los piquetes de la valla de hierro!

Cyril los había arrancado y usado para envolver bien la cabeza, los hombros y los brazos de Baudwin contra la espalda y las piernas juntas hasta las rodillas. Con aquellos barrotes de hierro, entre los cuales no había la más mínima abertura, había hecho de aquella criatura una momia.

Cyril se detuvo detrás de aquel ser y soltó una risa triunfante.

—Baudwin a tu merced, mi señor —declaró—. Me ha llevado de calle durante un tiempo, pero lo he atrapado. Y así envuelto, no puede lanzar el fuego contra nadie a menos que quiera asarse la cabeza.

—Pero ¿cómo es posible? —repuso Seth—. Nunca he oído hablar de algo así.

—Yo tampoco —admitió Marius.

—Hay muchas cosas que no sabéis —dijo Cyril—. Pero en los tiempos antiguos las sabíamos. Si envuelves a un bebedor de sangre en hierro, no puede lanzar fuego ni ejercer fuerza alguna contra ti. Ni siquiera puede llamar a los demás.

Nadie parecía más sorprendido que el doctor Fareed.

Ahora, tanto Cyril como Sevraine se rieron.

—Claro, qué inteligente —comentó—. Bloquea la energía.

—Así es —convino Cyril.

—¡Dios mío! —soltó Fareed—. Estoy totalmente dedicado al estudio de nuestra anatomía, de nuestra psicología y de todos nuestros dones desde un punto de vista científico... y nunca soñé que...

—Y déjame decirte algo más —apuntó Cyril—, y no lo olvides. Si él no puede verte, tampoco puede enviar ninguna fuerza contra ti. Pero no le saqué los ojos, pues, aunque tuve la tentación de hacerlo, pensé que esto era lo más sencillo. Y la valla de hierro estaba allí. Tenía prisa por traerlo aquí y averiguar lo que sabe.

—Pero seguramente aún puede enviar mensajes telepáticos, y podrían llegar hasta su hacedor, si es que existe —comentó Gregory—. Debo confesar que oí hablar de eso durante los últimos tiempos, después de que Madre y Padre se hubieron callado. Parece como si recordara a prisioneros cuyas cabezas estaban atadas con hierros. Como la armadura medieval que vino después. Pero pensé que era una simple forma de tortura. Nunca pensé que podría contener sus poderes.

—¿Oyes algún pensamiento que venga de él? —preguntó Cyril—. Yo no.

Fareed sacó su iPhone y comenzó a escribir un mensaje para sí mismo. «Máscaras de hierro —puso—, del armero de París. Máscaras de hierro.»

Casi me reí. Ahí estábamos, en la primera planta de una gran mazmorra restaurada, y Fareed estaba enviándole un mensaje de texto al armero de París que había fabricado el hacha que aún llevaba debajo de mi brazo izquierdo, oculta en mi abrigo. Durante los últimos dos años, el armero había restaurado meticulosa y maravillosamente bien todas las armaduras antiguas que había recogido de las ruinas de la casa de mi padre.

Ahora, por todo el castillo, las armaduras guardaban puertas o esquinas sombrías, con sus cascos sin ojos y sus manos envueltas en cota de malla. ¿Cuántas veces en mi infancia había oído hablar de este o de aquel antepasado que había llevado tal armadura en las batallas en Tierra Santa en las que mi familia había forjado su nombre?

Y ahora ese artesano de armaduras antiguas nos haría máscaras de hierro.

De repente, aquella pequeña asamblea informal quedó en silencio.

Una voz apagada luchaba dentro de la envoltura de hierro para ser escuchada.

—Pagaréis por esto, todos vosotros —bramó la voz, con los dientes apretados—. Mi hacedor os quemará hasta convertiros en cenizas y yo estaré ahí para verlo.

—Ya casi va a amanecer —observó Cyril—. Y yo estoy muy cansado. ¿En qué celda quieres que meta a esta cosa?

—*Mon Dieu* —le susurré—. ¿Así que ahora presido una mazmorra en la que los bebedores de sangre son arrojados a languidecer sin un juicio?

—Jefe —dijo Cyril, abriéndose camino hasta que estuvo justo frente a mí y frunciéndome el ceño, cosa que yo odiaba, naturalmente—. Este monstruo trató de quemarte vivo, a ti y tu elegante amiguito Fontayne. Quemó aquella lujosa casa que amabas. La gente vino del pueblo cercano para apagar las llamas, pero no tuvieron la oportunidad de salvarla. ¿No es eso suficiente para ti? ¿Qué te hace tan...? ¡Maldita sea, si solo pudiera encontrar las palabras! ¿Qué te vuelve tan loco? Te quiero, solo a ti, a nadie más, solo a ti, y siempre haré todo lo que esté a mi alcance para protegerte, pero eres... eres...

—Alguien capaz de acabar con la paciencia de cualquiera —afirmó Marius en voz baja y en tono sardónico.

—Sí, eso es suficientemente acertado —convino Cyril—. Capaz de acabar con la paciencia de cualquiera. Suena bien.

—¿Cuántos años tienes realmente, Cyril? —preguntó Gregory.

Cyril desechó la pregunta. Es lo que siempre hacía cuando le preguntaban sobre su pasado.

Entendí bien por qué Gregory quería saberlo. ¿Cómo podría nadie calcular la fuerza requerida para convertir aquellos barrotes de hierro en un envoltorio uniforme, al parecer, sin que ni siquiera un fino rayo de luz lo penetrara, encerrando a un ser dentro? Seguía siendo un misterio cómo y cuándo cada uno de nosotros habíamos llegado a poseer nuestros poderes, y por alguna razón muchos bebedores de sangre nunca confiarían su verdadera edad.

Cyril era uno de esos, y nunca hablaría de sus recuerdos. Cuando Fareed intentó introducir la historia personal de Cyril en sus registros, Cyril no colaboró en absoluto. Sí, lo había convertido Eudoxia, la vampiresa destruida hace siglos como describió Marius, y lo admitió, pero solo porque estaba en los libros. Y yo había recogido pequeños detalles de él aquí y allá, pero Cyril era un misterio en general.

Ahora me estaba mirando, con los musculosos brazos cruzados en el pecho, las oscuras cejas y el ceño fruncido.

—Príncipe, todo esto, todo lo que has hecho aquí, es bueno —aseveró—. No quiero volver a vivir en cuevas, a dormir en el suelo y a mantenerme alejado de otros bebedores de sangre como si fuera un tigre al acecho. Debes darte cuenta de que los que intentan dañarte deben ser destruidos.

—Lo sé, Cyril —le dije—. Lo entiendo.

Me apoyé sobre una rodilla para acercarme al prisionero. Estudié los barrotes de hierro que lo ataban.

—Este —señalé—. Quítale este para que pueda llegar a su garganta.

De detrás del hierro emergió su voz apagada:

—Te detesto y te desprecio. Pagarás por lo que me has hecho.

Cyril se agachó, levantó al prisionero con el brazo izquierdo como si no pesara nada y luego desenrolló el barrote de hierro que le sujetaba firmemente la barbilla y el cuello. Le resultó tan fácil que se podría pensar que aquello era caramelo de regaliz, hasta que lo soltó y cayó al suelo de piedra con un ruido sordo.

Me quedé mirando la carne temblorosa y la nuez de Adán palpitando.

—¿Por qué intentaste destruirme? —le pregunté.

—No tienes autoridad para gobernar a los bebedores de sangre de este mundo, seres que han prosperado durante siglos antes de que tú nacieras —contestó en un murmullo seco, y añadió—: Tu corte será destruida.

—Pero ¿por qué? —insistí—. ¿Por qué debería ser destruida?

—Esto es insoportable —se lamentó el prisionero—. Al menos libérame las piernas. Déjame moverlas.

Cyril negó con la cabeza.

—Mantenlo como está. Es muy fuerte. No le des espacio para flexionar el cuerpo y romper las ataduras. Ahora puede mover la cabeza y eso ya es malo. Volveré a ponerle el barrote cuando hayas terminado.

—¿Bebiste su sangre? —le pregunté a Cyril.

Se encogió de hombros.

—Vi en él lo que él quería que viera, grandes imágenes llamativas del maravilloso Gundesanth. Es un mentiroso. Gundesanth nunca hizo lo que dice.

—Tú eres el mentiroso —repuso el prisionero—. Mi nombre es Baudwin, Señor del Lago Secreto. Y Gundesanth me creó antes de que abrieras los ojos a este mundo.

Gregory se acercó al prisionero.

—Baudwin, ¿Rhoshamandes te mezcló en esto?

—No conozco a Rhoshamandes —respondió el prisionero—. Oh, he oído hablar de él. Lo he visto. Pero yo me mantengo alejado de él y él de mí.

—Bueno, entonces ¿quién te indujo a hacer lo que hiciste? —inquirió Marius.

Había estado observándolo todo en silencio. Ahora se adelantó mientras hablaba.

—Nadie me dijo nada —explicó el prisionero—. Vosotros me ofendéis, todos vosotros, y tuve una oportunidad de destruiros y la aproveché. Tendré otra oportunidad.

—¿Y por qué deberíamos darte esa oportunidad? —le pregunté—. No te hemos hecho nada.

—Creasteis esta corte y aquí dictáis vuestras reglas. Me resultáis tan ofensivos como los viejos Hijos de Satán, o peor. Mientras aquellos eran penitenciales y estúpidos, vosotros sois inteligentes y ricos. Sois demasiado visibles al mundo, y ciegos a vuestra propia locura. Tú y todos tus semejantes pedís ser destruidos. Esos aliados tuyos, esas criaturas oscuras del mundo primitivo, esos seres también deberían ser destruidos.

—¿Por qué no terminar esto ahora mismo? —planteó Cyril.

—Pero no te hemos hecho nada —dijo Marius, ignorando a Cyril—. No obligamos a acatar nuestras reglas a aquellos que no quieren unirse a nosotros. Resolvemos disputas solo cuando nos lo piden. Y tratamos de hacer lo que es justo.

—Mi hacedor vendrá a por mí —advirtió el prisionero—. Mi hacedor oirá mis gritos.

—No, no lo hará —negó Cyril—, porque si estuviera vivo y quisiera venir, ya habría venido.

—¿Y quién es tu creador? —preguntó Gregory.

—Tú sabes bien quién es Gundesanth. Lo conociste, Nebamun, y él te conoció a ti. Fue el tercer bebedor de sangre creado por la Madre, de la sangre primaria. Y fue creado antes que tú. Cabalgó la Senda del Diablo de un extremo del mundo a otro, quemando a los rebeldes.

—¿Y con qué autoridad lo hizo? —lo interrogué.

—Con la autoridad de la Reina, ya que eran renegados de su sacerdocio —contestó el prisionero.

—Ah, pero estás mintiendo —soltó Seth. Su voz era suave pero dura y hostil—. ¿Me conoces, Baudwin? Soy Seth, el hijo de la Madre. Y sabes tan bien como yo que Gundesanth se convirtió en un renegado y que cazó y quemó a los rebeldes para su propio placer.

—Lo que estoy diciendo es que Gundesanth me creó, y cuando descubra que me tenéis prisionero, vendrá a por mí. ¿No crees que puede leer tus pensamientos incluso ahora? Me envolvisteis en hierro, así que no puedo convocarlo. Sois muy inteligentes, pero no podéis ocultarle a nadie la existencia de la Corte y las noticias que esta genera, especialmente a Gundesanth.

—¿Dónde está? —preguntó Marius—. Me gustaría mucho conocerlo. Creo que a todos nos gustaría.

—No nos separamos siendo enemigos —proclamó Gregory—. Santh fue mi amigo hasta que dejó a la Madre. Yo sabía que él se marcharía, pero no lo traicioné. Santh nunca levantó su mano ni sus armas contra mí.

—Él te odia, Nebamun. Así me lo ha dicho.

Gregory me miró. Sacudió la cabeza.

—Nada de esto tiene sentido. Es un hecho, realmente no puedo sondear su mente cuando está envuelto en hierro, pero está mintiendo. Sé que miente. Lo sé por su voz.

—Soltadme —exigió el prisionero.

—¿Por qué demonios crees que te dejaríamos marchar? —le planteé—. ¿Para que puedas intentar matarme otra vez?

—Lo haré, puedes estar seguro.

Me senté y me acerqué a su cuerpo indefenso. Gimió y pateó, golpeando el suelo de piedra con los talones de sus botas.

Le toqué el cuello, y su contacto me llenó de repulsión, y me incliné y hundí mis colmillos en él, resistiendo una oleada de náuseas, y la sangre fluyó rápidamente hacia mi boca.

Era caliente y espesa, muy parecida a la sangre de Marius, pero no al néctar de la sangre de Seth, e inmediatamente escuché sus maldiciones, sus invectivas, sus predicciones malvadas dirigidas a mí, pero lo que vi fue a un gran bebedor de sangre rubio, con ojos verdes, montado sobre un magnífico caballo de guerra enjaezado en oro. Su cabello era grueso y largo y ondeaba al viento, y una mirada de malicia jubilosa iluminó su cara mientras me miró a través de la sangre. Vi y escuché fuego a su alrededor. El cielo estaba en llamas. Me asaltó el terror. Me sentí corriendo. Vi una maza acercándose a mí, una bola de hierro sujeta por una cadena, el arma que había usado hace más de doscientos años para matar a los lobos que me habían rodeado en la montaña de mi padre, y me agaché y caí bocabajo contra el suelo. Los caballos me rodearon. Sentí que alguien me levantaba, y golpeé con mis dos puños aquel rostro hermoso y malvado y le tiré del pelo. Una carcajada me ensordeció. Estaba enfermo, enfermo de muerte, y caí hacia atrás y, volviendo la cabeza, vomité la sangre en el suelo.

Lo empujé lejos de mí. Intenté ponerme de pie, pero volví a sentir náuseas y me fui al rincón, me apoyé contra la pared y más sangre salió de mi boca. Alguien me agarró por detrás, estabilizándome, y me di cuenta de que era Cyril. Pero Marius también estaba a mi lado, y las largas y bellas manos de Sevraine se movían frente a mi cara. Me puso un pañuelo blanco en los labios. La enfermedad no pasaría.

¿Alguna vez me había ocurrido eso antes? ¿Alguna vez la sangre de un vampiro me había enfermado como si estuviera envenenada? No pude recordarlo.

—Gundesanth te destruirá —auguró Baudwin.

—Cállate, maldito demonio —le ordenó Cyril, y pateó con fuerza aquel cuerpo atrapado haciendo que le rebotara la cabeza.

—Métlo en la celda —ordenó Marius.

—¿Por qué no simplemente acabamos con él aquí y ahora? —propuso Seth. Su voz era suave como antes, pero parecía tan llena de repugnancia como la sensación que ahora experimentaba yo.

—No. Tengo una idea al respecto —respondió Marius—. No tiene sentido desperdiciar su muerte.

—¿Desperdiciar su muerte? —pregunté mientras me recostaba contra la pared—. ¿Qué quieres decir?

—Justo lo que he dicho. El sol está saliendo. Metámoslo en la mazmorra por ahora.

Cyril recogió el barrote de hierro, lo colocó alrededor del cuello del prisionero y lo apretó hasta que comenzó a asfixiarlo y luego lo condujo a través de la puerta que daba a la escalera de caracol de piedra que conducía a las celdas cerradas de abajo.

Miraba a Marius, tratando de recuperar mi equilibrio, tratando de que la enfermedad desapareciera. Escuché el ruido de una puerta que se abría y se cerraba de golpe, y el sonido de la llave en la cerradura.

Cyril me trajo el viejo llavero. Por un instante lo miré con repugnancia, y después lo cogí.

—Yo seré el guardián de esas llaves —proclamó Gregory—, a menos que prefieras serlo tú.

—No, tómalas —accedí.

—¿Estás satisfecho, Lestat, de que lo hayamos juzgado? —preguntó Gregory.

—Sí —respondí—. Además, nunca pidió un juicio, ¿verdad? —La enfermedad no cesaba. Me acerqué a Cyril—. Me pasa algo malo...

Tenía más cosas que decir sobre la cuestión del juicio. El rebelde no reconocía nuestra autoridad para juzgarlo. Pero no podía pensar por culpa de la enfermedad. ¿Qué quiso decir Marius con esas extrañas palabras: «no tiene sentido desperdiciar su muerte»?

—Ah, es solo que te echó una maldición cuando bebiste de él —comentó Cyril—. Ven conmigo.

Y salimos de la mazmorra. Sentí mucho frío. La enfermedad daba paso al adormecimiento del alba.

Cyril me llevó a mis aposentos privados y me dejó en el estante de mármol donde a menudo dormía al lado del ataúd.

Me acosté porque no pude evitar hacerlo, y Cyril puso mis pies sobre el lecho de mármol.

—Duerme, jefe —dijo—. Nadie te va a matar. Si Gundesanth estuviera vivo, encontraría en ti a un compañero para su alma.

—¿Por qué dices eso? —pregunté.

Se quedó en silencio, y luego contestó:

—Gundesanth era un orador interesante.

9

Abrí los ojos. El día había muerto. La noche había llegado y me había despertado de un sueño sin sueños aún con el sabor de las náuseas en la boca. Me llevé los dedos a los labios y los noté pegajosos. Me volví de lado y vomité sangre en el suelo de mis aposentos.

—¿Cuándo se irá esto? —dije en voz alta.

Oí que había alguien conmigo en la oscuridad de la habitación. Alguien a quien no pude ver. Pero una vela en el estante se encendió de inmediato, y cuando su débil luz se extendió a todos los rincones, vi al ser, sentado en el banco de mármol a mis pies.

Me incorporé y el instinto hizo que me retirara un poco hacia atrás, quería ver quién era.

Dejé escapar un jadeo.

Rara vez, si es que en alguna ocasión había ocurrido en toda mi vida, había visto una figura como aquella. Era un ser masculino, de enormes ojos brillantes y con el cabello oscuro y ondulado que le llegaba hasta los hombros. Sobre los llenos y hermosos labios rosados lucía un bigote oscuro, grueso y cuidadosamente recortado. Y una barba encrespada se extendía desde debajo de su húmedo labio inferior. Se la había recortado dándole una forma rectangular y ancha.

Llevaba una túnica de terciopelo azul oscuro adornada con bordados de hilo de oro y con joyas centelleantes incrustadas.

—Bello —susurré, y de puro placer ante aquella gran fiesta única para mis ojos, se me escapó una risa suave y reverente—. Bello —susurré de nuevo—. ¿Qué eres? ¿Quién eres tú? ¿Cómo has llegado aquí?

De repente me di cuenta de qué tipo de persona podría ser: el antiguo rey de una ciudad amurallada asiria, el señor de las antiguas tierras de los dos ríos, alguien que podría haber gobernado en Nínive o en Babilonia o en alguna ciudad olvidada mucho tiempo atrás, ahora borrada por las arenas del desierto.

Él sonrió. Y una voz familiar emergió de su garganta cuando llegó a mi lado y me abrazó.

—Soy Gregory, querido —se presentó—. Soy Gregory tal como soy cuando me levanto, antes de afeitarme y de cortarme el pelo. Soy Gregory tal como estaba en la noche en que la Madre me creó.

Me llené de alegría. No podía explicarlo, aunque el motivo de aquel esplendor era muy simple. Sin duda era Gregory, pero ahora veía su naturaleza benévola en sus ojos, y cuando sonrió de nuevo, vi sus pequeños colmillos blancos y puntiagudos.

—Ven a mí, príncipe —dijo—. Déjame darte mi sangre. Déjame darte la sangre del cuarto bebedor de sangre que haya sido creado jamás.

No pude resistirme. Ni siquiera se me ocurrió. Lo vi levantarse frente a mí mientras yo me recostaba de nuevo en el lecho de mármol. Él se tendió encima de mí, con un peso cálido y suave, y mis colmillos se adentraron en su cuello. Bebí.

La habitación se desvaneció. Yo me desvanecí.

Solo estaba la noche y el bosque denso a ambos lados del camino que se retorcía mientras se abría paso entre árboles monstruosos. Aquel bosque era tan oscuro que no podía penetrar ni una partícula de luz de la luna, y por esa oscuridad, a pocos metros por delante, caminaba Gregory. Era el vampiro Nebamun y llevaba la armadura de cuero de un guerrero egipcio, pero sus piernas estaban envueltas en lino para protegerlo del frío del norte y una gran capa de piel que sostenía con la mano izquierda le cubría los hombros. Llevaba el cabello largo y espeso hasta los hombros, y la barba salvaje y descuidada.

En el bosque, muy lejos y a su derecha, captó un destello de luz. No parecía más que una chispa en la distancia, pero se dirigió hacia ella, aplastando bajo las botas de piel las zarzas y las pequeñas ramas rotas.

Cuanto más se adentraba en aquel tupido bosque, abriéndose paso entre los arbustos, y más profundos eran los olores y los sonidos, de la oscuridad perfecta surgió un rugido salvaje que me sacudió hasta los huesos.

Un monstruoso par de garras hirió a Nebamun, y una gran boca abierta llena de afilados dientes blancos se cerró por encima de su cabeza.

Luchó con furia contra aquella bestia de ojos feroces, rojos y brillantes y de rugido feroz, librándose de su presa, haciéndola rodar sobre su espalda, y entonces Nebamun escuchó el ruido de las cadenas que mantenían cautiva a la fiera. Levantó la lanza para matarla, pero esperó, esperó hasta que sintió una mano posarse en su mano.

—Nebamun —oyó en un susurro.

—¡Ah, te he encontrado! —exclamó Nebamun. Y los dos bebedores de sangre se abrazaron, sus labios apretados en un largo beso. En la oscuridad, se abrazaron con fuerza y Nebamun le besó la cara y de nuevo la boca.

—Santh, mi Santh, mi amado Santh.

—Ven conmigo —dijo el otro—. No te esperaba tan pronto —comentó apartando la maleza y abriendo camino hacia una luz pálida y desigual.

La bestia rugió y tiró de las cadenas que lo ataban. Y a cada rugido Nebamun sentía que un escalofrío le recorría la espalda. Era tan aterrador como el rugido del león en la sabana africana.

—Sabía que dejaste la empalizada del dios al anochecer —le confesó Santh—. No sabía qué harías esta vez.

—Pero ¿cómo lo sabes? —preguntó Nebamun.

—Tengo seguidores en este bosque —contestó el otro.

Habían llegado a la boca de una cueva de techo bajo. Parecía imposible que nadie escogiera vivir en un lugar así, pero solo habían avanzado unos pocos metros cuando el techo bajo se abrió en una gran caverna, y en esa caverna encontraron otro corredor a través del cual avanzaron hacia una luz distante.

Finalmente, se encontraron frente a un rugiente fuego de leña de bosque y hojas muertas. Sobre ellos, el techo de la cueva estaba cubierto de extraños dibujos: hombrecillos hechos de palos, como si los hubieran dibujado niños, un gran búfalo jorobado y la imagen inconfundible de un oso.

—¿Qué significa todo esto? —inquirió Nebamun.

—Nadie lo sabe —respondió Santh—. Siempre ha estado aquí. Nos escondemos en este lugar durante el día porque los humanos de esta zona le tienen miedo y no se aproximan.

Nebamun se alegró del calor y se acercó lo más que pudo al fuego.

—¿Hace frío en todo el mundo excepto en Egipto? —quiso saber. Miró a su amigo, contempló su espeso cabello rubio y su barba.

—Al menos en el que me ha visto nacer —dijo el rubio—. Ven y siéntate. Déjame mirarte. Ah, ¿tus heridas ya están curadas? ¡Nosotros los dioses somos criaturas increíbles!

Aquello los hizo reír como niños, dándose palmadas en los muslos mientras soltaban grandes carcajadas. «¡Nosotros los dioses!», se burló Nebamun. Cayeron sobre la tierra blanda, sin dejar de reír.

La piel oscura de Nebamun era como la caoba, pero la piel de Santh era de un blanco brillante. Llevaba solo pieles, una túnica ceñida a la cintura por una cinta asimismo de piel, de la que colgaba una espada en una vaina dorada brillante, y una daga en su funda.

Se abrazaron otra vez y buscaron un lugar donde poder descansar sentados con la espalda contra la pared de la cueva, pero lo suficientemente cerca del fuego como para calentarse.

—Bueno, si sabías que iba a venir —expuso Nebamun—, entonces sabes por qué.

—Sí, pero no sé el porqué del porqué —replicó—. Ellos quieren que regrese. Han extendido por el mundo la noticia de que si regreso seré perdonado. No me impondrán nada si voy al templo de Saqqâra, pero ¿por qué quieren perdonarme? ¿Por qué ahora?

—El Rey y la Reina ya no hablan ni se mueven —afirmó Nebamun—. Dicen que tarde o temprano nos sucederá lo mismo a todos nosotros. Nos convertiremos en estatuas, dioses de sangre. Pero ¿qué es lo que saben? No estaban allí al principio. Hay tantas cosas que no saben...

—Explícame eso —pidió Santh.

—Llevan muchos años sentados en silencio —declaró Nebamun—. No beben sangre cuando se la ofrecen. Ya no hay ninguna razón para mantenerlos encarcelados en la piedra.

Ambos contemplaron el fuego durante largo rato.

—Entonces ¿quién es el que ha enviado a por mí? —preguntó Santh.

—El Anciano. Ahora te hará líder si deseas serlo. Y recorre el mundo visitando a los dioses de la sangre en sus santuarios, buscando a los que se han vuelto locos, eliminándolos y trayendo nuevos dioses a la Sangre para servir.

—¿Y por qué no te lo han ofrecido a ti?

—Lo rechacé —reveló Nebamun—. Creo que la vieja religión está muerta. Creo que no tiene sentido. Creo que no somos dioses, y que nunca lo fuimos, y no estamos destinados a dictar juicio sobre los humanos. Afirmo que nada de eso importa ahora y que no crearé nuevos dioses para los antiguos santuarios.

—Entonces ¿por qué has venido a traerme el mensaje? —planteó Santh.

—Porque quería que supieras que ahora no hay nadie que te dé caza. Solo hay sacerdotes necios en el templo en Saqqâra, y tampoco ellos creen en nada. Y quiero que sepas que si quieres venir a Egipto, puedes hacerlo. Si quieres ver a Nínive, puedes hacerlo.

—¿Y tú? ¿Qué harás?

Nebamun no respondió. Miró a su amigo.

—No lo sé, Santh —admitió—. No lo sé.

—Nunca encontraste a Sevraine, ¿verdad? —le inquirió Santh.

—No. —Nebamun negó con la cabeza—. Encontré a Rhoshamandes una vez, pero él no sabía nada de ella.

Nuevamente contemplaron las llamas.

—¿Qué quieres, Nebamun? —preguntó Santh.

—No lo sé, Santh. No lo sé. —Cogió una rama distraídamente y comenzó a hacer marcas en la tierra. Dibujó una larga línea que giraba y giraba, y pensó que era un camino. No un camino en particular en un lugar en particular, sino el camino de su vida—. Todo ha terminado, Santh —manifestó—. Estoy cansado. Ahora no conozco a la gente de Egipto. No los conozco desde que puedo recordar, y los tiempos anteriores a eso son como un sueño, como una pesadilla.

Por la expresión de su rostro pudo ver que Santh no lo entendía. Sus ojos verdes demostraban vivacidad, casi alegría, excepto por la tristeza que sentía por su amigo.

—Quédate conmigo, entonces —propuso Santh—. No vuelvas esta vez. ¡Quédate aquí!

Un largo silencio cayó entre ellos. Nebamun se dio cuenta de que estaba llorando y avergonzado. Sintió el brazo de Santh sobre su hombro y le dijo en voz baja:

—Este es tu mundo, amigo mío, y yo ahora no tengo mundo.

Una terrible tristeza arrugó el rostro de Santh. No se avergonzaba de llorar. Odiaba la sangre que salía de sus ojos, y se la limpió con las pieles de la manga, pero no estaba avergonzado.

—¡No puedes rendirte! —exclamó—. Este sentimiento es como una enfermedad. Tienes que encontrar un lugar. Tienes que encontrar algo. ¡Tú y yo estuvimos allí al principio! ¿Quién queda que estuviera allí al principio? Debemos continuar...

En voz baja, aún entre lágrimas, Nebamun preguntó:

—¿Por qué?

Y entonces desperté.

Yo estaba sentado en el banco. No podía beber más sangre, y mientras miraba la vela, sentí que su sangre y el poder que contenía estaban más allá de toda descripción. Podía escuchar cómo la cera se derretía lentamente alrededor de la mecha, y me parecía que el aire que respiraba en mis pulmones era como el momento antes de la llegada de la muerte para la víctima, y todo mi cuerpo no era más que mi boca y la sangre entrando. Me quedé mirando el halo de luz y de color que rodeaba a la pequeña llama. Nunca me había fijado en que había tantos colores en ese halo, ni que ese halo fuera tan grande.

Me di la vuelta y apoyé la frente contra el hombro de Gregory. Sentí su mano cogiéndome la mía, y se la estreché, luego lo acerqué a mí y lo abracé con fuerza.

—¿Se ha ido ya esa enfermedad? —me preguntó.

—Oh, sí —le contesté, y cerré los ojos.

—Esa fue la última vez que lo vi —explicó en voz baja y confiada—. Me rogó que me quedara, pero me fui a casa, a Egipto. Realicé el largo viaje hacia el sur nuevamente a través del norte de Europa y llegué al gran mar, y lo crucé para llegar a Egipto, mi Egipto, y me tumbé a dormir en la arena.

»Una vez, mucho tiempo después de haberme enamorado de todas las maravillas del mundo griego y romano, conocí a un bebedor de sangre que me dijo que Santh ya no estaba. ¿Creo que lo hizo ese canalla que tenemos en la mazmorra? No. He oído contar tantas afirmaciones supuestamente salidas de la boca de Santh o hechas por alguien que fue creado por él... pero Santh fue tan miserable con su sangre como lo he sido yo con la mía. No creamos a bebedores de sangre como nosotros. Buscamos a nuestros socios y a nuestros compañeros entre los que ya están en la Sangre, bueno, casi siempre. Tengo a mi Chrysanthe. Y a diferencia de Sevraine, ella nunca me ha dejado. Pero Santh se ha ido, y han pasado mil años desde la última vez que oí a alguien pronunciar su nombre.

—¿Por qué has venido a mí así? —le pregunté. Todavía lo estaba sosteniendo. Sentí su sangre en mi cuerpo como un verdadero fuego. Me quemaba el corazón. Todos los secretos del mundo parecían grabados en el patrón del mármol de la pared frente a mis ojos.

—Porque sabía que estabas cansado y confundido, y odiabas que alguien fuera condenado a la mazmorra. Y sé que Marius te alarmó cuando dijo que tenía un plan para lo que se podría hacer con los condenados.

No pude negarlo.

—Y quiero que seas fuerte —continuó—. Necesitamos que seas fuerte. Cuando te des cuenta de cuánto te necesitamos y de lo fuerte que debes ser, entonces todo te resultará más fácil.

—Quizá tengas razón. Pero en estos momentos no puedo imaginarlo —reconocí—. Nunca soñé con mazmorras, ni con prisioneros condenados, ni con el escarmiento de un antiguo como Rhoshamandes... Oh, ¿de qué sirve ahora decir nada más?

—Vendrás a verlo —dijo—. Verás que todo lo que estamos haciendo será en vano si no actuamos con resolución en nuestra propia defensa.

Quise hablar. Pero no quería ofender a Gregory, por nada del mundo. Por primera vez sentí que lo conocía, que lo conocía íntimamente, como había conocido a Armand hace más de dos siglos, cuando nos había encantado a mí y a Gabrielle y mostrado con aquel hechizo sus recuerdos de Marius, quien lo había creado, y cómo todo lo que amaba se había perdido.

—Ven —me indicó—. Vámonos. Benedict está aquí. Él sabe que estamos a punto de emitir un juicio. Lo sabe. Y no está suplicando por su amo, y no sé por qué.

10

Tuve que lavarme bien y cambiarme de ropa antes de enfrentarme a la multitud en el salón de baile. Y también lo hizo Gregory, aparentemente, porque apareció en el mismo momento en que lo hice yo, afeitado, con el pelo corto, vestido con su habitual traje caro de hombre de negocios, guiñándome un ojo en secreto cuando ambos nos acercamos al regalo que me trajo Benedict.

Se había colocado una gran tarima rectangular frente al lado derecho de la orquesta para aquel regalo, una tarima que no era tan alta como la utilizada por el director. Y en ella vi una gran silla medieval, hecha de roble y adornada con tallas. El respaldo y el asiento estaban acolchados con terciopelo rojo.

Podría proceder de una catedral. De hecho, he visto a papas fotografiados en sillas semejantes. Dos leones alados señoreaban ambos brazos acolchados, y en el cojín de la espalda había una pirámide de flores y hojas talladas. Las patas estaban bellamente torneadas. Y sobre toda la madera quedaban los restos de un dorado espeso, con el oro suficiente para resaltar cada detalle de la madera para otorgarle elegancia.

Benedict se quedó mirándome mientras yo inspeccionaba la silla. Llevaba un hábito monacal de lana de color marrón oscuro, con una simple cuerda alrededor de la cintura y grandes mangas en las que había escondido las manos.

Me acerqué, él dio un paso adelante y nos abrazamos. Estaba caliente por la muerte, como decimos, lleno de sangre, su rostro juvenil tan sonrojado que casi parecía humano, y el tacto de sus manos era cálido.

De mí no emanaba ese calor. La sangre de Gregory era tan fría como poderosa. Solo la sangre humana emite semejante calor.

—Príncipe, un monarca debe tener un trono —dijo Benedict. Su voz sonó tensa, vacilante. Dio un paso atrás pero, aun así, sostuvo mis hombros como si fuera un colegial y me besó en ambas mejillas. Le temblaban los labios.

—Gracias, amigo mío —le contesté—. ¿Está Rhoshamandes contigo?

—No. —Sacudió la cabeza y soltó una breve carcajada—. Quiero despedirme hoy, en la Cámara del Consejo.

—¿Despedirte? —lo interrogué. Pero ya avanzaba por el salón de baile. Los músicos estaban afinando sus instrumentos. Algunos saludos me distrajeron. Y vi que varios ancianos seguían a Benedict como yo.

Cuando llegamos a la Cámara del Consejo, le abrí la puerta a Benedict y lo seguí.

No formábamos un grupo numeroso, solo Gregory, Sevraine, Seth, Fareed y Allesandra. Pero en unos instantes, otros se unieron a nosotros: David y Jesse, y luego vino Armand junto con Marius y Pandora.

Sentí que estábamos esperando a que vinieran más. Pero solo lo hicieron Bianca y Louis.

Louis seguía sintiendo que estaba fuera de lugar en aquellas reuniones, pero no le hice caso. Como siempre, se sentó en la silla a mi derecha. Benedict se sentó a la derecha de Louis.

Marius ocupó su sitio en el otro extremo de la mesa, como solía hacer, y todos los demás se sentaron en lugares al azar.

—Gracias por venir —habló Benedict—. He llegado al final de mi vida y deseo despedirme antes de recibir a la muerte. No quiero dejar el mundo sin decir adiós a los que están aquí y que tantas veces me han demostrado su amistad.

Inmediatamente se levantó un coro de protestas, las más fuertes de Allesandra y Sevraine, pero Benedict hizo un gesto para que guardáramos silencio. Su boca se endureció, lo que parecía ligeramente absurdo en un rostro tan joven y sensible, y por un momento pensé que iba a ceder a las lágrimas, pero simplemente permaneció en silencio hasta que todos los demás también se callaron.

—Deseo decir varias cosas —anunció—. Cosas que he aprendido. A algunos de vosotros os parecerán obvias, y quizá ridículas, pero quiero decirlas porque son cosas de las que estoy seguro, absolutamente seguro, y quién sabe cuándo alguno de vosotros podría hacer uso de mis palabras.

»Así pues, lo primero que debo decir es que dos no son suficientes. No, dos no son suficientes en esta vida. Debe haber otros. Nos engañamos a nosotros mismos cuando pensamos que una pareja puede ser una asociación segura contra los horrores del tiempo. No es verdad. Y lo que se ha creado en esta Corte es un refugio y un lugar sagrado donde cualquiera y todos pueden encontrar a otros con quienes formar esos lazos que tanto importan. —Vi a Marius asentir con la cabeza ante aquellas palabras. De repente Gregory parecía triste, terriblemente triste. Y por un instante, lo vi como se había presentado ante mí solo una hora antes, como el gran rey, como el ángel sumerio; tal vez a partir de entonces vería siempre aquella barba y cabellos brillantes cuando lo mirase.

»Nunca penséis que dos es suficiente —insistió Benedict—. Nunca lo imaginéis. Y nunca os dejéis paralizar por creer que no podéis vivir sin otro ser, y solo ese ser. Debéis tener más oportunidades para amar, porque amar, amarnos, nos mantiene vivos, amar es nuestra mejor defensa contra el tiempo, y el tiempo es despiadado. El tiempo es un monstruo. El tiempo lo devora todo. —Se estremeció. Contra todo pronóstico esperaba que Benedict no empezara a llorar, porque no quería llorar.

»No quiero entreteneros mucho —dijo. Entrelazó los dedos y apretó las manos con ansiedad. Sus mejillas se pusieron repentinamente rojas.

»Y la otra cosa que debo decir, y que me resulta doloroso hacerlo, es que tengáis cuidado cuando golpeáis, tened cuidado con qué tipo de golpe atacáis, tened cuidado de que nunca, nunca, a menos que debáis hacerlo, golpeéis de manera que el otro no pueda perdonaros, como separar una mano de un brazo, o separar un brazo de un hombro, porque eso es algo salvaje, que provoca el odio del alma de la víctima, que es primitivo y catastrófico.

—Oh, Benedict —intervino Gregory—. ¿Quieres decir que el príncipe no debería haber golpeado la mano y el brazo de Rhoshamandes cuando Rhoshamandes mantuvo cautiva a Mekare y ya había matado a Maharet bajo su propio techo? Seguramente...

—Ahora no hablo de justicia, Gregory —replicó Benedict. Armand intervino antes de que Benedict pudiera continuar.

—¡Asesinasteis a Maharet, miserables cobardes! —exclamó. Era evidente que bullía de rabia—. La golpeasteis hasta la muerte con un hacha en la santidad de su propia casa, y vienes aquí esperando compasión para tu amo. No me importa lo que el espíritu os haya llevado a creer. Sois los peores asesinos de nuestra especie.

Benedict cerró los ojos y se cubrió la cara con las manos. Su cuerpo al completo empezó a temblar.

—¡Tanto tú como su maestro deberíais ser destruidos! —prosiguió Armand con el rostro enrojecido.

Marius se levantó, avanzó hasta donde estaba Armand y le puso las manos sobre los hombros. Pero Armand se levantó e ignoró a Marius, como si no estuviera allí.

Podía sentir la hostilidad ardiendo en el interior de Armand.

—Soñaba con pasar una noche con ella —contó Armand—. Soñaba con pasar horas, semanas, meses en su divina compañía —continuó, siseando y con los ojos fijos en Benedict—. Soñaba con hacerle preguntas sin fin y consultar sus archivos y recorrer sus bibliotecas. Soñaba con pedirle que me regalara su mejor sabiduría, y tú la destruiste, tú y tu egoísta e imbécil maestro, la destruisteis, asaltando su cuerpo como bárbaros con vuestras armas...

Benedict estaba encorvado por el llanto, ahogándose en sollozos. Pero de repente se puso de pie, la sangre corría por su rostro.

—Y tú, vil malhechor —respondió Benedict a Armand—, ¿qué hiciste con tus poderes? Esclavizaste a los Hijos de Satán con teologías podridas bajo el cementerio de Les Innocents cuando podrías haberlos liberado para que vieran las maravillas que Marius te reveló, toda la belleza del mundo y su gran arte. ¿Quién eres tú para maldecirme? Te diré lo que he aprendido antes de morir.

—Oh, muere ya de una vez —dijo Armand—. ¿Quieres que te ayude?

—Sí, quiero —contestó Benedict—. Pero no de la manera que crees.

Allesandra se levantó y, después de un momento de vacilación, se colocó detrás de Benedict con las manos en sus hombros, justo como Marius se había colocado detrás de Armand.

—Yo había sido engañado por la Voz, y lo sabes —dijo Benedict—, y estaba cumpliendo las órdenes de mi maestro, lo admito. Pero Maharet quería destruirnos a todos. Ella soñaba con llevar a su hermana con ella al volcán que nos habría destruido a todos.

—No, no es cierto —repuso Armand cáusticamente—. Ella tuvo sus momentos de desesperación suicida como todos nosotros, eso es todo. Ella habría venido. ¿Por qué tú y tu maestro no le hablasteis, no tratasteis de consolarla, de apartarla de aquella oscuridad?

—Ella no nos habría dejado matarla si hubiera querido vivir.

La voz de Jesse Reeves se quebró de improviso. Se volvió en su silla para mirar a Benedict.

—Eso no es cierto y lo sabes —le espetó—. Deja de tratar de justificar lo que hicisteis. Tomasteis por sorpresa a mi amada Maharet. Todos somos vulnerables a la sorpresa. ¡Velocidad y sorpresa! Y vuestros golpes cayeron sobre su cuerpo y sobre su alma.

—Muy bien, lo admito. Sí, es verdad, todo es verdad —afirmó Benedict. Pero no miró a Jesse. Todavía miraba a Armand.

Y qué espectáculo daban ambos, cada uno nacido en la Oscuridad a una edad tan temprana, dos «muchachos» enfrentados, con mejillas y labios infantiles e incluso con cabellos de niño, dos ángeles que se miraban el uno al otro, y tan pronto como lo pensé me di cuenta de que Benedict estaba pensando lo mismo.

—Y ahora te diré qué más he aprendido y quiero compartir antes de dejar este mundo —agregó. Me miró y luego volvió a fijar los ojos en Armand—. Aquellos que fuimos creados jóvenes —dijo— nunca crecemos. Mil años o cinco mil no significan diferencia alguna. El tiempo nos da el espacio para ser estúpidos y ciegos para siempre, con la confusión y las pasiones propias de los jóvenes, vulnerables a los amos que nos crearon y nos atraparon.

—Oh, más tonterías —le recriminó Armand—. Nunca fui un niño. ¡Fui un hombre antes de nacer en la Oscuridad! Y tú, necia criatura, tal vez fueras un niño, con tus ropas de monje, con tus oscuros anhelos cristianos, y quizá todavía lo seas. Pero yo nunca fui joven. Y he aprendido mediante el sufrimiento y la angustia y la soledad, y tú, acurrucado a la sombra de tu maestro, nunca sabrás lo que es eso.

Benedict parpadeaba como si Armand emitiera una luz cegadora.

—Ahora quiero morir —declaró Benedict—. Quiero morir aquí entre los jóvenes... —añadió señalando en dirección al salón de baile—. Los he invitado a reunirse. Quiero darles mi sangre. Quiero asumir los pecados de mi maestro.

—No eres un Cristo que pueda asumir los pecados de otros —replicó Armand—. Ni siquiera sabes lo que estás haciendo con esta puesta en escena de tu propia muerte. Traes un trono al salón de baile para que el príncipe presida tu pequeño espectáculo, pero no tienes ni idea de lo que quieres hacer realmente.

—Armand tiene razón, Benedict —habló Allesandra—. Por favor, demora este terrible paso.

Parecía que Allesandra se volvía más hermosa a cada noche que pasaba desde que la Voz la había llamado en las catacumbas de París, y ahora al lado de Benedict como si fuera un ángel redentor, con su hermoso cabello cayéndole sobre los hombros, trataba de abrazarlo.

—Por favor, escúchame, Benedict. No lo hagas.

—Ya no hay tiempo que perder —dijo.

Del interior de la chaqueta extrajo una pequeña caja de plata. La abrió y pude ver la sangre vampírica en ella. La caja estaba casi llena hasta la mitad, y emitía un brillo que la sangre mortal no posee. Metida en aquel recipiente, la sangre vampírica permanecía en estado líquido. La tocó con la punta del dedo.

—Doctor Fareed, por favor, ven aquí. Tengo algo que darte.

Se guardó la caja en el bolsillo interior.

—Príncipe, comprueba, por favor, que mi sangre no se desperdicie. Te lo ruego, no dejes que las llamas me lleven. Las llamas me aterran. No dejes mis restos en el fuego hasta que mi sangre se haya ido.

Sin más preámbulos, salió rápidamente de la Cámara del Consejo, Fareed y Allesandra la abandonaron tras él, y el resto de nosotros lo seguimos lentamente mientras nos acercábamos al salón de baile, del que no salía sonido alguno.

11

Durante la reunión en la Cámara del Consejo había escuchado actividad en el salón de baile, vampiros reuniéndose, automóviles que entraban en el estacionamiento y pies que subían escaleras, y otros que llegaban a caballo del viento y entraban por la terraza.

Pero, aun así, el tamaño de la multitud me asombró. Creo que había allí reunidos unos mil bebedores de sangre. La orquesta estaba sentada, esperando, y Antoine, en su podio, tenía la batuta preparada en la mano.

Cuando entramos, todas las miradas se posaron en nosotros. Hice un gesto para que se abriera un espacio por donde pasar, y en medio de ese sendero Benedict se detuvo y miró a Antoine. Estaba en el centro de la habitación. Y vi que a ambos lados del camino se habían colocado varios jóvenes: Sybelle y Benji, Rose, Viktor y otros neófitos a quienes Benedict sin duda había llamado, y muchos que yo no conocía. También se habían reunido neófitos más viejos, vampiros que llevaban tal vez cuatro o cinco siglos en la Sangre. Y supongo que, según ese cálculo, yo mismo podría ser visto como un neófito, y Armand también. Pero muchos de aquellos vampiros nunca habían sentido la sangre de los antiguos. Creados por hacedores que se habían ido hace mucho tiempo de la tierra, miraban a Benedict con gran atención, y la escena de repente me heló el alma.

Sentí un salvaje impulso de detener todo aquello. Lo que estaba sucediendo, lo que vi en las caras a cada lado, era horrible. Pero Marius me cogió de la mano y me condujo hacia la silla dorada.

—No lo detengas. Obsérvalo y aprende de ello —me susurró.

—Pero esto es un error —le dije, también en un susurro.

—No, no es un error, es lo que somos —declaró.

Me hizo un gesto para que me subiera a la plataforma y me sentara en el trono medieval.

Acepté su consejo, y él se colocó a mi izquierda posando su mano derecha sobre mi hombro, mi Primer Ministro.

Benedict levantó la voz para dirigirse a la multitud.

—En tiempos antiguos —clamó—, cuando yo no era más que un recién llegado al valle del Loira, lo que ahora llamamos el Jardín de Francia, Rhoshamandes me dio la bienvenida a la cofradía de la noche, y vivimos en un gran edificio de piedra que desapareció hace mucho tiempo.

»En aquella época, cuando los ancianos querían terminar su viaje por el Sendero del Diablo, nos entregaban su sangre al resto de nosotros, y eso mismo es lo que me ocurre ahora y lo que quiero hacer. Le doy mis ojos a Fareed para que los use con algún propósito, pero a vosotros os entrego mi cuerpo y mi sangre.

Un gran suspiro surgió de los espectadores cuando se sacó el ojo izquierdo y luego el derecho y los puso en un cofre plateado antes de cerrarlo y entregárselo a Fareed.

Se hizo un silencio cada vez más profundo.

Benedict continuó, la sangre corría por su rostro, sus párpados temblaban horriblemente mientras hablaba.

—Os ruego que no entreguéis mis restos a las llamas de estas chimeneas hasta que toda la sangre haya desaparecido de mí, y mi cabeza se haya separado de mi cuerpo y mi corazón haya sido silenciado. Y, Antoine, te lo ruego, regálame la música de los viejos tiempos... El *Dies irae, dies illa...* con sus timbales, por favor, Antoine, y condúceme con sus notas hacia mi perdición.

La expresión de Antoine denotaba una gran angustia. Me miró y escuché a Marius decirle que hiciera lo que Benedict le pedía.

Y Antoine se dio la vuelta, levantó la batuta, y enseguida se escucharon las voces de los niños sopranos y aquella pieza de canto gregoriano, pero con el ritmo salvaje de los timbales.

Las palabras llegaron en latín, pero yo conocía su significado.

Día de la ira, aquel día en que los siglos se reduzcan a cenizas, como testigos el rey David y la Sibila.

Benedict, aún con la cabeza gacha, sacó un cuchillo del interior de su larga túnica monacal.

—¡Ven, Sybelle; ven, Benji! —gritó. Luego se abrió la túnica y la dejó caer al suelo, revelando su cuerpo desnudo: una imagen de cera de un niño al borde de la virilidad, el vello dorado de su pubis tan brillante y hermoso como el suave y rizado cabello de su cabeza.

—¡Ven, Rose; ven, Viktor! —gritó nuevamente—. Venid todos vosotros, los jóvenes. Tomad la sangre de un millar de años.

El himno continuó:

¡Cuánto terror habrá en el futuro cuando el juez haya de venir a juzgarlo todo con rigor!

Con un movimiento tan rápido que no lo vi, Benedict se cortó la muñeca izquierda, luego la derecha y luego la garganta. Metió el cuchillo en su corazón, lo retiró y lo dejó caer a sus pies.

Desapareció de nuestra vista cuando los neófitos lo rodearon.

La trompeta, esparciendo un sonido admirable por los sepulcros de todos los reinos, reunirá a todos ante el trono.

Sentado allí, contemplé la escena con la misma sensación de horror de estar presenciando algo profano y espantoso y, sin embargo, hermoso, con la música latiendo en el corazón de los timbales, mientras Allesandra, Eleni y Everard de Landen se acercaban a mí, reuniéndose a la izquierda del trono, dándole la espalda a lo que estaba sucediendo, y Allesandra se derrumbaba en los brazos de Everard.

—Es lo que él quiere —susurró Everard—. Pero quien muriese debería ser ese monstruo de Rhoshamandes, no él.

Las voces se hicieron más urgentes, los timbales se aceleraron en una cadencia más rápida.

Rey de tremenda majestad, tú que a los justos salvas de corazón, sálvame, fuente de piedad.

Escuché el inconfundible sonido del desgarro de la carne sobrenatural, de los huesos rotos. Un rugido espantoso surgió de la multitud y vi que alguien mantenía en alto la cabeza de Benedict, como la de un prisionero ejecutado por la guillotina, los párpados vacíos todavía temblando, y la música se hizo más fuerte, los metales se unieron a las voces del coro y finalmente las cuerdas retomaron la sombría melodía.

Por entre la masa de bebedores de sangre deambulaba una neófita que yo no conocía, una mujer con un vestido de terciopelo, con una mano cortada en la boca, bebiendo la última sangre de su carne blanca y luego relamiéndose los labios. Vi que sus ojos se abrían como platos cuando la poderosa sangre inundó sus sentidos, cómo dejó vagar la mirada hasta que un gran estremecimiento le recorrió el cuerpo y se fue, como en estado de trance, al otro extremo del gran salón.

Otros también se alejaban. Pero algunos se apresuraron a recoger los restos del cuerpo que habían sido descartados. Entonces, a medida que cada vez más neófitos abandonaban el ritual, pude ver los miembros de Benedict que yacían dispersos por el suelo.

—Ven conmigo, príncipe, por favor —sollozó Allesandra—. Ayúdame a juntarlos y a echarlos al fuego.

Hice lo que me pedía. Y Marius vino con nosotros. El ritual había terminado.

Cogimos los pedazos de lo que había sido Benedict y los arrojamos a las llamas. Marius sostuvo la cabeza con ambas manos, luego se la pasó a Allesandra, quien la abrazó contra su pecho, presionando sus dedos contra el cabello dorado.

—Ven, se acabó —le susurró Marius.

Le cogí la cabeza de las manos y miré aquel rostro blanco y vacío. Ni una gota de sangre permanecía en las cavidades huecas. La cabeza parecía dibujada y antigua.

La posé entre las llamas danzantes con tanta reverencia como pude.

No quedaba nada por hacer. Everard y Eleni habían recogido los restos de carne más pequeños y nos los habían traído, y todo estaba listo.

Me quedé allí aturdido. No podía entender qué había sucedido, aunque lo hubiera visto. Benedict, el querido hijo de Rhoshamandes que había vivido con él durante más de mil años, se había ido, simplemente se había ido.

La música se ralentizó hasta que terminó el himno.

Regresé a mi nuevo trono porque no sabía qué más hacer ni adónde ir.

¿Qué vendría ahora? ¿La suave y triste música del *Adagio en sol menor* de Albinoni? Eso es lo que quería con toda mi alma.

Pero sucedió algo diferente.

La orquesta irrumpió en un tumulto de sonido ardiente. Era «O Fortuna» de *Carmina Burana*, con voces que se elevaban por encima de las cuerdas rugientes y los frenéticos timbales.

De todas partes, bebedores de sangre surgieron de las sombras y se pusieron a bailar, las faldas se arremolinaban, los brazos se balanceaban en el aire, y entonces la música se alejó del primer tema y se convirtió en un vals oscuro y turgente, un vals frenético para los habitantes del infierno.

El gran salón temblaba. Aullidos y gritos de éxtasis se elevaron por todas partes.

Me tapé los oídos con las manos y bajé la cabeza. Pero no podía apartar la vista de la gran masa de bailarines y de sus movimientos extasiados, sus voces se alzaban para unirse a las del coro.

Me dejé caer contra el respaldo. Sentí la mano de Marius apretándome el hombro derecho y sus labios contra mi mejilla izquierda.

—Esto es así. Esta es nuestra parte oscura —afirmó, pero no con rencor, sino con una voz suave, como si solo quisiera consolarme—. Somos asesinos y prosperamos en la muerte. Es la parte de nosotros que no puedes borrar ni con todo el amor de la desmembrada cristiandad.

No pude contestar.

Allesandra se dejó caer sobre la tarima de madera a mis pies y se recostó contra mis rodillas, llorando. Vi que sostenía la túnica marrón de Benedict en sus manos. La apretaba contra su pecho. Me había olvidado de aquella túnica. Y algo sobre la manera en que se aferraba a ella me hizo sentir frío, me trajo el recuerdo herido de un episodio tan doloroso que por un instante quise apartarme de ella: yo mismo hace más de cien años, sosteniendo el vestido ensangrentado de Claudia, después de su muerte en el sótano del Théâtre des Vampires. Le acaricié el pelo a Allesandra y la música se tragó mis pensamientos, mis recuerdos, cualquier intento de apartarme de aquellos instantes.

Muy lejos de la colina, aquella danza oscura y salvaje debió de sacar a los mortales de sus camas. Aquel gran vals, oscuro y creciente, y todas las voces sobrenaturales que se mezclaban con la música debieron de ser escuchados a lo largo de los valles montañosos cubiertos de nieve.

Por entre los dedos de mi mano derecha vi a Louis entre los bailarines, con la cabeza inclinada hacia atrás y los ojos cerrados, balanceándose con los pies en el mismo sitio, impactado, al parecer, por los sonidos que lo rodeaban, y a Armand bailando con Sybelle en sus brazos y sus faldas de seda revoloteando. Y a Rose y a Viktor también bailando, y a otros girando como derviches en su locura. La Gran Sevraine bailaba sola, como una silueta resplandeciente vestida de un blanco cegador, levantando los brazos con la gracia de una bailarina, y junto a ella, en medio de todo, estaba mi madre, mi Gabrielle, como si estuviera flotando en la música. Vestía su habitual chaqueta de color caqui y unos pantalones vaqueros, pero llevaba el pelo suelto, y solo sonrió cuando se lo recogió con las manos y dejó caer varios mechones dorados a la luz de las lámparas de araña. Sus ojos parecían vidriosos y distantes, como si la música la hiciera soñar.

¿Y dónde estaba Benedict? ¿Dónde estaba su alma? ¿Se habría elevado su alma de niño eterno a la luz, habría sido recibido con un poder indulgente? ¿O Memnoch, ese espíritu malvado y tenaz, habría venido a deslumbrarlo con sus pesadillas astrales sobre el Purgatorio?

Un estrépito ensordecedor interrumpió el baile.

La orquesta se detuvo. Las voces se callaron.

Un gran viento se arremolinó en el salón de baile, agitando los candelabros en sus cadenas, y la nieve descendió en una suave y silenciosa avalancha de copos.

Me puse de pie.

La multitud se apartó de la chimenea de la pared del extremo izquierdo. De hecho, los bebedores de sangre se acurrucaron en los rincones.

Vi a la Gran Sevraine venir hacia mí como un cometa blanco. Gregory se colocó de repente a mi lado, al igual que Cyril y Seth.

Allí, junto a la gran chimenea del lado izquierdo del salón de baile, estaba Rhoshamandes.

12

Allesandra se puso de pie. Nadie más parecía moverse. Sola, extendió las manos con la túnica marrón manchada de sangre.

Y el fuego se movió. Las llamas se movieron lamiendo y devorando los huesos blancos del difunto Benedict.

Rhoshamandes se quedó inmóvil con su larga túnica de terciopelo, solo las puntas de sus botas negras asomaban por debajo del dobladillo, el cabello rubio revuelto por el viento y la escarcha sucia adherida a sus brazos y hombros.

Se quedó mirando la túnica que Allesandra sostenía en las manos.

Lentamente, ella caminó por la gran pista de baile vacía, sin hacer el más mínimo ruido, y se la ofreció.

Él la miró como si no pudiera comprender su significado. Y luego desplazó la mirada hacia el fuego, y allí vio el cráneo completamente descarnado por las llamas que lamían sus orificios vacíos.

—Dame la orden —me susurró Gregory al oído.

—No —murmuré—. No. Él no debe ser dañado. No ha hecho nada.

Si Rhoshamandes pudo oírnos, no dio señales de ello.

Allesandra sollozaba en silencio. Se trasladó al otro lado de la gran chimenea de mármol y miró los huesos.

—Él lo quiso así, mi señor —dijo ella—. Dio su sangre a los jóvenes, como hacían los ancianos cuando nos reuníamos las primeras veces. Fue su elección. Nadie le hizo daño.

Rhoshamandes levantó la mirada y luego posó los ojos en mí.

Por un momento, su rostro pareció tranquilo, en calma, limpio de cualquier emoción visible, tenía la mirada perdida, y ciertamente no miraba al príncipe rubio en el trono de respaldo alto que Benedict le había regalado.

Luego su cara se contrajo, como la de un niño a punto de llorar. Sus párpados temblaron, y un leve gemido tembloroso escapó de sus labios, hasta convertirse en un rugido terrible y más alto de lo que nunca había sonado la música en aquel gran salón. Un bramido de dolor que ninguna bestia en la Tierra podía prorrumpir, solo un ser sensible abrumado por el mayor de los sufrimientos.

Se abrazó a sí mismo con fuerza, y la expresión de dolor en su rostro fue insufrible, absolutamente insoportable.

Si fuera pintor, nunca retrataría la imagen de aquel dolor. Nunca, jamás, en toda mi vida querría capturarlo. Dejemos que las palabras lo intenten y fracasen y nos evite toda la expresión de esa agonía.

—Ahora, da la orden —musitó Marius.

—No, por el amor de Dios, no. ¿Qué ha hecho? —repuse en voz baja.

Rhoshamandes me miró fijamente. Ahora no cabía duda de que me veía. Me miraba directamente a mí. Sevraine se colocó frente a mí y Gregory a mi lado derecho. Sabía que Seth estaba detrás de mi hombro izquierdo.

Los labios de Rhoshamandes se torcieron y lucharon contra el dolor, y sus ojos se cerraron y se abrieron de nuevo con lágrimas de sangre. La emoción desapareció de su rostro y de sus ojos, que no me habían abandonado ni por un instante, y que ahora estaban llenos de odio. Odio que podía sentir a través del amplio salón de baile.

—Tú me has hecho esto —susurró él con voz cortante y llena de dolor—. ¡Tú me has hecho esto! —gritó. Y luego rugió—: ¡Tú con tu Corte y tu séquito me habéis hecho esto!

Por todo el salón de baile los bebedores de sangre se taparon los oídos.

Una vez más, su rostro se contrajo. Se volvió y buscó en el fuego, cogió el cráneo y lo apretó con fuerza entre sus manos hasta que no fue más que polvo, que se frotó por toda la cara y el pelo mientras sollozaba y gemía una y otra vez.

Sentí una gran ráfaga de aire, una explosión de viento helado, y escuché un feroz estruendo que retumbó por toda la estancia, y un gran remolino de color y movimiento. En el lado opuesto del salón, los ventanales que se abrían a las montañas estallaron en mil pedazos. Los candelabros cayeron pesadamente al suelo y los gritos se elevaron a mi alrededor.

Rhoshamandes se había ido.

Suspiré y me tapé los ojos con las manos. No sentía nada más que lástima, nada más que pena por él.

Hasta cinco minutos después, cuando me dijeron que se había llevado a mi madre.

13

Así es como sucedió.

Gabrielle había estado cerca de la pared opuesta a la del trono desde que la orquesta empezó. Se había retirado allí junto con Louis, Bianca y Armand. Armand había permanecido a su lado. Y habían contemplado la llegada de Rhoshamandes. Sabían que yo estaba a salvo, dijeron. Ese era su único pensamiento, y Armand comprendió que yo no quería que se infligiera ningún daño a Rhoshamandes.

Entonces también sintieron el viento, el ruido de los candelabros estrellándose contra el suelo y se juntaron formando un grupo. Y solo entonces Armand, mirando a su alrededor para tratar de controlar lo que ocurría, se dio cuenta de que Gabrielle no estaba a la vista.

Las palabras le habían salido de su garganta en un susurro: «¿Dónde está Gabrielle?».

Y luego, la voz de Gabrielle llegó a Sevraine, a Armand, a Marius, a una multitud de personas que, a diferencia de mí, pudieron oírla.

«Me tiene atrapada. No puedo soltarme.»

Si ella pudo escuchar a alguien después de aquello, no pudo responder.

Velocidad y sorpresa. Las palabras que Jesse había usado. Velocidad y sorpresa.

Rhoshamandes había sido veloz y había aprovechado el factor sorpresa.

Con el corazón devastado me senté en el trono dorado pensando que era probable que mi madre ya hubiera sido destruida en venganza por Benedict.

La Gran Sevraine y Seth habían salido tras él, dejando que Gregory se ocupara de mi seguridad junto con Thorne y Cyril.

Pero Sevraine y Seth regresaron en una hora para informar exactamente de lo que todos esperábamos. No pudieron encontrar ningún rastro de él por ninguna parte. Se marcharon de nuevo, decididos a buscar en cada habitación de su ciudadela de Saint Rayne. Pero yo sabía que nunca sería tan estúpido como para ir allí y esperar a que lo atraparan.

Lo sabía, pero no era un pensamiento. Estaba vacío de pensamientos. Estaba tan vacío de pensamientos como de aliento. Sabía cosas, pero no pensaba en nada.

Mantenía en mi mente la imagen del rostro herido de Rhosh, y escuchaba su rugido de dolor, pero no pensaba en nada.

Afortunadamente, nadie dijo nada inoportuno como «No pierdas la esperanza» o «Seguramente no le hará daño».

A través de todos los murmullos y susurros del salón de baile, mientras la gente de Barbara barría los cristales de los candelabros y los eslabones de plata y oro rotos, mientras los trabajadores se ocupaban de enlucir las piedras del muro recuperadas de la nieve, no pude escuchar a nadie diciendo ninguna estupidez. Y afortunadamente nadie preguntó:

«¿Por qué demonios no le diste la orden de matarlo? ¿Por qué? ¿Por qué? ¿Por qué?».

Armand estaba devastado por la pena por no haber evitado la tragedia. Se sentó en el estrado llorando con Allesandra a su lado.

Y yo, sentado en el trono medieval, con los brazos cruzados, vi pasar la vida de mi madre ante mis ojos, un torrente silencioso de imágenes, palabras, y de nuevo no pensé en nada, en nada en absoluto. Pero sabía que no podría soportar aquel dolor. No podría seguir viviendo si ella estuviera muerta. Ella, mi primera neófita, primera hija de mi sangre y madre de mi cuerpo. Mi vida había terminado.

14

Rhoshamandes se había llevado a mi madre tres horas antes del amanecer.

Dos horas más tarde, Sevraine y Seth regresaron de nuevo, diciendo que no lo habían encontrado en su castillo de Saint Rayne, y que sus sirvientes mortales, dulces e ingenuos mortales, habían explicado con toda libertad que su amo no había estado en la residencia desde hacía algún tiempo. Suponían que podría estar en Francia, pero realmente no lo sabían.

Sevraine había traído los ordenadores que encontró en la casa y los papeles robados de sus habitaciones. Los queridos Hijos de la Atlántida habían sido alertados de inmediato de todo lo que había ocurrido, y Fareed les llevó los ordenadores a sus profundas cámaras escondidas en Collingsworth Pharmaceuticals, donde Kapetria y Fareed se comprometieron a buscar en los discos duros alguna pista sobre otros lugares que Rhoshamandes pudiera haber establecido como residencia.

Escuché. Entendí. Supe. No pensé.

Los que podían razonar y hablar habían llegado a la conclusión de que Rhoshamandes no limitaría su asalto a mi madre. Y así, Rose, Viktor, Louis y Antoine, Sybelle, Benji y Armand se reunieron en las criptas cercanas a la mía para descansar, se quedarían aquí después de la puesta del sol, vigilados como yo. Marius se hizo cargo de la supervisión del *château*, aconsejando a otros residentes que acudieran también a las criptas. Había un amplio espacio para ellos en el gran laberinto que habíamos ganado a la tierra al comienzo de nuestra estancia aquí. Los que no quisieron ser confinados fueron instados a abandonar el *château* por su propia seguridad. Todos estuvieron de acuerdo en que nadie estaba a salvo.

Cuando finalmente me bajaron por las escaleras, Louis vino conmigo. En el oscuro pasadizo, antes de mi lugar de descanso, me abrazó con fuerza, sus labios apretados contra mi mejilla. Me percaté de que mis manos se movían entre sus cabellos, acercando su cuello cada vez más, de una manera que nunca había hecho en nuestros largos años en Nueva Orleans. Nos unimos en la postura de los amantes, de los hermanos, de los padres con sus hijos.

«Te amo con toda mi alma, y siempre te amaré —me confió—. Eres mi vida. Te he odiado por eso mismo, pero ahora te amo tanto porque has sido mi guía en el amor. Y créeme cuando te digo que sobrevivirás a esto, y que debes hacerlo por todos nosotros. Sobrevivirás porque siempre lo has hecho y siempre lo harás.» No pude responder. Sabía que lo amaba más de lo que las palabras podían expresar, pero no pude responder.

Cuando me acosté, no en mi ataúd, sino de nuevo en el estante de mármol donde prefería dormir hasta tarde, Cyril se sentó contra la pared y se quedó dormido a voluntad, y cerrando los ojos, volví a París, donde Kapetria, nuestra encantadora y leal Kapetria, ya estaba trabajando duro, ahondando en la fortuna privada y en la riqueza de Rhoshamandes.

Justo antes de que perdiera el conocimiento, luchando con ello de manera salvaje y estúpida, fui consciente de que entraba Gregory, una vez más, vestido con una túnica larga con joyas incrustadas alrededor del cuello y los puños. De repente vi cómo las joyas centelleaban como estrellas contra un cielo oscuro y entonces pensé que ella ya estaría muerta, que él la habría destruido. ¿Y cómo lo sabía? Porque eso es lo que habría hecho yo. La habría destruido.

Cuando desperté, Gregory estaba sentado a los pies de mi lecho de mármol. Su ondulado cabello había vuelto a crecer sobre su gruesa capa, igual que el bigote y la barba. Miraba al frente. Cyril no estaba con nosotros, siempre se despertaba antes que yo, y yo sabía que solía hacerlo y no me sorprendió que hubiera salido. A menudo decía que detestaba estar encerrado en las criptas, y cuando podía hacerlo dormía profundamente en cuevas en lugar de en la tierra.

Una vez más, estaba entumecido por algo mucho peor que el dolor, casi no podía respirar. Y no estaba pensando. Simplemente sabía.

Sentí una intensa sed de rabia. Apenas reconocí aquella sensación, Gregory se volvió hacia mí y me dio la bienvenida entre sus brazos.

Desearía poder poner en palabras cuán diferente es la sangre vampírica de la sangre humana. La sangre humana es caliente y salada y varía enormemente en su sabor, a menudo mezclada con especias y el retrogusto de los alimentos ingeridos, y se presenta en chorros impulsados por el corazón de la víctima, a menos que uno la saque rápidamente, lo que puede romper el corazón. La sangre de vampiro es delicada, de una deliciosa y uniforme dulzura, y encuentra las arterias y las venas del receptor como si tuviera vida propia, que supongo que es así, y varía solo en densidad, desde el delicioso vino de un joven vampiro como Louis hasta el rico jarabe de Gregory o Akasha. Una vez dije que la sangre de vampiro era como luz, y lo es.

Cuando bebo sangre de vampiro es como si bebiera luz, mis sentidos están completamente confundidos, y en destellos intermitentes veo la gran red de circuitos del cuerpo que me da la sangre o la de mi propio cuerpo cuando la recibo. O tal vez ambas. Tal vez los circuitos son congruentes mientras bebo sangre de vampiro. No lo sé.

Pero mientras en ese momento bebía de Gregory, no veía imágenes en llamas, ni fotos, no captaba ninguna historia, solo la efusión de una completa simpatía, o lo que el mundo moderno llama empatía. Me sentí tan amado y apoyado que me dio la impresión de que mi angustia estaba recibiendo su mayor justicia; él no solo reconocía la profundidad de la tortura que yo estaba experimentando, sino que también la entendía y deseaba llevársela por completo.

Bebí hasta que no pude más. Pero no fui consciente de desvanecerme. Simplemente me desperté acostado de espaldas en la pequeña celda, con la puerta entreabierta hacia el pasillo iluminado, y la sangre calentándome de un modo tan maravilloso que hubiera hecho cualquier cosa para aferrarme a esa sensación para siempre.

Gregory estaba sentado a mi derecha, en mi ataúd. Estaba cruzado de brazos y miraba mi celda desplazando los ojos muy lentamente, como si fuera un ángel de un antiguo paraíso sumerio depositado aquí para vigilarme y protegerme.

Comenzó a hablar. Me dijo que Kapetria y Derek y sus útiles clones habían irrumpido en las complejas redes financieras de Rhoshamandes, y no solo habían descubierto las fuentes de su inmensa riqueza, sino que habían logrado congelar todo acceso a ella. Habían pirateado los sistemas informáticos de los abogados de Rhosh y destruido la información vital que se requería no solo para acceder y administrar la riqueza, sino también los datos necesarios para la comunicación personal con su poderoso cliente. Al final de la tarde de ese día ya habían vaciado la mitad de las cuentas bancarias de Rhosh, y toda su riqueza le sería arrebatada de las manos antes de la medianoche.

También habían empezado a cambiar a cuentas ficticias todas sus propiedades, incluida la isla de Saint Rayne con su gran castillo, una casa en Budapest, que anteriormente había pertenecido al bebedor de sangre Roland, al que Rhosh le financió la hipoteca, y enormes viñedos en Francia y en Italia, de donde se derivaba la mayor parte de los ingresos de Rhosh, y nuevos viñedos en California que había adquirido recientemente, y pequeñas casas en lugares dispersos y alejados entre sí, como Alemania, Rusia y las islas del Pacífico sur.

Quería decir: «Pero ¿qué pasa si ella todavía está viva?». Y sin embargo no dije nada. Era el primer pensamiento coherente y decidido que me había llegado desde que se la había llevado.

«Entonces vendrá a negociar la paz», comentó Gregory. Me miró con aquellos ojos oscuros de expresión intensa y con aquella barba y cabellos sueltos que le conferían una autoridad espiritual que me consoló. «Esa es la idea —continuó—. Hay tantas maneras de viajar por el Sendero del Diablo como inmortales que lo recorren —expuso—. Pero para Rhoshamandes, el camino está pavimentado con oro y siempre lo ha estado. Sus tarjetas bancarias ya no sirven; su avión está en tierra lejos de Londres, y nos hemos llevado de Saint Rayne todo lo que tenía algún valor.»

Continuó explicándome que justo después de que Kapetria se hubiera acercado a nosotros hacía un año, los Hijos de la Atlántida habían estado investigando a Rhosh, por temor a cuando pudiera intentar hacerles daño. Pero ese día habían encontrado secretos que antes no conocían.

—Vino —susurré—. Así que es del vino del que extrae su riqueza. —Mi voz sonó débil, una voz bastante despreciable.

—Sí, hace siglos plantó sus viñedos en el valle del Loira —contó Gregory—. El asalto a sus recursos ha sido total. Pero a menos que lo haya sobrestimado, debe de tener riquezas escondidas en algún lugar que nadie conozca, ningún representante legal, ningún abogado, ningún agente de la propiedad. Si no es así, entonces es que es un estúpido, y siempre lo fue un poco.

—¿Dónde crees que está ahora? —le pregunté. De nuevo, mi voz me sonó extraña, frágil y sin espíritu. No era mi voz.

—Al otro lado del mundo, tal vez —contestó Gregory—. Lo he estado buscando desde que abrí los ojos. He estado recorriendo las ciudades y los pueblos y las aldeas de las islas Británicas, el continente europeo, las tierras de Rusia. Y también Seth y Sevraine. Sevraine está loca de pena, loca. Camina de un lado para otro como una pantera encerrada en una jaula, golpeándose la palma izquierda con el puño derecho. Avicus ha venido a unirse a nosotros. Avicus es un antiguo. Y Flavius también ha llegado. Son avezados telépatas. Son guardianes muy poderosos.

No dije nada más.

Oí pasos en el pasillo y un suave golpe en la puerta. Sollozos mezclados con las maldiciones de los bebedores de sangre, susurros enojados.

Gregory abrió y se plantó en el quicio dándome la espalda para que yo solo pudiera ver las tenues lámparas eléctricas del pasillo.

Luego Gregory, el poderoso ángel sumerio con su brillante atuendo, cerró la puerta y me miró.

—Un servicio de transporte del mundo mortal ha traído un pequeño cofre. Contiene un frasco de cenizas, un abrigo de tela de color caqui y, envuelto en la tela, un mechón de pelo largo y grueso atado con un cordón de bota.

Cerré los ojos.

Imágenes de mi madre llenaron mi mente. La vi caminando por la calle del pueblo con sus largas prendas de invierno hace cientos de años, y en la misa, de rodillas, con el rosario en las manos, apoyada contra la columna de piedra de la iglesia.

No podría soportarlo. No podía respirar. Volví la cara hacia la pared. «Ella nunca te hizo daño. Cobarde. Mataste a un ser que no te hizo nada en absoluto.»

Me reconfortaba un poco hablar de esa manera. Pero sentí que iba a empezar a llorar y me asusté.

Con las manos, Gregory apartó suavemente mi cara de la pared. Sus grandes ojos negros mostraban una leve expresión de curiosidad. Sentí una inmediata sensación de dislocación. Iba a la deriva. Me estaba durmiendo.

Sentí sus dedos cerrar mis párpados. «Duerme», susurró, y dejé que el hechizo me envolviera. «Sí», murmuré en francés. Sabía lo que estaba haciendo y me rendí al sueño más dulce, acurrucado en una cama de cálidas mantas recién sacadas del viejo armario de mi antigua habitación, y mi madre me tapaba con la colcha hasta la barbilla, y me sonreía, a mí, a su niño pequeño, a su inútil e impotente hijo, y me produjo un gozo que disipó todo lo que era yo, y ahora nada importaba, nada sabía, nada sentía.

Soñé que me elevaba por los cielos. Y sucedieron muchas cosas maravillosas, conocí a seres espléndidos y conversamos y me explicaron todo el significado de la vida. Me mostraron el universo más allá de los límites de nuestro sistema solar. Me explicaron cómo se viaja de planeta en planeta mediante el poder del pensamiento. Pensé que aquello, por supuesto, tenía todo el sentido. Me invadió una intensa sensación de absoluta comprensión de las cosas más maravillosas que me encantó y me nutrió. Por supuesto, no habría un vasto universo, entendí, a menos que pudiéramos viajar con tanta facilidad y, sí, ahora todo estaba perfectamente claro.

Pasaron las horas. Como tenía que ser. Porque somos seres del tiempo, y el tiempo nunca se detiene, y pasaron horas y horas mientras vagaba por las estrellas.

Un gran estruendo me despertó. Las paredes temblaron. Sentí que el techo de piedra iba a resquebrajarse.

La puerta voló de sus goznes y se estrelló contra Gregory, al que lanzó a un lado.

Hubo gritos, chillidos. Sentí el calor de una explosión inmensa y vi llamas que se elevaban en la oscuridad, una pared de fuego anaranjado que se extinguió de inmediato para convertirse en cenizas. Cyril estaba encima de mí, pero yo forcejeé contra él mientras caía polvo del techo, ahogándome y nublándome los ojos.

Me encontré de pie en el pasadizo de piedra a unos metros de mi cripta, con el brazo de Armand apretado a mi alrededor. Cyril nos había agarrado a ambos. Rose y Viktor también estaban allí, junto con la pálida Sybelle y Benji Mahmoud, quien por una vez no llevaba puesto su sombrero fedora. Los miré con una expresión boba. Sabía que estaban allí, pero no podía pensar. Sabía que todavía vestían sus viejas galas del último baile, y sabía que estaban aterrorizados, aunque mi hijo estaba haciendo todo lo posible para ocultarlo. Quería mostrarles una expresión de calma y tranquilidad, pero no podía moverme ni hablar.

Las paredes y los techos estaban ennegrecidos por el hollín de las llamas, y un gas acre parecía llenar el aire. En medio de la conmoción de arriba se oían más gritos y chillidos. Cerré los ojos y escuché. Pánico en las habitaciones de arriba entre los que conocíamos y entre aquellos de los que sabíamos muy poco; y pánico en el pueblo.

El pueblo. El pueblo estaba en llamas. Vi las llamas en la mente de los bebedores de sangre corriendo por todas partes para apagarlas. Vi a los humanos inundando las calles porque sus casas ya ardían por los cuatro costados. Oí los motores de los automóviles, y los gritos de terror.

Estaba a punto de amanecer, y yo me sentía indefenso de nuevo, indefenso en aquel lugar miserable, atormentado por un enemigo que no podía esperar destruir, pero cada célula de mi cuerpo ardía de odio contra él y luché por soltarme. Aquella era mi gente. Tenía que ayudarlos. Tenía que poner a salvo a Alain Abelard, a mi arquitecto y a los demás.

Cyril me abrazó. Lo mismo hizo Armand.

—Quédate quieto, jefe —sollozó Cyril—. Quédate quieto.

Marius estaba detrás de Cyril. Cyril estaba enfadado y nervioso y cubierto de hollín. Y el lado izquierdo de su cara había sufrido profundos rasguños, como si una bestia lo hubiera atacado con sus garras. Tenía quemaduras graves en el cuero cabelludo, y los ojos llenos de sangre.

Marius nos dio la espalda y observó el pasadizo y la escalera.

—La aldea está ardiendo de punta a punta —anunció Cyril, pero no me miró. No nos miró a ninguno de nosotros. Miraba el suelo ennegrecido, miraba hacia delante y hacia atrás una y otra vez como si buscara algo perdido entre el hollín—. Gregory está sacando a los humanos y enviándolos a París.

—Pero... los sistemas de aspersión... —comenté.

—Los tanques han explotado, las tuberías se han derretido —narró, mirando al suelo—. No te preocupes por esos mortales. Nadie ha muerto ahí fuera. Van de camino a París.

Luego, todavía mirándose los pies, vi su boca torcerse en una sonrisa amarga y las lágrimas de sangre empaparle los ojos. Soltó los roncos y horribles sollozos de un hombre que nunca llora.

—¿Qué ocurre? —preguntó Armand. Miró a derecha e izquierda y detrás de nosotros—. ¡Marius, dime!

Miré a Armand. ¿De qué estaba hablando? ¿Qué era lo que no nos decían a los demás?

—¿Cyril? —dije. Miré a Rose y a Viktor. Estaban pálidos de miedo, pero Viktor tenía a Rose en sus brazos como si pudiera protegerla de cualquier cosa. Benji abrazaba a Sybelle, y también se limitaban ambos a mirar a Cyril.

—Se ha llevado a Louis, ¿no? —inquirió Armand. Cyril se tapó los ojos con su enorme mano.

—Jefe, traté de detenerlo. Ni siquiera pude verlo —se excusó—. Jefe, lo intenté. —Y volvió a emitir aquellos sollozos profundos y estrangulados.

No tenía fuerzas para moverme, pero de alguna manera lo hice, y rodeé con mis brazos a Cyril, la gran figura corpulenta que reprimió sus gritos agarrándose la cabeza gacha con ambas manos.

—Sé que lo hiciste —aseveré—. Lo sé.

—Era como si estuviera hecho de viento y de fuego —prosiguió Cyril—. Y toda la cripta se sacudía. La tierra temblaba, y todas las puertas estaban abiertas de par en par y...

—Lo sé, lo sé —insistí.

Marius se dio la vuelta y nos miró. Pude ver que luchaba por calmarse. No se había cambiado la larga túnica de terciopelo desde hacía dos noches, y su rostro estaba tenso y demacrado, y carecía de expresión.

Habló, pero sin emoción:

—Nos va a cazar uno a uno, no importa dónde nos escondamos. Hay que hallar la manera de encontrarlo. Debemos encontrarlo ahora.

Armand se volvió loco. Se dio la vuelta y comenzó a golpear el mármol con los puños, enfurecido, rompiendo las losas, la sangre salpicando por todas partes, hasta que Marius lo agarró y lo apartó de la pared, le tomó ambas manos y las sostuvo con fuerza entre las suyas.

Un largo y bajo gemido salió de Armand.

Cyril se había alejado de mí como si estuviera avergonzado, y luego había vuelto para ocupar su puesto detrás de mí.

Con habilidad, Marius le dio la vuelta a Armand y apoyó la cabeza de este contra su propio hombro.

Me comunicó de manera bastante escueta que Kapetria no había podido localizar a Rhoshamandes en ningún lugar. No hubo ningún intento de actividad en sus tarjetas de crédito más utilizadas, ni intentos de reintegros en sus bancos.

Sabía que el monstruo tenía otros recursos. Todos los tenemos, o al menos los inteligentes, los que no desean moverse como vagabundos por la eternidad. Él tendría oro y joyas escondidas. Tendría riquezas inimaginables no registradas. Y lugares donde vivir de los que nadie sabía nada.

Y ahora se había llevado a mi Louis, mi indefenso Louis. Penetró en nuestro refugio más fortificado y se llevó a Louis.

—Kapetria y Amel no renunciarán a esto —aseguró Marius. No creo haberlo visto nunca así. Sostenía a Armand, que se apoyaba en él, inmóvil, y parecía abatido, en algún lugar oscuro más allá de la ira—. Seguirán buscando pistas sobre dónde podría estar durmiendo.

—Buscarán por todo el mundo —apuntó Rose. El sonido de su voz irregular y frágil me sorprendió, pero no pude hablar.

Viktor trató de consolarla. Qué completamente humanos parecían ambos, inmortales desde hacía tan poco tiempo, aquel espléndido joven que sobrepasaba en diez centímetros la altura de su padre, y aquella delicada niña que había sido salvada de la muerte tantas veces.

Su pelo negro estaba enredado, lleno de polvo y manchado de tierra. Y su vestido de fiesta azul oscuro estaba desgarrado.

Todos iban sucios y habían sido arrastrados por el viento que se había desatado en el ataque.

Benji estaba allí quieto, con su elegante traje de lana de tres piezas, mirando a su alrededor con febriles ojos negros, el pequeño rostro contraído de rabia. Su mano derecha parecía moverse sin su permiso, tiraba de la corbata, se la aflojaba una y otra vez y la metía y la sacaba del bolsillo de su abrigo.

Sabía que estaban aquí desde el atardecer, y yo había estado durmiendo, hechizado por Gregory, y no tenía nada, absolutamente nada que darles. Mi hijo me estaba mirando. Pero no pude devolverle la mirada porque no podía decirle que lo protegería. No podía decirle a Rose que la protegería. ¿Y qué podría decirle a Sybelle o a Benji?

Armand, apoyado en Marius, parecía haberse roto. Una vez más, yo no estaba pensando. Simplemente sabía, y sabía que Louis, el más vulnerable de todos nosotros, estaba en las garras de aquel monstruo, o quizá ya estuviera muerto.

Podía sentir el amanecer deslizándose hacia mí, helándome. Viktor llevó a Rose con él a una gran cripta que estaba a la derecha del pasadizo. Era donde dormían habitualmente cuando no estaban vagando por las grandes ciudades del mundo, los lugares que ambos querían ver. Sybelle y Benji también entraron a esa cripta.

Gregory regresó. Avicus estaba con él, un alto Avicus de pelo castaño cuyos poderes podrían competir con los de Rhoshamandes, y junto a él Flavius, el antiguo ateniense, tan viejo como Marius, con solo unos pocos años menos.

Y Barbara fue la última. Yo estaba avergonzado. Ni siquiera me había dado cuenta de que ella se había ido.

Me dijo que la casa estaba intacta y que todos los que residían estaban a salvo en la otra mazmorra. Ella misma se había asegurado. «¿La otra mazmorra?» Estaba confundido. «¿Qué otra mazmorra?»

Otra vez. No podía pensar.

Me di cuenta de que Avicus y Flavius acababan de llegar. Ambos iban vestidos con chaquetas modernas de piel negra, suéteres y botas altas. Habían sido maltratados por el viento, y llevaban el pelo enredado, su expresión era de cansancio y el amanecer también se deslizaba hacia ellos. Yo sabía todo esto. Pero ni reflexioné ni me pregunté por qué me había fijado en ello. Sencillamente lo sabía.

Thorne acababa de bajar la escalera y dijo que Baudwin seguía sin novedad en la antigua mazmorra, y que tal vez fuese allí donde deberíamos escondernos, porque el malvado Rhoshamandes no sabía de la existencia de aquel calabozo.

Marius declaró: «Lo sabe. Lo está escuchando todo. Desde que descubrimos esa mazmorra sabe que existe. Y sabe que metimos a Baudwin en ella».

Avicus nos dijo que se acostaría con Thorne en el pasadizo. Su voz era agradable, con un ligero acento inglés y no había ni nervios ni tristeza alguna en su tono. Flavius asintió con la cabeza y Marius les indicó dónde debían ocupar sus lugares.

Me escuché preguntar: «¿Dónde está Fontayne?».

Barbara me explicó que Fontayne estaba en la mazmorra,

a mucha profundidad, por debajo de Baudwin, al final de dos largas escaleras en espiral, junto con Zenobia y Chrysanthe, y Bianca y Pandora. Notker estaba con ellos. Jesse y David Talbot también estaban allí. Los espíritus se hallaban con ellos, incluidos Gremt, Magnus, mi creador, y Hesketh. Pero el guardián más fuerte que había allí era Teskhamen, milenario igual que Avicus y Cyril.

David. ¡Cómo, en el nombre de Dios, me había olvidado de David! David fue mi neófito. ¡Él debería ir a por David ahora mismo!

—Está bien vigilado —dijo Marius—. Todo esto fue determinado anoche. No estás recordando. No estás pensando.

—Eso es verdad —convine.

Hizo un gesto para que el resto entráramos también en la gran cripta. Y obedecimos sin decir palabra.

Marius entró con Armand, lo condujo a uno de los muchos estantes de mármol que había a lo largo de las paredes, y Armand se tendió sobre él, bocarriba, y volvió la cara.

Barbara también encontró un lugar y pareció perder el conocimiento casi de inmediato.

Había velas colocadas en los nichos altos, lo que otorgaba a aquella habitación de techo bajo una especie de iluminación dorada. Me quedé mirando esas velas, las llamas, observando que algunas eran pequeñas y otras grandes, y que todas oscilaban a la vez en la corriente.

Sabía que la celda estaba recubierta de granito y de mármol porque había diseñado todas las criptas igual que la mía. ¿El granito retendría a Rhoshamandes?

Viktor y Rose yacían juntos en el suelo, debajo de uno de los estantes. Viktor se había vuelto de espaldas a la luz. Podía escuchar el suave llanto de Rose. Benji y Sybelle se acostaron juntos en su cama de mármol.

En este extraño estado de ánimo en el que ninguna consideración tenía un propósito reflexioné sobre muchas cosas, y me di cuenta de que no podía hacer nada.

Vi a mi madre y a Louis, como en una sesión de diapositivas a color, y desterré esas imágenes, aquellos momentos emergentes, tan pronto como llegaron.

—Cyril y Gregory dormirán de espaldas a la puerta —me informó Marius—. Yo me quedaré ahí. Te deseo buenas noches. No dormiré durante otra hora, pero no tengo nada más que decirle a nadie.

Gregory intentaba guiarme a uno de los lugares de descanso, pero por alguna razón no podía moverme.

—¿Por qué no me llevó a mí? —le pregunté. Era esa misma vocecita, esa patética voz.

Nadie habló. Marius cerró la puerta del pasadizo y pasó los gigantescos pernos de hierro. ¿De qué servía todo aquello?

—Si pudo entrar aquí y llevarse a Louis, ¿por qué no me llevó a mí? —le pregunté.

—Yo estaba contigo —contestó Gregory—. Te estaba cuidando. Louis estaba en el pasadizo cuando Rhoshamandes se lo llevó.

—Paseaba de un lado a otro, leyendo un libro —apuntó Marius—. Al menos, eso era lo que estaba haciendo la última vez que lo vi.

Cyril se había sentado en el suelo y se había desplomado contra la puerta, con la cabeza entre las manos.

—Velocidad y sorpresa —le dije.

—Sí —asintió Gregory. Me recogió en sus brazos y nos acostamos juntos en un estante de mármol, en la posición de la cuchara, mi cara vuelta hacia la pared. Me alegré de que se quedara conmigo, aunque sabía que pronto ocuparía su lugar junto a la puerta.

Escuché las velas. Siempre puedes escuchar las velas si prestas atención. Y lentamente llegó la parálisis, y la agonía simplemente se detuvo.

15

Cuando se puso el sol, hablamos entre nosotros y acordamos que Rose y Viktor debían permanecer abajo, pero tal vez era seguro que Armand subiera y consultara con Eleni y Allesandra y Everard, con quienes no había hablado en dos noches. Habían insistido repetidamente en que Rhosh no significaba ningún peligro para ellos, y Armand pensó que estaban equivocados. Ahora ocupaban un calabozo apartado.

—Esa criatura ha enloquecido —declaró Armand.

Fue entonces cuando llegó el siguiente paquete, también un pequeño cofre, esta vez dorado, que contenía un frasco de cenizas y el anillo de esmeraldas favorito de Louis.

Un neófito nos lo trajo. Era un simple paquete del mismo servicio de mensajería en manos de una chica frágil con el cabello suelto y un vestido corto de flores con mangas abullonadas. Sus brazos eran blancos.

Aparté los ojos cuando Marius abrió el envoltorio. Pero no pude reprimirme y al mirar vi el anillo de esmeraldas.

Parecía imposible que aquel dolor se detuviera, y completamente inverosímil que pudiera continuar.

—Nunca lo amaste —aseveró Armand con amargura. Cerré los ojos—. Fuiste cruel con él. Lo protegí de ti.

Oí el suave murmullo de Marius rogándole a Armand que no dijera esas cosas, y luego a Sybelle susurrándole a Armand que todos nos amábamos, y que ese era el camino ahora. Y Rhoshamandes lo sabía, y podía llevarse a cualquiera de nosotros e infligir un dolor indecible a los demás.

—¡Maldito *dybbuk*! —clamó Benji—. Vamos, Armand, no lo tortures. Sé sabio. Cálmate.

No dejaban de hablar.

El nombre de la neófita era Marie, simplemente Marie, el nombre más antiguo y popular de la cristiandad, y había conocido al «hombre» y nos había traído el paquete al *château*. Ella nunca había estado aquí antes. Solo nos había encontrado después de buscarnos. Marius le dijo que debía quedarse. Estaba inmensamente emocionada por todo lo que estaba sucediendo, pero tuvo el buen juicio de mantenerse callada.

Acostado en el banco escuché a los demás.

Marius no quería que Armand fuera a la otra mazmorra. Sí, dijo Marius, Eleni y Allesandra y Everard le habían contado absolutamente todo lo que sabían de su antiguo maestro, Rhoshamandes, a Seth, a Kapetria y a su tribu. Pero Armand quería hablar con ellos. ¿Quién sabe? Era posible que supieran algo sobre Rhoshamandes, algo que otros hubieran olvidado.

Ahora la casa estaba vacía, a excepción de los que estaban en el calabozo apartado.

Y Marius dijo que Armand no podía ir solo a la mazmorra.

Finalmente, Marius alzó la voz con exasperación y le ordenó a Armand que se quedara allí, y que se olvidara del asunto, y que si se atrevía solo a intentar marcharse le daría el golpe más fuerte que habría recibido en toda su vida.

Y después de eso se hizo el silencio.

Quería que todo el mundo durmiera, pero ahora no le pediría un hechizo a Gregory. No podía. No podía estar recostado en aquel estante a la luz de las velas y dejar que los pensamientos pasaran por mi mente vacía. Me dolía la cabeza. Me dolía el pecho. Me dolía el corazón.

Marius salió al pasadizo y montó guardia con Avicus y Flavius, y una hora más tarde, Rhoshamandes fue a por él.

16

Escuchamos la batalla, pero no pudimos verla por el humo y las llamas, y el mármol destrozado derrumbándose por todas partes. La poderosa voz de Marius sonó maldiciendo a Rhoshamandes. Las puertas saltaron de sus goznes una vez más, y las bombillas explotaron, y en la oscuridad fuimos arrojados contra las paredes o al suelo. Sentí un intenso calor en mí, y luché por ponerme de pie cuando los fragmentos de las losas se arremolinaban alrededor de la cámara.

Sybelle soltó unos gritos espantosos. Logré acercarme a ella y lanzarme encima para apagarle las llamas. Sus cabellos y su ropa estaban ardiendo, y el horrible rugido continuaba arriba, y vi a través de los ojos de Marius que el salón de baile de arriba era consumido por el fuego. Avicus y Flavius estaban en medio del caos. Y una vez más, el muro de piedra fue destruido, y los poderosos aspersores soltaron un diluvio. Acuné a Sybelle en mis brazos, sin atreverme a tocar sus manos y hombros quemados. Apenas quedaban jirones de su vestido. Benji se acercó a ella para albergarla en un delicado abrazo.

La fuerte voz telepática de Marius llegó desde muy lejos:

«Se dirige al oeste... Se dirige al noroeste a gran velocidad».

Y luego silencio.

¿Qué había hecho falta para silenciar a un ser como Marius?

En la atmósfera polvorienta y asfixiante escuché los lejanos gritos telepáticos de aquellos que estaban en el calabozo apartado. «Marius ha sido capturado.» «Marius ya no está con nosotros.»

Miré a mi alrededor en la niebla de polvo y partículas arremolinadas, y vi que nadie más había resultado herido por el fuego. Pero Armand había enloquecido de nuevo. Golpeaba las paredes una y otra vez y aullaba. Me maldecía y me insultaba en ruso o en francés o en inglés y gritaba que yo era el culpable de todo aquello, que siempre había sido el culpable, que durante toda mi maldita existencia no había hecho nada más que destruir a otros, y que ahora había más muertes en mi puerta, y que hasta había llevado a Marius a la ruina.

Me quedé mirándolo, lo vi golpear las paredes y clavar los puños en el suelo. Vi a Gregory levantarlo, abrazarlo fuerte y taparle la boca con la mano.

Cyril y Avicus se miraron, y Flavius comenzó a repasar en un susurro acalorado todo lo que había sucedido, los destellos, el fuego, la explosión que lo había golpeado en la espalda, Marius luchando contra Rhoshamandes, y luego su desaparición. Trataba de entenderlo, de ponerlo todo en orden. El salón de baile en llamas, las cortinas ardiendo, los espejos destrozados y los gritos de indignación y dolor procedentes de la lejana mazmorra.

¿Y dónde estaba Barbara? Esta bajó las escaleras diciendo que los depósitos y las tuberías del sistema de aspersores de agua habían funcionado. El fuego estaba apagado.

Parecía positivamente normal con su cabello todavía recogido con un pasador de plata, y su largo y liso vestido azul oscuro, lleno de polvo pero entero.

Entró en un cuarto que contenía las herramientas que utilizaban los trabajadores del *château*.

Y de repente, Cyril y Avicus ya estaban manos a la obra, junto con Viktor, reparando las bisagras, volviendo a colocar las puertas y apartando con los pies las piedras desprendidas.

Pero entonces Cyril se detuvo y comenzó a temblar violentamente.

—¡Que alguien vaya ahora mismo a esa otra mazmorra y les diga que se callen de una vez! No puedo soportar sus aullidos y sus llantos. Diles que se callen. Thorne, hazlo. Hazlo ahora mientras él aún está de camino con Marius. Ve.

Thorne, que siempre cedía ante Cyril, se fue a cumplir su misión.

Entonces pareció que todos en la cripta estaban ocupados restaurando el lugar, excepto yo, que ahora estaba dándole mi sangre a Sybelle para sanar sus heridas.

Era un poco más de medianoche cuando Rhoshamandes se había llevado a Marius.

Horas más tarde, Sybelle se había vestido de nuevo con una túnica de lana negra, y ahora dormía con la piel enrojecida por la sangre. Barbara había ido a su apartamento a buscar su ropa y había vuelto con prendas limpias para todos. Barbara siguió trabajando, haciendo todo lo que pudo.

Decidí que quería subir las escaleras. Un coro de voces me dijo que no.

—Él no va a volver ya esta noche —les anuncié. Pero persistieron, así que me senté en el banco de mármol donde dormía, mi nuevo hogar ahora, y les aseguré que sabía lo que tenía que hacer.

Una vez reunidos a mi alrededor para escucharme, comencé a hablar, y fue al hablar cuando pensé, extrayéndolo de la insensible sensación de conocimiento y convirtiéndolo en un plan.

—Tengo que hablar con ese demonio —les comuniqué. Mi voz sonó con un poco más de fuerza que antes, pero aún plana—. Tengo que razonar con él. Tengo que entregarme a él a cambio de la paz. Tengo que obtener su palabra, será suficiente, me llevará con él, y yo iré.

Sentí un silencio en la lejana mazmorra al otro lado del *château*, pero no puedo explicar cómo lo percibí.

—Yo soy al que detesta y al que desprecia. Yo soy a quien culpa de todo. Hablaré y negociaré con él. Me entregaré a él si acepta detener sus ataques contra nosotros y dejar a la Corte en paz para siempre. Sé que es un hombre de palabra —continué—. Un hombre todavía, sí, y un hombre de palabra. Igual que yo. Y me basta un cuarto de hora con él, después de que él se me lleve, un cuarto de hora para explicarle mis pensamientos sobre lo que ha sucedido y escuchar los suyos antes de perecer en sus manos.

De inmediato llegó el coro de objeciones. «Sé paciente —me aconsejó Gregory—. Los Hijos de la Atlántida se están acercando a él. Pronto tendrán su ubicación.»

—¿Cómo es posible? —repliqué—. Puede oír lo que estás diciendo.

—No lo sabes —repuso Benji.

—¿Dónde está? —le pregunté—. ¿Al otro lado del mundo? ¿Y cuánto tiempo tardarán en encontrar su nuevo refugio? No, he tomado una decisión. Todo lo que necesito es su palabra. Y juro por mi honor, y tengo honor, que ninguno de vosotros tratará de hacerle daño cuando venga a por mí. Y Amel y Kapetria le devolverán sus propiedades, y habrá paz.

Una vez más llegaron las objeciones mezcladas y, desde la lejana mazmorra, las súplicas de Allesandra de que Rhosh era en verdad un ser de palabra.

—En el mismo momento en que acepte mi palabra —expuse—, en el instante en que me prometa que cumplirá con este acuerdo, subiré a las almenas de la torre noroeste y lo esperaré allí, sin guardias a mi alrededor, y cuando llegue me iré con él voluntariamente.

Una vez más, las voces se alzaron con sus réplicas, pero Cyril levantó la mano para pedir silencio.

—Está hablando —dijo Cyril—. Puedo oírlo.

Obviamente, Gregory no podía oírlo. Sabíamos desde hacía mucho tiempo que los primeros descendientes de la Sangre de la Reina y la Primera Generación no podían oírse entre sí, no como un creador y sus neófitos.

Pero ahora podía oírlo: desfallecido, llamándome desde muy lejos, con una voz tan débil como distinta.

—Soy un ser de palabra.

—¿Aceptas mis términos? —le pregunté en voz alta incluso mientras le enviaba el mensaje, imaginándomelo, haciendo todo lo posible por alcanzarlo.

—Acepto el trato. Pero los Replimoides deben devolverme mis propiedades, todo. Y tus secuaces no deben atreverse ni a intentar hacerme daño cuando venga a por ti o volverá a desatarse la guerra. Y destruiré todo lo que esté a mi alcance.

Armand de repente se echó a llorar.

—No lo hagas, no confíes en él —sollozó—. Lestat, él solo te destruirá. Y si te vas...

Ah, esas dulces palabras de alguien que solo hacía unas horas me había maldecido con cada respiración.

—Me encargaré de que los Replimoides te devuelvan tus propiedades —le aseguré a Rhosh. Era como si pudiera ver mi voz extendiéndose sobre los vientos y las nubes—. Todavía soy el príncipe de estas ruinas, y le digo a Gregory ahora que este es mi deseo. Él es ahora el más antiguo. Y le comunicará a Seth mi promesa.

Gregory, con el rostro solemne del ángel mesopotámico con túnica, asintió en un susurro.

—Pero antes de que llegue mi juicio final quiero un cuarto de hora contigo, Rhoshamandes —le pedí—. Quiero que hablemos antes de unirme a mi madre y a mi amante y a mi mentor que han estado en tus manos.

Oí una risa leve y hueca.

—Te doy mi palabra. Te concederé ese cuarto de hora que deseas. Y luego haré lo que quiera contigo. Y si tus cohortes no cumplen tu promesa, volveré a por ellos. —¿Y si mantienen mi promesa?

—Dejaré en paz a la Corte y empezaré una nueva existencia lejos, en otra parte del mundo.

—Entonces estamos de acuerdo en todo —afirmé.

—Salvo por una cosa. Ahora no abandones tu cobarde escondite. Ven una hora antes de que salga el sol, mientras todavía tengas fuerzas para hacerlo. Confirma tu compromiso con los Replimoides y luego dirígete a la torre noroeste justo antes del amanecer. Si veo a alguno de tus compañeros, si siento sus armas invisibles, te quemaré hasta las cenizas en las almenas de la casa de tu padre y eliminaré de tus filas a todos y cada uno de los que te hayan seguido en tu locura. Este es nuestro trato.

Silencio.

—Dame el teléfono —le pedí a Gregory—, con conexión a la sede de París.

Hizo lo que le dije. E hice lo que había dicho que haría.

Kapetria se resistió, pero simplemente le repetí una y otra vez que había dado mi palabra.

—Empieza a devolverle sus propiedades y sus recursos ahora mismo —le ordené. Y le devolví el pequeño teléfono de cristal a Gregory, quién se lo guardó en el interior de su antigua túnica.

Podría escribir otro capítulo sobre todo el ajetreo que se desató entonces.

Los que se habían reunido en las mazmorras dejaron al patético Baudwin en su cárcel de hierro y vinieron rápidamente a unirse a nosotros en las criptas. Allesandra estaba convencida de que podía prevalecer sobre Rhosh para salvar mi vida, y me dijo que debía rogarle, que debía persuadirlo para que comprendiera que no había querido que Benedict muriera.

Tantos argumentos, tantas voces silenciosas y urgentes resonando por las habitaciones de mármol destrozadas. Y el olor a tierra procedente de los corredores que nunca había cubierto de granito como había hecho con las cámaras, y Barbara y la nueva neófita, Marie, ocupadas con sus pequeñas tareas, y Armand finalmente sentado a mi lado, con el rostro contraído como el de un niño pequeño en pleno llanto mientras se aferraba a mí, y Cyril contra la pared mirándome fijamente, escuchando voces inmortales que no llegaban.

Todos ellos trataban de convencerme repetidamente de que no hiciera lo que había planeado.

Solo Allesandra creía que podía ganarme el corazón de Rhoshamandes, quien juró que era infinitamente mejor amando que odiando y que había dejado su hermoso y antiguo monasterio en el Loira hacía mucho tiempo en lugar de luchar contra los Hijos de Satán. Rhosh, cuyo corazón se fundía con la música hermosa. Rhosh, que en los tiempos antiguos solía traer músicos de París para tocar en sus claustros y bibliotecas repletas de libros. Rhosh, que había llorado cuando los Hijos de Satán demolieron las antiguas paredes y habitaciones hasta que el bosque cubrió el lugar donde habían nacido Allesandra y Eleni, y Everard y Benedict y Notker.

Hubo momentos en que Eleni se unió a esta súplica. «Recuérdale esas escenas.» «Cuéntaselas de nuevo.»

Mientras tanto, Everard se sentó burlándose de ambos. Pude ver la malicia en sus ojos. Nunca había perdonado a Rhoshamandes por no haberlo rescatado de los Hijos de Satán, y había escapado de sus miserables garras tan pronto como pudo. Pensó que ahora eran unos simples «tontos encantadores» y así lo dijo, y los relojes tintinearon en los corredores vacíos de arriba, y el cielo empezó a palidecer al otro lado de las paredes destrozadas del salón de baile mientras Barbara y su neófita Marie iban con sus escobas de un lado a otro, bastante convencidas de su seguridad, y los demás se aferraban a mí como si fueran mi estela.

Y era mi estela.

Allí sentado supe todo lo que me decían, supe quién era Rhosh desde todos aquellos ángulos diferentes. Y supe que mi madre una vez había corrido conmigo por la hierba alta de esta misma montaña, a la luz del sol de primavera, los dos riendo mientras subíamos cada vez más para contemplar el valle y la carretera que serpenteaba hacia el pueblo. Lo supe porque lo vi. Y vi a Louis con Claudia en sus brazos caminando a través de la profunda y perfumada oscuridad del Garden District de Nueva Orleans mientras las cigarras cantaban en la penumbra, y Claudia con sus rizos cayéndole desde el sombrero hasta la espalda y cantándole una canción dulce, que hizo sonreír a Louis.

Y supe que Marius una vez me había sacado de la tierra en El Cairo y me había tomado en sus brazos, porque lo vi, y lo vi en su gran villa mediterránea, un hombre del siglo XVIII, después de dos mil años, dándome la bienvenida, sonriéndome, dispuesto a compartir el secreto de nuestros grandes y misteriosos padres, aquellos seres marmóreos e inmóviles, Akasha y Enkil, en su santuario perfumado.

Incienso, flores. Claudia cantando. Ahora escuchaba a las aves matutinas del bosque.

Sabía que Rhoshamandes bien podría haberse llevado a Marius con él a través del Atlántico y, sin embargo, haber regresado durante la misma noche porque era muy poderoso. Pero tal vez no hubiera ido tan lejos. ¿Qué importaba? Vendría ahora. Las aves del bosque sabían que era el momento y habían empezado a cantar.

Hora de irse.

El estridente timbre de un teléfono de cristal me sobresaltó. Kapetria llamó para asegurarle a Gregory que la fortuna de Rhosh le había sido devuelta y que se habían retirado todos los tentáculos que lo atenazaban en Internet.

—Por última vez —susurró Armand—, te lo ruego.

Besé a Armand y me puse de pie. Abracé a Gregory.

—Encontrarás todos mis papeles en mi estudio de arriba —le informé—. Encontrarás direcciones y códigos para quedarte con todo lo que poseo. Solo pido que si Magnus, mi creador, logra alguna vez volver a entrar en esta vida y toma un cuerpo, le des una parte de mi fortuna, ya que fue de él de donde nació mi riqueza.

Él asintió.

—Me encargaré de todo y de todos —declaró el ángel barbudo con su largo cabello negro mientras me besaba en los labios—. Recuerda que ahora mi sangre está en ti —me susurró al oído.

—A quienquiera que elijas para ser tu príncipe le deseo lo mejor —le dije.

Caminé hacia las escaleras.

Me di la vuelta y los vi a todos abarrotando el pasadizo, con Benji abriéndose paso a codazos hasta el frente.

—Adiós, valiente *dybbuk* —se despidió. Le sonreí.

—Quedaos todos aquí abajo —los conminé. Por un momento, algo inmenso y muy parecido al terror me invadió, pero lo expulsé de mi interior—. Si rompéis vuestra palabra, amigos míos, recordad, él me destruirá y nunca se rendirá.

17

La nieve caía ligera y silenciosamente cuando salí por la puerta de hierro de la torre noroeste y me dirigí hacia las almenas. Podía sentir en mí el letargo de la mañana, y me pregunté si no sería algún tipo de misericordia, porque, con toda seguridad, él me llevaría hacia el oeste de noche, y tan rápido que nadie podría seguirlo, y lo que vendría sucedería mientras todos a los que amaba dormían.

Me quedé quieto, viendo caer la nieve sobre mis manos abiertas. Todo era quietud y silencio en el *château* y en el valle, y el viento traía olor a madera quemada.

De repente lo vi directamente sobre mí, sus ojos enormes, su túnica oscura revoloteando a su alrededor, y en ese mismo instante los otros me traicionaron y lanzaron su poderoso fuego desde todas las direcciones.

—No —rugí—. Deteneos. No. —Pero mi voz se perdió cuando una enorme fuerza me lanzó hacia atrás contra las piedras del suelo.

Una gran bola de llamas voló hacia el cielo, y luego se apagó como una vela aplastada entre el pulgar y el índice. Un brazo férreo me rodeó y me elevé por el cielo tan rápidamente que el viento me quemó el rostro y las orejas.

Por debajo de mí, vi llamas en todas direcciones, como si una descarga de explosiones sin sonido hubiera lanzado nubes oscuras y densas hacia las alturas, y por unos segundos no hubo nada más que las estrellas, las grandes estrellas remotas demasiado numerosas como para distinguir las constelaciones, y entonces me di cuenta de que Rhoshamandes me agarraba por la nuca con su mano izquierda. Así me sostenía, con su mano de hierro, y le dije:

—No te he traicionado. Ellos han roto su palabra.

Se rio. Y en tono íntimo y confidencial me respondió:

—Lo esperaba, por supuesto.

El dolor en mi cara y en mis orejas y en mis manos era insoportable. Jadeaba, tratando de respirar, y luego lo oí decir una palabra, tal como había hecho Gregory: «Duerme». Y no pude resistirme. Sentí que abandonábamos la Tierra, y me pareció imposible que aquella somnolencia fuera tan cálida y tan reconfortante.

No sabía cuántas horas habían pasado, solo que estábamos en algún lugar por encima del Pacífico, y tampoco estaba seguro de cómo lo sabía, tal vez era el extraño tono verde del cielo, las suaves capas esmeraldas sobre las capas rosadas y la oscuridad por la que descendimos lentamente hasta aterrizar en una terraza de piedra blanca justo sobre los destellos del mar vítreo.

Aturdido, me caí de sus brazos al suelo. Tenía las extremidades entumecidas, inútiles. Pero él me levantó y me arrojó contra la balaustrada de piedra, luego volvió a aferrarme por la nuca.

Miré las olas de espuma blanca que se estrellaban contra las rocas y vi a lo lejos una cadena de luces doradas que señalaba que allí había otra orilla u otra isla, pero no supe cuál.

Pensé que era un paisaje hermoso. La sangre empezó a correr por mis piernas y mis pies, y por mis brazos y mis manos otra vez. Una sensación de náuseas se apoderó de mí, pero cuando abrí la boca para vomitar no salió nada.

Solo un pensamiento pasó veloz como un rayo por mi cerebro, y luego murió en el silencio deliberado de mi mente bloqueada.

No pienses. No imagines. No planees.

—Es muy hermoso —declaré.

Sentí que algo me rozaba el costado izquierdo, y fui lanzado de nuevo contra el suelo de piedra.

Me había arrancado el hacha del interior de mi abrigo.

Cuando me puse de rodillas y me di la vuelta, lo vi de espaldas a una fila de arcos abiertos, más allá de los cuales las estrellas luchaban por brillar contra una niebla rosada.

—Sí, es hermoso —convino. Y por primera vez vi su melena dorada hasta los hombros, y su boca, su barba y su bigote. Llevaba una sencilla túnica de lana marrón, tan monástica como lo fue el hábito de Benedict, que le caía hasta los empeines de sus pies descalzos.

—Así que este es el gran Rhoshamandes —observé— cuando se levanta y aún no ha usado la navaja de afeitar ni las tijeras.

Me miró con una expresión enigmática, ciertamente ni de desprecio ni de odio.

—Crees que me conoces, pero no es así —afirmó—. Tú, con tu arrogancia y tu vanidad, y tu pequeña y reluciente hacha —dijo sosteniéndola en alto. Brillaba a la tenue luz eléctrica que procedía de un simple aplique de metal sujeto al techo. Toda la cámara de piedra estaba pintada de blanco, excepto el suelo, que había sido pulido hasta emitir un brillo deslumbrante, y allí estaba la chimenea de rigor, hecha de arenisca suave con pilastras que sostenían su profunda repisa y una pila de troncos de roble que crepitaba bajo el fuego.

Me puse de pie.

Moviéndose tan rápido que no pude verlo, me dio una patada en la espalda y regresó a su lugar, con el hacha todavía en la mano.

—¿Recuerdas cuando me cortaste la mano y el brazo con esto? —preguntó.

—Sí. Y si ahora me viera en la misma situación, no lo haría —contesté—. Pienso en todos aquellos que han sufrido porque lo hice. Fue un arrebato.

No importaba que su malvado plan de aquel momento se

hubiera derrumbado sin que mi cruel gesto con el hacha hubiera tenido nada que ver. O que le hubiera perdonado haber matado a Maharet y encarcelado a mi hijo, ni que le hubiera dicho innumerables veces que no tenía nada más que buena voluntad para ofrecerle y que solo quería que fuésemos amigos.

Lo sabía, pero no pensé en ello. Simplemente lo sabía.

Y esta vez, cuando me puse de pie, lo hice lentamente, sacudiéndome el polvo de los pantalones y dándome cuenta por primera vez de que no llevaba las botas.

El viento las había arrancado de mis pies. Y el abrigo de terciopelo negro que llevaba estaba desgarrado por el hombro izquierdo, y mi cabello era una masa de nudos y enredos.

Me sacudí la suciedad de mi ropa. Me sentí bien allí de pie, en calcetines, sobre el suelo tibio de piedra. Sentí que aquella casa era enorme, pude ver luz eléctrica por una puerta a su derecha, y supe que había un arco más grande detrás de mí, a mi izquierda, que conducía a lo que probablemente era la misma estancia.

—Gracias —le dije—, por darme tiempo para hablar. —De repente supe que no estaba usando ningún poder telepático para mantenerme donde estaba, pero no tomé nota consciente de ello—. Quiero decirte que Benedict hizo lo que quería hacer, sin importar quién intentara disuadirlo. Odié aquello. Odié la sola vista de lo que sucedía. Él quería darles su sangre a los jóvenes. Yo detesté aquel gesto, y lo presencié porque me pidió que lo viera y me acababa de traer una especie de trono dorado. Fue su regalo.

Me escuchó sin cambiar de expresión. Sus ojos pálidos, tan quietos como si fueran de vidrio, reflejaban la luz como los ojos de cristal de las viejas muñecas francesas.

—Dijo que su tiempo había...

—Escuché lo que dijo —respondió—. No me hables de

Benedict, ni una palabra más, si quieres tu cuarto de hora completo. Y sé que rogaste a tus amigos que mantuvieran la fe en ti. Y sé que tus repugnantes amiguitos los Replimoides han restaurado mi fortuna como les dijiste que hicieran. Y sé que ninguno de tus amigos ha podido perseguirte, porque los dejé muy atrás antes de cruzar el gran océano.

Metí los pulgares en la cintura de mis pantalones vaqueros y, mirando hacia abajo, me encogí de hombros. Tragué saliva varias veces, y miré hacia el fuego hasta que mis ojos, doloridos por el viento, se llenaron de lágrimas frente a la luz brillante.

—No servirá de nada, ¿verdad?, decirte que nunca perdí la fe en ti, nunca —le pregunté, y añadí—: Que luché una y otra vez por tu vida contra aquellos que te habrían destruido.

—¿Y cómo podrían haberlo hecho? —inquirió—. Ahora has visto mi poder. Todos vosotros lo habéis visto. ¿Quién de vosotros puede enfrentarse a mí?

Entrecerró los ojos y su rostro se endureció. De repente sus labios estaban tan blancos como su cara, hasta que un destello de emoción hizo que todo el rostro pareciera humano por un momento, mostrando un tapiz de viejas arrugas. Ahora parecía experimentar una furia silenciosa. Pero no estaba usando nada de ese poder para bloquearme.

Me acerqué más a él.

—¿Qué puedo hacer para llegar a tu corazón? —le planteé—. ¿Para que puedas salvarme la vida?

Una vez más, él no tenía ningún control telepático sobre mí. Simplemente me miró, sus labios se movieron febrilmente y abrió los ojos como si no pudiera contener la pasión, antes de entrecerrarlos de nuevo.

Me acerqué un poco más, y luego más, y luego caí de rodillas otra vez, a un metro delante de él.

—Tal vez no hubieran tenido éxito —le dije—. Tal vez no conocían tu poder. Pero fui yo quien luchó por ti, Rhoshamandes. Fui yo quien me convertí en tu abogado una y otra vez.

Incliné la cabeza. Miré el dobladillo de su túnica marrón, la vieja tela raída, la carne desnuda debajo, las uñas de los pies tan brillantes como siempre, los pies tan perfectos como los de un santo en el pedestal de una iglesia. En las alturas, con sus vientos helados, mientras me traía hasta aquí, no había sentido nada en aquella delgada prenda, nada del dolor que sentía ahora en cada fibra, en cada miembro.

—Admiro cómo has logrado tus propósitos —confesé—. ¿Cómo puedo no admirar las elecciones que hiciste y la manera en que las tomaste? Velocidad y sorpresa.

Lo escuché hablar, pero no lo miré.

—¿Realmente estás tratando de convencerme de que sientes algo más que odio hacia mí? —preguntó—. Nunca me has conocido. Tus cohortes nunca me conocieron. Nunca supiste que le hice lo que le hice a Maharet porque ella había planeado acabar con todos nosotros.

—Lo sabía —afirmé, con la cabeza todavía inclinada—. Y se lo dije a los demás. —Me acerqué más a él, pero todavía había medio metro entre nosotros. Podía oler el viento en los pliegues de su túnica.

—No, no me conoces, incluso ahora crees que soy un monstruo.

—¡Sí, dioses! —exclamé estallando en llanto y permitiéndome por primera vez invocar la imagen de mi madre, mi Gabrielle, la noche en que entré en su cámara de la muerte en París, en la isla de Saint-Louis. Aquella noche le mostré lo que me había sucedido, que ya no era humano, y en ese momento vi tanto el miedo como el triunfo en sus ojos. Las lágrimas llegaron exactamente como esperaba que lo hicieran. Inundaron sus ojos, como siempre lo hacían cuando era yo quien dejaba escapar las lágrimas y todo mi cuerpo temblaba violentamente.

Lo miré entre lágrimas, y vi su expresión de perplejidad.

—¿Cómo podría no pensar ahora que eres un monstruo, Rhoshamandes? ¿Qué voy a pensar si no? —sollocé—. ¿Por qué debo rogar cuando me arrodillo ante ti? ¿Qué tengo para defenderme? Oh, si solo tuviera velocidad... ¡Y sorpresa!

Tan rápido como pude, me levanté y le golpeé con mi cabeza contra su cara con toda la fuerza que tenía. Le rompí la nariz, y el hueso se estrelló contra su cráneo, pero lo sostuve por el pelo.

Dejó escapar un rugido ensordecedor de dolor, el hacha se le cayó al suelo cuando trastabilló hacia atrás, pero yo me aferré a él con todas mis fuerzas, y luego hundí mis pulgares en las cuencas de sus ojos hasta reventárselos.

—¡Detente, detente! —gritó él mientras yo me dejaba caer al suelo.

Todo había tenido lugar en apenas un segundo.

Giró en redondo, moviéndose desesperadamente y lanzando el fuego por toda la estancia. La pintura blanca de las paredes formó burbujas y se ennegreció. Lanzó su fuego al techo de yeso y salió por las ventanas abiertas hacia el cielo. Entonces fui yo quien le lanzó el fuego a él. Con todas mis fuerzas y toda mi voluntad, le lancé el fuego.

—No, no lo entiendes. ¡Detente, escúchame! —bramó.

Pero el fuego lo atrapó, atrapó las largas mangas sueltas de su túnica y le quemó la cara produciéndole terribles heridas sanguinolentas. Se lo lancé una y otra vez, y le arrojé mi poder telequinético más fuerte, golpeándolo contra la chimenea.

El fuego prendió sus ropas y sus cabellos. Desesperadamente, trató con ambas manos de apagarse las llamas del cuerpo, pero le lancé el fuego una y otra vez, hasta que su cabeza y sus manos se ennegrecieron.

—No, todo esto está mal —rugió.

Cogí el hacha de donde la había dejado caer y me acerqué a él por detrás mientras trataba de enderezarse y trastabillaba en círculos agitando una gran antorcha ante mí, rugiendo palabras que no pude entender: *«La bait hah so rohar, la bait hah so rohar»*. Entonces, a través de las llamas, le asesté un golpe que le separó la cabeza del cuello.

La bait hah so rohar!

Silencio. Una imagen frágil y parpadeante de Benedict. *Benedict*. Y después nada.

Agarré su cabeza por los pelos y la estampé contra el borde de piedra de la chimenea, haciendo crujir los huesos del cráneo, y luego la golpeé una y otra vez hasta que solo tuve entre las manos un amasijo de sangre y huesos.

Me llevé aquel rostro sin ojos a los labios, chupé el cuello sangrante, absorbí con todas mis fuerzas y mi mente se llenó de su sangre densa y viscosa.

Era una sangre muda. Pero aquella sangre, la sangre del cerebro, era tan fuerte, tan dulce y poderosa, tan radiante y resplandeciente... y eléctrica, que encendió cada circuito en mí, encontrando mi corazón y calentándolo hasta que pensé que yo también me incendiaría. Su poder era beatífico, era grandioso más allá de lo imaginable, algo indescriptible con palabras. Era la sangre de mi enemigo derrotado, la sangre de quien había matado a mi madre, y era toda mía.

El único sonido que se escuchó mientras bebía era el del fuego y el del mar, hasta que un ruido sordo y atronador me despertó de mi desmayo. Me quedé quieto. De repente, no sabía dónde estaba. Pero la sangre de Rhoshamandes se había convertido en un buen andamiaje de acero en el que me apoyé y con el que me sentí reconfortado, como si no hubiera sentido frío en toda mi vida.

Una brisa somnolienta y apática llenó la estancia. Me colmó del olor del agua salada y limpia, lavándome y lavando la habitación, y más allá vi innumerables astros de tal resplandor y a tal distancia que los cielos ya no eran una bóveda pintada sino un interminable océano de estrellas.

Bajé la mirada para ver el cuerpo sin cabeza, caído, ardiendo y humeante, con la túnica quemada revelando la piel purpúrea de la espalda, moviéndose descabezado, arrastrándose, arañando las losas pulidas con sus grandes dedos extendidos y empujando la túnica con las rodillas.

La visión de aquello fue tan horrible que por un momento no pude moverme. Un insecto gigante sin cabeza no habría sido más espantoso.

Luego me arrodillé y, dándole la vuelta al cuerpo, bebí de la fuente de la arteria, y la sangre recorrió mis miembros como si fuera acero fundido. Me golpeé la cabeza y los hombros con las manos, sin sentido. Pero no pude ver nada. Yo era la sangre que estaba bebiendo. Y bebí tanta como pude. Bebí cuando no pude beber más. Engullí el calor y el poder y finalmente caí de espaldas mirando el techo destrozado. Un polvo fino caía de una red de grietas en el estuco, y el cuerpo sin cabeza se movía con espasmos mientras los dedos de las manos se contraían y extendían implorando.

El cadáver sin cabeza aún goteaba sangre, pero no pude beber más. Su piel de color negro violáceo ya se había vuelto blanca. Incluso la cabeza aplastada que yacía en el suelo, mirándome con las cuencas de los ojos vacías, estaba cambiando de negro a blanco cuando la poca sangre que le quedaba empezó a restaurar la carne quemada.

Agarré el hacha de nuevo y con ambas manos lo golpeé en las costillas. La sangre salpicó desde la fea herida, y el corazón latía cada vez más rápido mientras las manos se acercaban a mí y trataban de encontrarme, hasta que saqué el corazón del cuerpo y exprimí la sangre en mi boca.

Entonces el cuerpo se quedó quieto.

Me recosté mirando el cielo distante más allá de los arcos abiertos, todavía lamiendo el corazón con mi lengua, y luego lo dejé caer. Seguí tratando de encontrar los límites más lejanos de las estrellas, el lugar donde se disolvían en una luz plateada, pero no pude encontrarlo. Finalmente, con los ojos cerrados, escuché el mar, y me pareció que las aguas estaban encima mí; las estrellas caían al mar, y el cielo y el océano se habían vuelto uno, y quería dormir para siempre.

Pero no había tiempo para aquello.

Avancé a gatas hacia el lugar donde la cabeza cortada y aplastada había caído ante el fuego, la recogí, acerqué la cuenca del ojo derecho a mis labios y chupé hasta que los sesos mismos entraron en mi boca. ¡Qué desagradable y viscoso era aquel cerebro!

Cuando exprimí toda la sangre con la lengua contra mi paladar, escupí los tejidos nauseabundos. Una convulsión me cogió por sorpresa. Noté en mi boca los ojos destrozados, opacos, pegajosos de sangre y los escupí también. Una vez más, vomité sangre y tejido, tejido que mi cuerpo no podía absorber. Y durante unos segundos las náuseas fueron casi insoportables.

Era difícil describir una sensación tan física de angustia. Pero ya había pasado todo. Rhoshamandes ya no existía.

Las olas golpeaban la orilla debajo de la terraza. El fuego crepitaba y devoraba los troncos de roble.

Velocidad y sorpresa.

Me recosté más agotado que nunca en toda mi larga existencia. Podría haber dormido durante un año e imaginé, sin querer, que estaba a salvo en casa de mi padre, y que la música sonaba en el salón de baile, como siempre.

Pero tenía que marcharme de allí. Ni siquiera sabía dónde estaba, y mucho menos si estaba a salvo, o quién podría venir en cualquier momento. Mortales que vivían en el lugar tal vez o neófitos que hubiera forjado para ayudarlo en su venganza.

Me senté y, después de un gran acto de voluntad, logré ponerme de pie y trasladarme a la otra habitación iluminada.

Allí, en una gran cama, vi una colcha de terciopelo rojo oscuro y tiré de ella para sacarla de allí, lanzando una pirámide de almohadas de terciopelo en todas direcciones, y arrastré la colcha de vuelta a la primera habitación.

Por un momento pensé que podría perder el conocimiento. Mi cabeza palpitaba de dolor, pero mi visión nunca había sido tan clara, y me dije a mí mismo que podía hacer lo que debía. La sangre de Rhoshamandes una vez más brilló en mi consciencia como unos cimientos en los que realmente me apoyaba, una estructura de hormigón intrincada e interminable, y me pregunté cuánto de aquello se debía a la sangre antigua de Gregory.

Desde la lejanía llegó un sonido, un sonido desigual e inusual que denotó algo vivo.

Me quedé quieto, disminuyendo al mínimo los latidos de mi corazón para poder escuchar bien. ¿Había otro inmortal en la casa? Pero todo lo que escuché fueron las inevitables máquinas modernas, el aire acondicionado, el calentador de agua, la circulación a través de las tuberías. El chirrido de un motor. Posiblemente un generador. No. Nada más. Estaba solo.

«Empieza a pensar, Lestat», me dije.

Puse el cuerpo sin cabeza sobre la colcha, arrojé la cabeza

destrozada y vacía sobre el cuerpo, luego recogí también el corazón y lo que había vomitado del cerebro y los ojos, y luego hice un enorme hatillo con la colcha, me lo cargué al hombro y me tambaleé hacia la fría oscuridad de la terraza sobre el mar.

No sabía qué hora era, pero cuando miré hacia las estrellas, mientras buscaba entre la niebla cambiante para ver sus patrones desnudos, me percaté de que en realidad estaba en las islas del Pacífico, y si tuviera la fuerza para hacerlo, podría levantarme ahora y aprovechar las corrientes de los vientos y conducirme suavemente hacia el oeste, dando la vuelta al globo, hora tras hora de la noche, pasando por encima de Asia y de la India y de Oriente Medio hasta llegar a Europa y Francia y a la casa de mi padre en las montañas, sin parar en ningún momento por el sol naciente. Tenía que hacer eso.

Una vez más, pensé que había captado un ruido inusual. ¿Era el latido del corazón de uno de los antiguos?

Una leve voz telepática habló:

«¿Cómo diablos lo has hecho?».

¿Era eso realmente lo que había oído? ¿Estaba oyendo risas? Era una voz tentadora, como de alguien que estuviera jugando conmigo, alguien que lo hubiera observado todo y lo hubiera disfrutado enormemente.

Razón de más para marcharme de inmediato. Nunca antes había intentado una proeza semejante como la de realizar ese gran viaje hacia el oeste, pero estaba obligado y determinado a hacerlo.

«Mataste al gran Rhoshamandes, ¿verdad? —me dije en voz alta—. ¡Bien, Lestat, pequeño diablo, levántate ahora, invoca todo el poder de tu sangre y vete a casa!»

Con los extremos de la colcha firmemente agarrados, me elevé incluso antes de haber querido hacerlo, y me dirigí hacia el oeste, dejando que el viento me llevara cada vez más alto hasta que atravesé la niebla fría y húmeda de las nubes.

Ahora, el cielo se extendió ante mí en toda su indescriptible belleza, mirara donde mirase las estrellas parecían diamantes, diablos de brillo deslumbrante, como regalos en la gran bóveda negra del cielo, regalos de qué o de quién nunca podremos saber. «A casa —ordené—. Guiadme a casa.»

18

Cada vez que me atenazaba el sueño, comenzaba a caer, y las nubes me atrapaban de repente y entonces levantaba el vuelo y continuaba. Cuando la niebla se disolvió vi formas que había visto en mapas y globos terráqueos, pero parecían irreales allí tan abajo, igual que las luces de las ciudades cuyos nombres no podía adivinar.

En algún momento sobre las arenas de los desiertos de Oriente Medio, caí dormido y me desperté de un sobresalto, mi cuerpo descendía rápidamente a través del aire seco y caliente, y antes de que pudiera captar el peligro, sentí que dos manos me agarraban por la cintura y me impulsaban de nuevo hacia la oscuridad del cielo. «Me lo estoy imaginando», pensé. Y de golpe recordé la historia de que los mortales, en expediciones desesperadas a través del hielo y la nieve, a menudo se imaginaban a «otro» con ellos, una figura útil cuya presencia daban por sentado, una figura de la que nunca hablaban, pero una figura que era conocida por cada uno de los que realizaban el viaje. «Y ahora estás imaginando un ser así —reflexioné—, y ahora él te empuja hacia delante y tú ganas velocidad y te elevas y viajas más rápido que nunca, cada vez más impaciente por el final.»

Las estrellas eran de verdad. Las estrellas me guiaban. La noche siguió su curso y hubo momentos en que estuve a punto de lanzar mi carga a las oscuras tierras inexploradas de abajo. Pero mis manos volvían a aferrarse a la tela retorcida y respiraba profundamente el viento y sentía el movimiento de la sangre en mi interior.

De alguna manera continué. De algún modo seguí adelante.

Y poco a poco el pensamiento volvió a mí. Ya no solo sabía. Había extraído lo mejor de Rhoshamandes. Lo había hecho justo cuando Jesse había dicho que él y Benedict habían superado a la gran Maharet con velocidad y sorpresa, y ahora Benedict estaba muerto y Rhoshamandes había sido derrotado.

Había matado al enemigo más grande que jamás se hubiera levantado contra mí, al enemigo que me había robado todo lo que amaba, al enemigo que iba a destruir la Corte (y solo por un momento, por un breve instante, sentí una especie de felicidad, algo que en toda mi vida había experimentado muy raramente), como si no estuvieran todos muertos, todos destruidos, todos desaparecidos. «Sigue adelante. Sigue moviéndote. Sé un hijo de la luna y de las estrellas y del viento. Avanza. Piensa en aquellos momentos en que, cuando eras un niño mortal, saltabas desde los altos acantilados a los arroyos de montaña o a lomos de tu caballo volabas sobre los campos como si fueras un águila. Sigue adelante.»

Finalmente, vi las inconfundibles luces de París brillando a través de la niebla y supe que casi había llegado.

«¡Amigos míos! —grité—. ¡He vuelto. Gregory, Armand, David, he regresado!» Envié el mensaje telepático con todo el poder que me quedaba, y me pareció una fuerza mayor de la que en realidad poseía, más fuerte que la del fantasma que descendía lentamente de los vientos hacia las montañas cubiertas de nieve.

Cuando el *château* apareció ante mí, caí tan rápido que golpeé contra el suelo de piedra de la torre noroeste con una fuerza arrolladora. Un siglo antes, tamaño golpe me habría roto todos los huesos del cuerpo. Pero no ahora. Ignorando el impacto, me cargué al hombro el sucio saco y abrí la puerta de la escalera.

«¡Venid todos al salón de baile!» Empecé a bajar las escaleras de piedra, consciente del ruido de los pasos por toda la casa, de las voces que clamaban: «¡Ha vuelto. Lestat está vivo. Está aquí!». Y los corazones latiendo a mi alrededor. Era como si todo el *château* estuviera vivo, lleno de movimiento, y las mismas piedras vibraban, un coro de gritos que se elevaba para saludarme.

Finalmente llegué a la planta principal.

Incliné la cabeza, sin mirar a los que de repente se agolpaban a mi alrededor, tambaleándome hacia la puerta del salón de baile, y una vez que llegué al centro, una vez que estuve firmemente anclado en el suelo de parquet debajo del gran escudo de armas en relieve del techo que marcaba el centro, solté la colcha y dejé caer el cuerpo sin cabeza de mi enemigo, con las extremidades blancas, sin vida, enredadas en los restos marrones quemados de la túnica desgarrada. Una imagen de horror, los restos de la cabeza y del corazón, la carne sobrenatural tan pálida como había sido antes de que pereciera.

—¡Aquí tenéis a Rhoshamandes! —chillé. Los rostros me rodearon, Cyril y Thorne, Gregory, Armand, Rose, Viktor, Benji, Sybelle, Pandora, Sevraine, Chrysanthe, Zenobia, Avicus, Flavius y otras caras nuevas, rostros jóvenes y ansiosos y caras envejecidas, lavadas por el tiempo de toda calidez o expresión, la multitud moviéndose y latiendo a mi alrededor.

Hubo gritos de «¡Ha vuelto!» y «¡Dejadlo hablar!» y quejas y siseos de algunos tratando de silenciar a otros.

Faltaban los candelabros, pero innumerables velas parpadeaban sobre la repisa de la chimenea, los apliques eléctricos brillaban junto a los espejos y el servicio había colocado lámparas a lo largo de las paredes. Las chimeneas perfumaban el aire con la fragancia del roble quemado y el dulce y penetrante incienso indio. Y una calidez encantadora me envolvió y comenzó a disolver lentamente el doloroso y despiadado frío que me atería el cuerpo.

Estaba rígido, casi incapaz de reaccionar, pero poco a poco mi cuerpo cobró vida con sus dolores y molestias.

Vi a Seth, a Fareed, a Barbara, al calvo y sonriente Notker el Sabio con sus cejas pobladas, y las caras ansiosas y redondas de los niños sopranos. ¿Dónde estaba Antoine? Ah, allí estaba, con el rostro manchado de sangre, y Eleni y Allesandra, todos ellos, toda mi preciosa Corte, mis parientes y mis amistades del oscuro país de la noche que me rodeaba, todos excepto los que más importaban, aquellos que se habían ido para siempre, aquellos para quienes se había hecho justicia, pero que nunca podríamos recuperar.

—¡Aquí está el cuerpo quemado y ennegrecido de mi enemigo! —bramé—. Y aquí está su cabeza, separada del cuello, y ahí su corazón, arrancado del pecho con mis propias manos. —Una poderosa energía renovada nació dentro de mí, tan volcánica como sus gritos y aullidos—. Aquí está todo lo que queda de quien trajo el asesinato y la ruina a esta Corte.

Más gritos, rugidos, chillidos y una tormenta de aplausos sacudieron la habitación.

Y qué espléndida parecía la habitación, a pesar de sus paredes chamuscadas y del techo ennegrecido, del yeso resquebrajado, de la piedra desnuda y de las vigas carbonizadas mostrándose en lo alto. Las grandes brechas hacia el exterior habían sido tapiadas con ladrillos, ocultando la nieve que caía, pero el hedor de la madera quemada y el polvo de yeso permanecían bajo el olor del humo de la chimenea, y el gran escudo de la estirpe de los Lioncourt del techo estaba manchado de hollín. Pero ¿qué importaba? La sala, que ahora temblaba con gritos y pisotones, albergaba a la Corte de mis compañeros bebedores de sangre, los míos, con sus galas macabras, enarbolando antorchas que iluminaban aquel momento con más luz de la que podría proporcionar cualquier otra fuente.

«¡Muerte a Rhoshamandes!», gritaban, y «¡Victoria para el príncipe!», y «¡Lestat, Lestat, Lestat!», en un canto ensordecedor.

Algo se aceleró en mí, algo que exigía comprensión, algo inmenso, pero en ese momento estaba demasiado cansado para captarlo, demasiado atemorizado tal vez para darme cuenta de algo que me llevaría a la mente y al corazón, donde no estaba dispuesto a ir. No, quería aquello, lo que estaba sucediendo ahora, en ese momento, lo quería y escuché mi propia voz elevarse por encima de la multitud.

—He matado a Rhoshamandes —anuncié—. La fortuna y la voluntad de vivir estaban conmigo, y con ingenio y velocidad lo he derribado.

El volumen del coro de voces se elevó ante mis palabras, pero continué.

—No reclamo ningún gran poder por esta hazaña. Le di un buen golpe en la cara con la cabeza y lo cegué mientras aullaba como una bestia herida. Y luego le lancé el fuego una y otra vez. Fue la victoria de un bufón, ¡la victoria de vuestro príncipe Malcriado! Pero ahora estamos a salvo.

La multitud deliraba, los aplausos se repetían una y otra vez, y por todas partes vi puños elevados en gestos de saludo, y los jóvenes y tiernos neófitos no paraban de saltar. Sybelle abrazó a Benji, y Antoine los abrazó a ambos. Gregory apretó a Sevraine contra su pecho, y por todas partes vi aquellos repentinos abrazos, los puños en alto y las lágrimas de sangre. Un recuerdo regresó, agudo y claro como un relámpago: la multitud en aquel concierto de rock de hace tanto tiempo, cuando los fuertes moteros con sus salvajes melenas y chaquetas de piel habían elevado los puños de la misma manera, y llegaban saludos de todas partes, reverberando contra las paredes y el alto techo abovedado, bajo aquella despiadada luz solar. Ah, sí, era muy parecido a ese momento, incluso los timbales que ahora sonaban en la orquesta y el sonido de los platillos, aquella ocasión vertiginosa cuando, ebrio de alegría, canté encima del escenario... visible para todo el mundo mortal.

Pero esto estaba ocurriendo ahora, y era magnífico, y el recuerdo se desvaneció de repente a una velocidad asombrosa ante el resplandor de los ojos y las voces sobrenaturales que me aclamaban con lágrimas de sangre. Elevé la voz aún más.

—¡Y ahora la gran Maharet ha sido vengada —exclamé—, y Marius, Louis y mi madre, Gabrielle, han sido vengados!

Un solo rugido unió todas las voces, un inmenso bramido que amenazó con destruir mi equilibrio, pero logré agacharme mientras hablaba, atrapé la cabeza de Rhoshamandes y la alcé por encima de la multitud.

Ah, qué visión más espeluznante aquella cabeza con el cabello adherido por la sangre coagulada y las cuencas de los ojos vacías y las mejillas consumidas y una boca expresando el horrible grito de la máscara de la tragedia.

—¡Está muerto y ya no puede hacernos daño!

En esos instantes estaba a punto de derrumbarme. Estaba perdiendo la consciencia. Pero me obligué a continuar.

—¡Apartaos para que pueda ver la chimenea! —chillé. Y mientras se apresuraban a obedecer, lancé la cabeza a las llamas distantes.

Perdido en el ensordecedor océano de fragor, me agaché y recogí los restos del corazón, de aquel pobre corazón marchito y ennegrecido y vacío, y exprimiéndole un poco de sangre, oscura y brillante, lo lancé contra los ladrillos detrás del fuego y lo vi caer como cenizas sobre las codiciosas llamas anaranjadas.

Una vez más, el rugido se elevó, llegó a su punto álgido y palpitó con gritos desenfrenados, y oí, mientras subía y bajaba, el coro de voces de las otras estancias, habitaciones que se usaban cuando esta sala estaba llena hasta el máximo de su capacidad, y parecía que todo el gran *château* estuviera repleto de voces triunfantes, que me apoyaban en mi repentino agotamiento total, en mi pérdida de equilibrio, en mi casi colapso. De pronto unas manos me estabilizaron. Thorne y Cyril me sostenían, Cyril me acariciaba la cabeza y se aferraba a mi cuello como una osa maternal, y Barbara me abrazaba, la dulce Barbara, con los labios contra mi mejilla. La multitud aulló mientras en todas partes las voces gritaban a otros que vinieran.

—¡Aún queda sangre en el cadáver! —grité por encima del estruendo y levantando la mano para pedir silencio—. ¡Sangre fría, pero sangre poderosa! —proseguí—. Tomadla y lanzad los restos al fuego cuando hayáis acabado. Cenizas a las cenizas. He aquí aquel al que no podía perdonar por lo que le había hecho a Maharet, por el que no podía perdonarme a mí mismo por haberlo absuelto e invitado a vivir con nosotros en paz, aquel que no podía amarnos por lo que somos y que no vio la grandeza de nuestras esperanzas y sueños puestos en esta Corte. Cenizas a las cenizas, ahora que hemos tomado de él lo último que puede darnos.

Una vez más, las olas de exclamaciones me inundaron, como una ducha caliente, como el aire cálido y acogedor que vence al frío de los vientos, desvaneciéndolo mientras consumía toda la fuerza de mi interior.

No podía decir ni hacer nada más, no podía mantenerme en pie.

Vi a los vampiros acercarse para levantar el horrible cuerpo blanco decapitado con su túnica quemada y hecha jirones. Saqué el hacha de debajo del abrigo y la tiré. Unas manos la cogieron y vi cómo le cercenaban al cuerpo la primera extremidad. Aquellas manos eran las de Benji Mahmoud, y aquella extremidad, la misma que una vez yo mismo había cortado sin pensar. Y luego le llegó el turno al otro brazo, y luego la multitud se interpuso entre mí y el cadáver.

Me di cuenta de que mis benditos Gregory y Barbara me estaban llevando hacia el estrado, en dirección al trono. Y por una fracción de segundo vi aquel asiento en la multitud, y me fijé en que había sido reconstruido, habían limpiado el polvo del terciopelo y ahora brillaba como si fuera nuevo.

Qué agradable era la sensación de descansar contra el respaldo de terciopelo, recostar la cabeza a un lado. Antoine había empezado a tocar con la orquesta una pieza salvaje y triunfante, y solo ahora, mientras Barbara me cepillaba el cabello limpiándome la sangre y Gregory me quitaba el abrigo ensangrentado, me percaté del aspecto que debía de tener, descalzo y completamente sucio por la batalla.

Me quitaron la camisa y me pusieron una nueva. Una y otra vez, el cepillo me produjo esa deliciosa sensación mientras Barbara me peinaba. Me pusieron calcetines y botas nuevas. Me incliné hacia delante para recibir una chaqueta nueva de terciopelo. Ah, el terciopelo carmesí, ese color tan querido por mí y por Marius. Las lágrimas por Marius me inundaron los ojos. «Pero él ya está muerto, amigo mío, mi querido Marius —le susurré—. El que te mató ya está muerto y ha desaparecido con todo su poder letal y descabellado.»

Mis ayudantes me pusieron de pie y oí que de todas partes llegaban gritos renovados.

«¡Larga vida al príncipe. Larga vida a Lestat!»

«¡Lestat, Lestat!»... como la multitud en los conciertos de rock de antaño, aullando al unísono: «¡Lestat, Lestat, Lestat!».

Una vez más sentí aquella euforia, aquel inmenso pensamiento flotando más allá de mi comprensión, aquella asombrosa revelación que me eludía. Pero fue interrumpida, apartada por la pena que sentía por Louis, por Gabrielle y por Marius. Me tapé el rostro con las manos.

«Nuestro príncipe... nuestro líder... nuestro campeón.»

La voz de Gregory se elevó por encima del coro: «Larga vida a nuestro Señor de la Comunidad de la Sangre». Aullidos y vítores saludaron sus palabras, y luego vinieron los cantos repitiendo «El Señor de la Comunidad de la Sangre».

«El verdadero Señor de la Comunidad de la Sangre.»

«No veas el rostro de tu madre. No sientas su mano alcanzando la tuya. No veas los ojos tristes de Louis. No escuches la voz de Marius al oído, dándote consejo y fortaleza, dándote la fuerza para hacer lo que se esperaba de ti», pensé.

Me derrumbé en la silla de nuevo. Me recosté con la mente y el cuerpo demasiado cansados como para moverme. Los relojes de todo el castillo anunciaban la medianoche con su melodía cantarina. A través del estruendo, reconocí su preludio sincronizado, y luego llegaron las campanas, pesadas y profundas. Sonreí al pensar que solo había transcurrido la mitad de la noche desde que me había marchado.

Había dado la vuelta al mundo siguiendo la noche y había

vuelto con ellos justo en el punto medio de su primera noche de luto. Había logrado mi victoria mientras dormían y los había alcanzado antes de que pudieran hacer algo más que barrer los cristales rotos, reconstruir la pared derrumbada y limpiar las cenizas. De repente me pareció terriblemente divertido, y cuando cerré los ojos y apoyé la cabeza en la cabecera acolchada de terciopelo rojo del trono, hice lo que siempre hago en esos momentos. Me reí. Me reí suavemente, pero una y otra vez, y oí a alguien riendo conmigo.

«¡Ah, tú, has sido tú quien me ha levantado cuando casi me estrello contra la arena del desierto! Sí, está bien, ríe, porque sería demasiado hacer nada más, ríe, hablemos con nuestras risas, nuestras elocuentes risas.»

¿Dónde estaba él, el que me había elevado por los aires, el que se reía conmigo ahora? Me senté y recorrí la habitación con la mirada. El último pedazo del cadáver de Rhoshamandes ya había sido arrojado al fuego y la multitud estaba frente a mí, frente a la orquesta.

«¡Baudwin!», gritó una voz.

«¡Entréganos a Baudwin!», se escuchó otro grito, y otro: «¡Sí, Baudwin, danos a Baudwin, entréganos a Baudwin ahora para celebrar tu victoria, príncipe. Queremos a Baudwin!». La Corte en pleno gritaba para que le entregara a Baudwin. «Danos a Baudwin, el que intentó asesinar al príncipe. Danos a Baudwin, el que intentó matar a Fontayne y quemó su refugio.»

La orquesta se detuvo. Solo los tambores continuaron, los timbales que latían por debajo del coro de gritos que se hicieron cada vez más fuertes.

—Haz lo que te piden —me indicó Gregory—. Él no se ha arrepentido de sus actos.

Por primera vez lo vi realmente, a mi lado, con su ropa

moderna y corriente, afeitado y con el pelo recortado, mi alto y elegante consejero, con sus rápidos y oscuros ojos fijos en mí, esperando que diera la orden.

—Sí, por favor, señor —me llegó la tierna voz de Fontayne. Busqué a tientas su mano, la encontré y la estreché—. Hazlo. —Iba vestido con algunas de mis prendas, una levita de seda verde y una camisa con cuello y puños de encaje que le caían sobre las finas manos de dedos enjoyados. Sus ojos pálidos me rogaban.

«¿Y qué diría Marius? ¿Qué haría él? —pensé en vano, estúpidamente—. ¿Daría su bendición a todo esto?» Y entonces la voz de Marius regresó a mí, confidencial y suave, diciéndome lo que me negaba a entender, por supuesto: ahora la multitud clamaba a gritos que le entregara a Baudwin, su sangre, su ejecución pública. «No puedes convertirnos en ángeles, Lestat. No somos ángeles. Somos asesinos.»

—Sí, somos lo que somos —susurré, aunque no creí que nadie me oyera.

—Jefe, esta vez no lo dudes —dijo Cyril de pie a mi lado, colocando su brazo alrededor del respaldo del trono—. Jefe, entrégaselo.

Los timbales sonaban ahora a un ritmo lento e insistente.

—Muy bien —convine—. Dales a Baudwin.

«Ahora eres un verdadero príncipe.»

¿Quién había dicho eso?

Me senté hacia delante, ajeno a la inquietante multitud que clamaba que les entregara a Baudwin, y a lo lejos, cerca de la pared recién restaurada, sola en una silla, estaba sentada una figura encapuchada, apenas visible en las sombras, pero pude distinguir sus brillantes ojos verdes y el cabello rubio bajo la oscuridad de la capucha.

«¿Quién eres tú?»

19

De aquella figura no llegó respuesta alguna.

Los timbales entraron en un largo redoble, la multitud se calló, como si fuera una orden, y Baudwin, encerrado en su cárcel de hierro, entró en la sala de baile cargado por Cyril y Thorne, y fue conducido al centro de la estancia. La multitud de vampiros se retiró para abrir un espacio hasta el estrado. Tuve que levantarme. No tenía escapatoria a mi deber. Me puse de pie con inquietud, con mi dulce Barbara a mi lado y, de cara al prisionero, hablé con voz alta y clara:

—¿Sabes dónde estás, Baudwin?

—Sí, sé dónde estoy —fue su respuesta, amortiguada por el hierro que atenazaba su rostro pero suficientemente audible—. Y te maldigo y maldigo a tu Corte y a tu estirpe, y llamo a mi creador Gundesanth para que me vengue.

Estaba a punto de responder cuando una voz sonó desde el rincón más alejado de la sala, desde el interior de la capucha de aquella figura.

—¡No, no te vengaré!

Él también se había levantado y se había quitado la capucha. Era más alto que yo, con un rostro grande y hermoso y unos ojos verdes intensos y vibrantes. Llevaba el cabello rubio enredado hasta los hombros, con un aspecto pajizo pero hermoso, y se derramaba sobre la fina y suave piel de su larga capa. Hablaba en perfecto inglés, sin rastro de acento.

—Baudwin —dijo mientras avanzaba hacia el prisionero—, ¿qué sabiduría obtuviste de mí para ponerte en contra de tus compañeros?

La multitud le abrió paso.

—¿Cuándo te he aconsejado que destruyeras a otros bebedores de sangre por un capricho o que utilizaras mi nombre como tu talismán? No te vengaré. Te veré ejecutado aquí, y tu sangre será entregada a los jóvenes como lo decreta la Corte.

Llegó al centro de la habitación, con la larga capa de piel flotando a su alrededor, y se colocó junto a Baudwin. Entonces, con una facilidad aterradora, como si fueran cintas de tela, quitó los barrotes de hierro de la cabeza de Baudwin y los dejó caer con gran estruendo, revelando una mata de cabello rebelde y una cara enrojecida y llena de malicia.

Hubo susurros de asombro por parte de los más jóvenes.

—Yo te maldigo —rugió Baudwin—. Te maldigo por dejar que me pase esto a mí, malvado traidor. ¿Alguna vez cuestioné tus actos cuando quemaste por igual tanto colonias enteras de humanos como de bebedores de sangre? Y ahora te conviertes en un lacayo de esta Corte, otro bobo hechizado entre esta ridícula multitud.

Aquel bebedor de sangre rubio y alto que era Gundesanth continuó despojándolo de los barrotes de hierro hasta que el prisionero estuvo completamente libre, una figura robusta vestida con un mono de piel, frotándose febrilmente los doloridos brazos y las magulladas manos.

—¿Qué autoridad tienen ellos para hacer lo que hacen? —le espetó Baudwin a su creador—. ¿Y cómo puedes tú, aquel que se liberó del sacerdocio de la Sangre de la Reina, doblar la rodilla ante una Corte como esta? ¡Yo te maldigo! Los maldigo a todos —exclamó mirando a su alrededor, a mí mismo, a los demás—, con su terciopelo y su satén y su encaje y sus estúpidos bailes y su poesía y sus reglas y su sueño inane de la Comunidad de la Sangre. A todos vosotros, y a ti, mi cobarde hacedor, os exijo que me liberéis.

—Oh, tienes tan poca imaginación, tú que has malgastado un don que podría haberte convertido en un héroe o en el peregrino de otro —se lamentó Gundesanth—. No has sabido ver lo que hay aquí.

La palabra «peregrino» me impactó. Pero estaba ansioso por que continuara. Se volvió y me miró, con su rostro hermoso y animado, sonriendo. A la luz, sus ojos eran de un verde pálido con tonos avellana, pero llenos de buena voluntad y emoción. Era un rostro hecho para la cordialidad tanto como la cara de Baudwin estaba hecha para la ira.

—Nunca antes ha existido un lugar como este, ni en toda nuestra larga y sangrienta historia —declaró Gundesanth. Miró a su alrededor a medida que avanzaba, su voz sonaba clara en el silencio—. Nunca ha existido un lugar como este, libre de toda mitología de dioses muertos y de léxicos del mal y de demonios inventados por las almas agraviadas. Este es un lugar que existe solo para beneficio de todos los que estamos reunidos aquí, y de todos los bebedores de sangre perdidos por el mundo que vendrán a ser uno con nosotros. Salve, príncipe. Salve, Corte. Salve a una nueva revelación, no de las estrellas ciegas o de los oráculos de la locura, sino una revelación que sale de nuestras mentes y de nuestras almas, casadas como lo están con la carne, con la carne viva, ¡una revelación que surge de nuestro dolor y de la sed de nuestros corazones!

Aquellas palabras me hicieron sentir un gran estremecimiento. Era casi, casi, el mismo concepto que se cernía sobre mí, queriendo que lo recibiera de modo que, para mí, y solo para mí, lo cambiaría prácticamente todo.

Otro grito inmenso emergió de la multitud y la sala se estremeció con el estruendo de los pies golpeando contra el suelo y los aplausos y los juramentos de fe y lealtad.

Pero el orador habló de nuevo y enseguida la sala quedó en silencio.

—Hemos encontrado en nuestras almas un mejor propósito que cualquier otro dado a nosotros por dioses o demonios —declaró golpeándose el pecho con el puño derecho—. Hemos encontrado en nuestro interior una sabiduría que supera la de los antiguos reyes y reinas, y nosotros tenemos la clave de nuestra propia supervivencia. Y aquellos que nos reducirían una vez más a una multitud de monstruos que se infligían las peores crueldades unos a otros no tienen lugar en este nuevo mundo nuestro. Yo digo que te condeno, Baudwin. Con la autoridad de un hacedor, te condeno a muerte aquí y ahora.

Una vez más se elevaron los elogios y las aclamaciones, los aplausos, las voces retumbando en un rugido ensordecedor, pero aquellas palabras pronunciadas habían llegado a lo más hondo de mi interior.

Sí, nuestra propia supervivencia. Nuestra propia supervivencia, eso era a lo que nos enfrentábamos allí. Me di cuenta de que estaba asintiendo con la cabeza, y que había estado asintiendo a cada palabra que decía. Estaba demasiado agotado para comprender todo el peso de lo que estaba sucediendo. Solo sabía que estaba presenciando algo maravilloso y que debía abrirme a ello para que aquel momento se consumara.

Todavía sonriéndome, la gran figura rubia sacó una espada corta y plana de debajo de su largo manto de piel oscura y la sostuvo ante mí como si fuera el saludo de un gladiador.

Una vez más asentí. A pesar de que me estremecí ante el horror de lo que se avecinaba, asentí. Asentí, aunque pensé: «¿Cómo debe de ser la agonía de Baudwin en este momento, solo, indefenso en medio de una multitud que exige su sangre?».

Baudwin se convulsionó como si intentara lanzar el fuego contra mí con todo su poder, pero fue retenido, desarmado, seguramente por Sevraine o Gregory o Seth, o todos los que tenían la capacidad de hacerlo.

Agarrando a Baudwin por el pelo, Gundesanth levantó la espada y le cercenó el cuello de un solo tajo, y luego levantó la cabeza para que todos la vieran. La multitud se enardeció hasta el delirio una vez más, gritando como lo habían hecho sobre los restos de Rhoshamandes.

Los ojos de Baudwin miraban fijamente desde su rostro como si un cerebro pensante todavía sufriera detrás de ellos. La boca se movía, los labios húmedos y temblorosos. ¿Cuántos horrores como aquel había visto yo en los últimos días? Y cómo me enfermaban. Qué solo me sentí de repente, qué aislado y frío, y todavía adormecido por el viento, qué pequeño en el calor de la gran sala con todos los vítores de los bebedores de sangre.

Mientras Cyril y Thorne sujetaban el cuerpo, Gundesanth arrojó la cabeza aún viva al suelo, a sus pies, y entonces le cortó los brazos y luego las piernas, y luego enfundó su espada y se alejó del gran frenesí de cuerpos que se había generado alrededor del festín.

La orquesta comenzó a tocar otro baile lento y siniestro como tantos que ahora llenaban esa sala noche tras noche, semana tras semana, un baile que evolucionaba mientras continuaba el ataque contra la cabeza y las extremidades de Baudwin, mientras la música se tragaba los sonidos inevitables del banquete.

Gundesanth se abrió paso entre la multitud y se acercó al

trono, me tomó ¡la mano derecha y la besó, con los ojos destellando mientras sus labios presionaban mis dedos.

—Fuiste tú quien me sostuvo cuando casi me caigo —le dije—. Me atrapaste en el aire.

—Sí, fui yo —convino en voz baja y sin darle más importancia. Se quedó a mi lado en el estrado, mirándome. Era un hombre de huesos anchos, con pómulos muy prominentes y una boca grande y agradable, y una frente que se extendía desde las cejas rubias oscuras hasta la línea limpia de su abundante cabello—. Pero habrías despertado de todos modos —puntualizó—. No me necesitabas. Y tampoco me necesitabas para derribar a Rhoshamandes. Y mejor así, porque llegué demasiado tarde para ayudarte. Eres demasiado modesto para describir la derrota a la que lo sometiste.

—Una vez me tragué sus ojos, ya no hubo esperanza para él —le comenté—. Y todo sucedió muy rápido.

Era vagamente consciente de que muchos a mi alrededor me escuchaban.

Cyril seguramente me estaba escuchando.

—¡Te tragaste sus ojos! —exclamó Gundesanth, y sus propios ojos de color verde oscuro se abrieron como platos, maravillados, casi divertidos. Qué blanca era su piel, tan suave como la de todos los antiguos, pero era un ser tan vivaz que las líneas de su rostro humano aparecían una y otra vez mientras hablaba, arrugas de risa en las comisuras de los ojos y de la boca. Era el tercero hecho por la Madre. Tenía seis mil años.

—Estoy tan cansado que mis huesos se han dormido dentro de mí —afirmé—. Eso es todo lo que ocurrió, lo cogí por sorpresa... sus ojos... su sangre... Sí, me bebí su sangre. Pero ahora mi corazón y mi cabeza se están quedando dormidos. No puedo contarte nada más, y de todos modos no hay nada más que contar.

Él se rio por lo bajo. Si de verdad era tan sincero y bondadoso como parecía ahora, sería un verdadero magnate de la Corte.

—Príncipe, necesitas un anillo para que te lo besemos —aseveró sin un rastro de burla. Metió la mano en su túnica y sacó un anillo de oro con una cara tallada en él. Me lo ofreció. Representaba la cabeza de la Medusa, con su gran masa de serpientes por cabellos, retorciéndose, frunciéndome el ceño.

—Es un hermoso anillo —manifesté. Lo observé mientras lo deslizaba en mi dedo anular derecho y volvía a sacarlo de nuevo para forzarlo un poco para que encajara mejor, cortando lo poco de oro que sobraba. Después, poniéndose sobre una rodilla, besó el anillo.

—Gracias por dejarme ser el primero en besarlo —dijo. Y luego levantó la vista y sus ojos se posaron en Gregory.

Lanzándose el uno sobre el otro, se abrazaron con fuerza. Y oí sollozos ahogados y palabras apresuradas, palabras en la lengua antigua que Rhoshamandes había hablado mientras moría. Eso fue lo último que vi antes de cerrar los ojos y caer en un sueño profundo justo donde estaba, en el trono dorado que me había regalado Benedict. En un momento u otro, mientras la orquesta tocaba y los tambores sonaban y los vampiros bailaban, fui llevado a mi cripta, me desperté una vez mientras bajábamos los escalones, me divertía que Cyril me llevara en sus poderosos brazos como si fuera un niño pequeño. Con gran cuidado, como si fuera un objeto delicado, me posó en el estante de mármol. Pensé que ahora no necesitaba ningún hechizo para dormirme ni que nadie vigilara la puerta. Porque todos estábamos en paz. Pero ¿cuándo lamentaríamos las pérdidas que habíamos sufrido? ¿Y dónde estaría Armand, mi pobre Armand que había golpeado desesperadamente las paredes con los puños? No lo había visto.

Pero el sueño llegó, y con él los sueños, los sueños de Rhoshamandes en llamas, aullando y rugiendo como un hombre enloquecido. «No lo entiendes. *La bait hah sa rohar.*»

Y aquel último lamento de Benedict. ¿Vio él a Benedict mientras moría? ¿Había un cielo misericordioso que los recibiera a ambos después de su largo viaje, un viaje para el cual ningún hombre mortal está preparado, un viaje que termina en la muerte sin importar cuánto dura?

Las palabras de Gundesanth volvieron... «Una nueva revelación, no de las estrellas ciegas o de los oráculos de la locura, sino una revelación que sale de nuestras mentes y de nuestras almas, casadas como lo están con la carne, con la carne viva, ¡una revelación que surge de nuestro dolor y de la sed de nuestros corazones!»

20

No me desperté hasta la siguiente puesta de sol.

Inmediatamente, tuve la sensación de haber abandonado una gran red de sueños interrelacionados, en los cuales se habían discutido asuntos de la mayor importancia, y se habían establecido planes para grandes logros. Pero lo que realmente tenía ante mí era la tarea de reconstruir el pueblo y restaurar aquellas partes del *château* dañadas por los ataques fatales de Rhoshamandes. Y me puse a trabajar de inmediato, contactando con mi arquitecto de París, y haciendo que él y su equipo vinieran a casa para la reconstrucción.

Hubo que transferir fondos para los trabajos, y eso fue cuestión de unas pocas llamadas telefónicas cruciales, y después llevé a cabo una inspección, con Barbara, de lo que se había hecho a nuestras criptas inferiores. La pared del salón de baile había sido reconstruida, pero faltaba enlucirla por dentro y por fuera. Los yeseros y los artesanos que trabajaban con ellos para recrear los marcos de los paneles a lo largo de las paredes y los grandes diseños del techo tendrían que venir de día, y había que pulir los suelos, y las dos enormes arañas de cristal debían ser reparadas y colgadas de nuevo, y así continuaba una lista que se antojaba interminable.

A cada paso recordaba a Marius, a Louis y a Gabrielle, y solo por el más frío acto de voluntad evité caer en un pozo negro de pena, tan negro que me cegaría ante cualquier cosa. Mientras tanto, Amel y Kapetria estaban ocupados restableciendo su pequeña colonia en la campiña inglesa, y les prometí visitarlos tan pronto como pudiera hacerlo. Gregory tuvo que ayudarles, y se llevó con él al legendario Santh, que había hecho prometer a todos que lo llamarían Santh en lugar de Gundesanth, un nombre que se había asociado a la infamia durante mucho tiempo. «Gundesanth era un nombre que infundió el terror entre los fugitivos de la Reina —explicó—. Santh es un nombre que inspira confianza.»

Odié verlo marcharse, ya que estaba ansioso por hablar con él. Y desesperado por evitar mi propio dolor, fui a la antigua biblioteca de Marius y pasé las últimas horas de la noche con Pandora, Allesandra, Bianca y Sevraine, que estaban reunidas allí. Bianca estaba obsesionada con poner en orden todos los documentos más recientes de Marius, y se estaba comportando como si en todo momento estuviera a punto de ponerse a gritar de manera incontrolable, y Pandora a menudo se dirigía a mirar el fuego de la chimenea repitiendo en voz baja que «ambos» se habían ido, es decir, Arjun y Marius.

Pero atraje a todos a una especie de conversación en la que Sevraine nos indicó que debíamos continuar el trabajo de Marius con nuestra constitución y nuestras leyes. Y Allesandra dijo que el peor dolor del Sendero del Diablo era ver a otros caer por el camino y no poder salvarlos.

Otro trabajo me llamó la atención. Avicus y Cyril querían explorar las mazmorras recién descubiertas, y se pusieron a trabajar con un grupo de neófitos útiles para limpiar la tierra acumulada en el suelo durante siglos y llevar una iluminación despiadada a las celdas de las profundidades de la tierra. De hecho, la mazmorra no parecía tener fin, ya que encontraban una planta más profunda tras otra, y pasadizos que conducían a otros pasadizos, y hasta encontraron uno que se convertía en una vía de escape que conducía a un lugar más allá de los acantilados más cercanos.

Mientras tanto, la casa se estaba llenando de nuevos visitantes, ancianos bebedores de sangre de los cuales no sabíamos nada y jóvenes que nunca se habían atrevido a venir, todos atraídos por el relato de la derrota de Rhoshamandes, todos ansiosos por ver al príncipe que lo había logrado, todos fascinados por el hecho de que esta nueva Corte, y todo lo que prometía, podría perdurar.

Pero ¿dónde estaba Armand?

Al inicio de otra noche, no podía pensar en nada más que en Armand. No lo había visto desde mi regreso. No había formado parte de aquel primer saludo, no había aparecido en la Cámara del Consejo, pero sabía que estaba bajo nuestro techo. Podía sentir su presencia, y lo busqué.

Gregory había regresado con Santh, y los dos vinieron a verme. Santh se había convertido en un espía entre los mortales, con el pelo corto y acicalado hasta el lustre, con una chaqueta y unos pantalones de un grueso tweed irlandés.

Armand estaba en su propio apartamento en el *château*, una serie de habitaciones que él había diseñado y amueblado por su cuenta, con pesados baúles y mesas de estilo renacentista, y cortinas y alfombras de terciopelo rojo oscuro. Las paredes mostraban lienzos de la época en la que había nacido, de santos alados y vírgenes con velo, y magníficos iconos rusos que brillaban a la tenue luz.

Sybelle y Benji estaban con él cuando entré, los dos sentados en el suelo ante el fuego, Sybelle con un vestido holgado con los pies descalzos y Benji con una vieja levita negra desgastada.

Pero Armand estaba sentado aparte, en un enorme y moderno sofá, cerca de la ventana, mirando a través de los cristales oscuros hacia la nieve. Había un cuaderno de dibujo en la mesita de centro frente al sofá, y vi una llamativa cara en la página que parecía emerger de una oscura nube de carbón. Era un fragmento tan vívido que quise decir algo al respecto, pero sabía que no era el momento.

Cuando le presenté a Santh, Armand respondió con unas pocas palabras educadas e insípidas. Después desvió la mirada y fue como si estuviera viendo a Santh por primera vez.

—Y de la profunda oscuridad de Egipto viene otro gran viajero —susurró Armand—, con cuentos para contar.

—Sí, y estoy muy contento de estar con vosotros —declaró Santh con su habitual sonrisa simpática. Desde su regreso había recibido los elogios y las preguntas de los neófitos. Pero ahora se retiró a las sombras, para permitirnos privacidad, como si los oídos de todo el *château* no estuvieran escuchando, y al encontrar un sillón en un rincón alejado, se sentó con las manos juntas en el regazo.

Gregory se sentó junto a Armand en el sofá y se tomó la libertad de cogerme la mano izquierda. Benji se acercó, se colocó detrás de Armand y le puso sus pequeñas manos morenas sobre los hombros mientras Armand seguía observando la nieve que caía.

Armand parecía tan agotado como yo, con la ropa polvorienta y descuidada, el rostro pálido y ansioso, y los ojos castaños opacos, fijos en una mirada a través del cristal. Me escuchó cuando le conté lo que ya sabía de la muerte de Rhoshamandes y cómo se pondría en práctica la visión de Marius de la constitución y las leyes. Le expliqué que los recién llegados acudían incluso en ese momento, mientras hablábamos. Creo que lo que quería decirle era que no importaba lo que hubiéramos perdido, que perseveraríamos, y la Corte no solo se había recuperado del asalto de Rhosh sino que había adquirido una nueva fuerza.

Finalmente, cuando ya me quedé sin palabras, Armand habló, sus ojos todavía fijos en el espectáculo silencioso de la nieve cayendo.

—Te comportaste como un estúpido —comentó. Su tono era bajo y uniforme, con poca o ninguna emoción—. Debiste destruir a ese monstruo en Nueva York, en Trinity Gate, cuando lo tuvimos por primera vez en nuestro poder. Los otros lo querían así. Jesse lo quería. Yo lo quería. Y Gregory y Seth lo querían. Solo que tú no lo querías. Tu vanidad te lo impedía.

Mantuvo el tono calmado, sus palabras sonaban sin altibajos a medida que avanzaba en la conversación.

—No, tu vanidad perdonaría, engatusaría, seduciría y ganaría al monstruo. Y ya ves lo que ha sucedido: Marius, Louis y Gabrielle han desaparecido de nuestro lado para siempre. ¿Y por qué? Por tu vanidad —expuso, y se detuvo como si se sintiera agotado, pero no me miró, continuó contemplando la nieve.

Benji estaba profundamente angustiado y me rogó con la mirada que fuera paciente. Gregory hizo más o menos lo mismo.

—No digo nada en mi propia defensa —le dije.

—No tienes nada que decir en tu propia defensa —respondió Armand con la misma voz moderada—, porque no hay nada que puedas decir para justificarte. Nunca has podido defender ninguno de tus grandes errores... convertir a una niña pequeña en una bebedora de sangre, despertar a una reina que había cerrado su corazón y su alma a la naturaleza y a la historia con la caída de Egipto. Pero ahora puedes escucharme. —Se volvió y me miró, con los ojos brillando de malicia—. Escucha —me pidió en el mismo tono insulso—. Escucha, escucha cuando te digo que debes acabar hasta con la última de esas criaturas Replimoides a las que estás protegiendo en el corazón de un mundo inconsciente.

Hizo una pausa. Permanecí en silencio. Continuó.

—Aniquílalos ahora de la faz de esta tierra que podrían destruir tan fácilmente —ordenó—. Y elimina el cuerpo físico de ese odiado espíritu Amel que nos creó y nos empujó a enfrentarnos, y casi te llevó con él a la eternidad a manos de Kapetria. Hazlo. No seas estúpido otra vez. Por razones que no entiendo, los ancianos de esta así llamada tribu no harán nada a menos que tú les des la orden. Pues bien, dásela. Ordena que todos esos horribles impostores mueran. Hazlo ahora por el mortal que una vez fuiste. Hazlo ahora por el mundo mortal que una vez amaste. Hazlo ahora por el destino mortal que una vez lamentaste. Hazlo ahora por los millones de inocentes que no tienen ni idea de que estas criaturas prosperan en medio de ellos, aumentando en número con eficiencia diabólica. Hazlo antes de que hayan proliferado tanto como para que su destrucción sea imposible. Hazlo por un mundo que nunca te lo reconocerá ni te lo agradecerá, pero por un mundo que ahora puedes salvar de verdad.

Silencio. Apartó los ojos de mí y volvió a la nevada. Y un momento después prosiguió:

—Una vez quisiste el reconocimiento de los humanos de este planeta. Una vez que estabas tan desesperado por su reconocimiento y aclamación, escribiste canciones e hiciste películas de nuestra propia historia secreta. ¡Incumpliste tu promesa a Marius, todo por el amor de tus hermanos y hermanas mortales! Desesperado por breves momentos de fama y reconocimiento mortales, instaste a la raza humana a eliminarnos.

Una vez más me miró.

—¿Dónde está tu amor por todos esos mortales ahora? —preguntó—. ¿Dónde está tu gran pasión por ser un héroe mortal?

No respondí.

—Crees que has conocido el arrepentimiento —dijo—. Pero no conoces nada parecido al arrepentimiento que sentirás una vez que esos monstruos te hayan abandonado a ti y a tus lamentables acólitos bebedores de sangre, y corran desenfrenados bajo tierra.

Silencio. Suspiró como si se sintiera agotado otra vez. Me miró con ojos llenos de cansancio y disgusto y luego otra vez fijó la mirada en la nieve al otro lado de la ventana. Detrás de él, Benji luchaba por contener las lágrimas.

Gregory parecía estar sumido en sus pensamientos.

—Te he escuchado —le comenté a Armand—. Sé lo que piensas. He sabido desde el principio que querías que fueran aniquilados. No puedo hacerlo. No lo haré.

—Estúpido —soltó, con sus brillantes ojos puestos en mí de nuevo. La sangre le sonrojó las mejillas—. Rezo con todo mi corazón para que la raza humana descubra a esas bestias antes de que crezcan en tal cantidad que sean imparables. Rezo para que algo natural y honesto de este universo en el que vivimos se levante para engullirlos.

—No harás nada...

—Oh, no —exclamó—. Yo no haré nada. ¿Cómo podría hacer algo? Nunca me levantaré contra ti, y tienes a tu disposición a los miembros más fuertes y letales de tu Corte. ¿Crees que quiero ser entregado a la muchedumbre en tu salón de baile? ¿Crees que quiero ser despedazado en un espectáculo nocturno antes de que mis restos sean arrojados al fuego?

—Armand —dije—. Por favor. —Me dejé caer de rodillas frente a él, mirándolo a los ojos.

Toda la emoción que se había contenido estaba impresa allí ahora, convertida en rabia.

—¿Tu corazón está totalmente en mi contra? —le planteé—. ¿No tienes fe en lo que tratamos de construir aquí?

—Estúpido —dijo de nuevo. Su voz era áspera, ahora ya no podía reprimir sus emociones—. Siempre te he amado. Te he amado más que a cualquier otro ser en todo el mundo. Te he amado más que a Louis. Te he amado más que a Marius. Y nunca me has dado tu amor. Sería tu más fiel consejero, si me lo permitieras. Pero nunca te has dignado hacerlo. Tus ojos pasan por encima de mí como si yo no existiera. Y siempre ha ido así.

Allí arrodillado me sentí derrotado. No sabía por dónde empezar. No sabía qué decir. Sentí un enorme cansancio, no tenía manera de salir de allí, no había forma de encontrar la elocuencia o la razón o el vigor para tratar de llegar a él, de llegar más allá de su maldad, hasta su alma.

Continuó de nuevo, mirándome mientras hablaba.

—Te odio tanto como te he amado —confesó—. Oh, no quería que Rhoshamandes te destruyera. Dios mío, nunca lo quise. Nunca. Cuando los oí gritar que habías regresado lloré como un niño. Nunca quise eso, nunca deseé que te desvanecieras en la misma oscuridad que se ha tragado a Louis y a Marius. Pero ¿cómo podría no odiarte? Tú, que fuiste en busca de mi hacedor hace tantos años, cuando yo ya casi no creía en él, y fuiste encontrado por él, salvado de la tierra por él, recibido en su guarida por él. Tú, a quien él amaba, a quien le contó los secretos de nuestro comienzo, cuando nunca vino a liberarme de los Hijos de Satán. Tú, a quien dio su amor, mientras a mí me relegaba a las ruinas de todo lo que has destruido a mi alrededor. ¡Te odio! Entiendo la definición misma de odio cuando pienso en ti.

Se interrumpió, incapaz de continuar. Benji se aferró a él, apoyando la cabeza en su hombro, llorando suavemente. Y oí a Sybelle llorar junto al fuego distante.

Intenté en vano encontrar palabras, palabras que tuvieran algún significado, pero no pude. Volvía a saber, no a pensar. Me había vuelto a deslizar en una consciencia sin propósito que era como una espada hurgando en mi corazón.

—Tú, que me humillaste y destruiste mi mundo —dijo, su voz ahora en un susurro frágil—. Tú, que luego contaste con tanto gusto cómo destrozaste mi aquelarre, mi pequeño aquelarre de sagrado propósito. Sin embargo, incluso así, no quería que murieras. Y debería haber sabido que no lo harías. Por supuesto que no. ¿Cómo podría alguien poner fin a tu existencia? Qué torpe debió de haber sido Rhoshamandes ante tu simple y vulgar astucia —exclamó riéndose por lo bajo—. ¡Qué sorpresa debió de llevarse al verse ciego y ardiendo en tus manos! Tú, el advenedizo Lestat. El príncipe malcriado.

Me puse de pie. Me separé de él sin darme cuenta. El aire era veneno entre nosotros. Pero no podía apartar la vista ni irme.

—Pero todavía te amo —declaró—. Sí, incluso ahora te amo, como te aman todos ellos, tus secuaces, que solo buscan una sonrisa, un gesto de la cabeza o un roce rápido de tu mano. Te amo como todos aquellos que sueñan en este palacio con beber solo una gota de tu sangre. Bueno, puedes dejarme ahora. No voy a ninguna parte. ¿Adónde podría ir? Estaré aquí si me necesitas. Y concédeme un deseo por el momento, tú y tus augustos amigos... Marchaos y dejadme en paz.

Se inclinó hacia delante y se tapó el rostro con las manos.

Benji se acercó a Armand, obligando a Gregory a apartarse, y se abrazó a él, rogándole que no llorara, besándolo y diciéndole que todo aquello iba a cambiar, que pasaría, que él y Sybelle lo adoraban y no podían seguir sin él, que debía vivir y amar por ellos.

No me moví.

Mientras decía todas aquellas cosas parecía más que nunca una especie de niño angelical, y recordé la primera vez que lo vi en las polvorientas sombras de Notre Dame de París, un ángel vagabundo y sin alas. Pensé en Gabrielle entonces. Pensé en Marius... Pero no, no estaba pensando. Simplemente sabía. Sabía el pasado. Sabía el presente. Sabía qué y quién se había ido.

No pude responderle. No pude consolarlo. No pude decir nada. No tenía sentido siquiera intentarlo.

Fue Gregory quien habló, comentó que aquellas eran palabras peligrosas para un amado compañero bebedor de sangre, que era en momentos oscuros como ese cuando los vampiros intentaban destruirse, y que él, Gregory, no quería dejar a Armand solo.

Armand se enderezó. Sacó un pañuelo de lino del bolsillo y se secó los ojos.

—No temas por eso —dijo—, porque mi miedo a la muerte es mayor que mi miedo a lo que está por venir aquí. Me temo que la muerte es como una pesadilla de la que no podemos despertar. Me temo que, una vez separados de nuestros cuerpos, continuamos en un estado de confusión y angustia en el que estamos perdidos para siempre y del que no podemos escapar. Ve y haz todas esas muchas cosas que la Corte exige de ti, ese arduo trabajo de la construcción del aquelarre que una vez me obsesionó a mí y me dio un remedo de propósito.

—Ven con nosotros —señaló Gregory. Se levantó y agarró la mano izquierda de Armand con ambas manos.

—Ahora no —se negó Armand.

Me alejé en dirección a la puerta y encontré a Santh esperándome.

—Descansa y llora entonces —le soltó Gregory a Armand—. Y prométeme que si estos pensamientos se vuelven demasiado insoportables para ti vendrás a nosotros y no tratarás de hacerte daño.

Armand le contestó, en tono confidencial, pero no pude escucharlo. No pude distinguir las sílabas bajo el crepitante ruido del fuego y de los sollozos de Sybelle. Tal vez me di cuenta de que no me importaba lo que estaba diciendo Armand. O quizá solo supe que no me importaba. No podía estar seguro.

Fuera el viento soplaba, empujando la nieve contra los paneles oscuros. Yo estaba tan débil como lo había estado horas antes a causa de aquel viento helado. Estaba tan magullado y agotado como si de nuevo acabara de hacer el largo viaje de regreso desde la guarida de Rhoshamandes en el Pacífico.

Salí de la habitación y crucé las estancias del *château* como si no experimentara ningún sentimiento en mi interior, ningún corazón que reparar, saludando a los nuevos inquilinos bajo nuestro techo, escuchando una pregunta o recibiendo un elogio como si nada hubiera pasado.

Y todo el resto de la noche asistí a los asuntos de la Corte, y finalmente llegó el momento en que pude escapar a mi lecho de mármol, y así lo hice, y lo último que escuché antes de cerrar los ojos fue a Cyril hablándome con voz cálida, asegurándome que todo estaba bien en la casa y que debería dormir tranquilo sabiéndolo.

—En todos estos siglos —expuso Cyril—, no hemos conocido a nadie que pudiéramos considerar como a nuestro campeón. Realmente no sabes, jefe, lo que eres ahora para los demás. Crees que lo sabes, pero no es así, y por eso me quedaré al otro lado de tu puerta durmiendo en el pasillo, durmiendo aquí para que nada ni nadie pueda atacarte o lastimarte, mientras viva y respire.

Entonces me quedé solo en la escalofriante oscuridad, con el villano al que Armand despreciaba, y el hijo que no había protegido a su madre, y el amante que nunca había protegido a Louis de sí mismo o de los demás, y el miserable pupilo de Marius, que tan mal había juzgado a Rhoshamandes, y ahora Marius estaba muerto.

La frontera del sueño puede ser un momento preciado.

Sentí aquella aceleración de nuevo, la insinuación procedente de las profundidades de mi alma de que se estaba produciendo un gran cambio en mí, un cambio vital, y otro pensamiento molesto, algo que tenía que ver con el lenguaje. ¿Qué era? Algo relacionado con lo que Gregory había hablado con Santh. Mazmorras. Estaban limpiando todas esas mazmorras. Rhoshamandes había dicho algo... ¿y qué había visto yo? ¿Escaleras que descendían a un calabozo?

Horas más tarde, cuando el día había muerto y la luna y las estrellas habían salido, supe qué era lo que había estado luchando por recordar, aquellas últimas palabras de Rhoshamandes en el momento de su muerte.

Salí corriendo de las criptas y crucé la casa hasta que llegué a la Cámara del Consejo, donde las luces eran cálidas y el aroma de las flores llenaba el aire, y allí encontré a Gregory con Seth y Sevraine, la adorable Sevraine con su vestido de seda blanca, planificando ya cómo llevar adelante el trabajo de Marius. Jesse Reeves también estaba allí, una flor tranquila vestida de lana gris, y también Barbara, mi dedicada y querida Barbara, que garabateaba en un cuaderno cuando entré.

Cyril y Thorne me habían seguido, como se esperaba, y le

pedí a Cyril que buscara a Allesandra y le pidiera que se uniera a nosotros.

—Y si Everard de Landen todavía está aquí, ¿lo encontrarás?

—Quieres a los neófitos de Rhoshamandes —afirmó mientras se ponía en movimiento.

—Sí, eso es lo que quiero.

Me senté a la mesa y, dándome cuenta de que todos me miraban, comencé a hablar. Pero fue a Gregory a quien me dirigí.

—Rhoshamandes dijo algo antes de morir —expliqué—. Algo en una lengua extranjera, y no lo entendí.

Cuando Allesandra abrió la puerta, trajo a David con ella. Ambos llevaban ropas negras, simples, prendas de luto, y creí ver cenizas en el largo y suave cabello de Allesandra.

No había tenido un momento privado con David desde la noche de mi regreso, porque él había estado ocupado en Inglaterra con Kapetria, Gremt y otros de la colonia Replimoide.

Y ahora nos abrazamos, en silencio, por primera vez desde que Marius y Louis habían sido capturados. Luego se sentó a mi izquierda. Parecía vagamente clerical con su traje negro y aquella camisa sencilla. Y Allesandra podría haber sido una nómada del desierto con su túnica negra.

Sabía que David sentía intensamente la pérdida de Louis. Nadie tenía que decírmelo. Pero no podía entretenerme ahora que todos se habían ido. Tenía que olvidarlo por completo, como había hecho una y otra vez desde que lancé a las llamas los últimos restos de Rhoshamandes.

Tenía algo, algo a lo que aferrarme e investigar, y me sostenía como si la sangre de Rhosh me sustentara como un andamio de acero cuando pensaba que estaba demasiado agotado para seguir.

El hecho era que todavía estaba exhausto, magullado por los vientos feroces, y por todo lo que Armand me había dicho, y solo un remanente de mí mismo continuaba. Pero continuaba.

—Vamos —dijo Gregory—. ¿Qué dijo Rhoshamandes? —preguntó jugueteando con sus manos inmaculadas con una pluma antigua que finalmente dejó.

—Bueno, voy a tratar de repetirlo —respondí—. Era una cadena de sílabas... En realidad, Rhosh dijo cosas extrañas... Recuerdo que murmuró: «No lo entiendes. ¡Detente, escúchame!»; y creo que dijo: «Todo esto está mal», y luego unas sílabas en una lengua extranjera, tal vez en antiguo egipcio, que me sonaron como «*La bait hah so rohar*»... Algo así. Las escuché de refilón, pero me vino a la mente la imagen de unas escaleras de piedra. En ese momento ni siquiera pensé en ello ni lo retuve en la memoria. Estaba completamente entregado a otra cosa, a destruirlo, y aquellas palabras y la imagen pasaron de largo. Pero fue lo último, bueno, casi lo último que dijo.

Parecía que Gregory se había quedado en blanco. Y Santh no estaba en la habitación. Yo estaba a punto de decir algo sobre su antigua lengua cuando Allesandra habló:

—Oh, por supuesto. Es el antiguo nombre que usaba para su prisión privada. Es de la Biblia hebrea, el nombre de la prisión del Faraón, donde meten a José en el libro del Génesis. —Ella entonces pronunció precisamente las mismas sílabas que dijo él, una frase que yo no podía reproducir, pero que recordaba perfectamente cuando la oí repetida con tanto cuidado. Ella deletreó las sílabas en mi alfabetización. «*Bet ha sohar.*»

—Eso es —convine—. Eso es lo que dijo.

—Tal vez trataba desesperadamente de engañarte —comentó Gregory—. Estaba negociando: en el caso de que renunciaras a atacarlo te mantendría con vida.

Miró a Seth. Luego hablaron unos con otros en un idioma diferente durante unos segundos, y capté fragmentos de sílabas similares, pero fue demasiado rápido para mí. Y una vez más, vi las escaleras de piedra, y esta vez también vi celdas con barrotes, y todas las cosas habituales que suele haber en una prisión antigua, y me vino la incómoda idea de que la vieja mazmorra de esta casa se estaba limpiando con un propósito que nadie se había atrevido a confesar.

—Bueno, era el nombre de su propia prisión secreta —apuntó Allesandra—, el lugar donde recluía a los mortales cuando quería darse un banquete con su sangre.

Sí, y era muy probable que todos los que me rodeaban estuvieran planeando tener una prisión como aquella debajo de esta casa. Solo que no querían decírmelo.

—Pero, príncipe, aquella vieja prisión ya no existe —repuso—. El monasterio fue destruido hace siglos. Toda esa tierra está ahora plantada con viñedos. Las máquinas han arado esos campos. ¿Quién sabe adónde han ido a parar aquellas viejas piedras? Una vez vi el muro de un jardín construido con piedras viejas en aquel valle, piedras que podrían provenir de las estancias en las que una vez me había alojado. Pero la prisión desapareció sin dejar rastro.

Sevraine parecía estar reflexionando.

Allesandra miraba hacia el exterior como si el pasado se hubiera apoderado de ella.

—Durante un tiempo varios arcos se mantuvieron de pie, pero eso fue hace mucho, cuando yo estaba con los Hijos de Satán, y recuerdo todas aquellas manos blancas tirando de los arcos, y todas las piedras cayendo, y la hierba, la hierba era como el trigo silvestre.

Su voz se fue apagando en las dos últimas palabras.

—¿Qué pasa con Saint Rayne? —le pregunté—. ¿Podría haber una prisión oculta en Saint Rayne?

—Fuimos a Saint Rayne —expuso Seth—. Buscamos en toda la isla. No había ninguna mazmorra allí, solo unas pocas celdas de fácil acceso, incluida aquella en la que había mantenido a Derek.

La cara de David era la imagen de la tristeza.

—Lestat, ¿por qué quieres pasar por esto? —inquirió—. Kapetria y los demás registraron la isla. Fueron a Budapest y registraron la casa de su viejo amigo Roland.

—También busqué en esa vivienda —reveló Seth—. Y tampoco encontré allí una verdadera mazmorra o prisión. Solo una habitación miserable sin ventanas donde Derek había sido confinado, y un par de habitaciones más como aquella donde, obviamente, Roland había encerrado a mortales.

—David, tengo que estar seguro —le dije—. Piénsalo. ¿Por qué gritaría esas palabras? ¿Y si hay algún lugar en Saint Rayne, lejos del castillo?

—Príncipe, ese castillo no es una verdadera construcción de la Edad Media —afirmó Sevraine—. Rhoshamandes lo diseñó como un refugio para los bebedores de sangre y en ese momento ya no necesitaba mazmorras profundas, y no había ninguna allí. Yo también busqué en toda la isla. Miré, escuché, recorrí cada centímetro del lugar. No hay mazmorras.

—¿Tienes la absoluta seguridad? —repliqué antes de que pudiera controlarme. Inmediatamente me disculpé. Estaba hablando con inmortales mucho más poderosos que yo. Yo estaba abatido.

—Al contrario —contestó Seth, mirándome directamente tras leerme el pensamiento—. Todos te profesamos un profundo respeto, príncipe. No nos sentimos superiores a ti. Has derribado a Rhoshamandes. Algo que creíamos del todo imposible. Todavía no entendemos cómo lo has hecho.

Sacudí la cabeza, y apoyé las mejillas en las manos. Escuché la voz de Rhoshamandes, que insistía: «No lo entiendes». Me senté y me encontré mirando al techo, repleto de aquellas figuras tan magníficamente pintadas, y luego me di cuenta de que estaba mirando la obra de Marius. Marius, que se había ido para siempre, y de repente el dolor que sentí me sofocó y amenazó con llegar a ser más intenso de lo que podía soportar. Casi me levanté para irme, pero ¿adónde iría? ¿A Saint Rayne para no encontrar nada? ¿A Budapest para buscar en una casa en la que Rhosh probablemente nunca se había alojado?

¿Qué fue lo que dijo? «Todo esto está mal.»

—¿Qué querría decir? —inquirí.

—Lestat, es obvio —respondió Jesse Reeves—. Era un egoísta, un perezoso y autoindulgente inmortal sin una partícula de profundidad ni verdadera comprensión de la vida. Por supuesto, pensó que no lo entendías, porque lo considerabas responsable de lo que le había hecho a los demás y no podía tolerarlo. —Se interrumpió—. Mira, ¿crees que debemos repasarlo todo de nuevo? Bueno, déjame decirte entonces que si tienes que revisarlo me excusaré y te dejaré con eso. —Se puso de pie y yo también.

—No te vayas sin que te tome en mis brazos —le pedí—. Nunca quise causarte dolor, créeme, nunca quise hacerlo.

—No me has hecho enojar —declaró ella.

Ella se relajó en mis brazos. Besé su espeso cabello cobrizo y su frente.

—Tú eres mi campeón —susurró ella—. Tú derramaste sangre por la sangre de ella. —Pero ella se dirigió entonces hacia la puerta, y Cyril se la abrió para que saliera. No podía culparla.

Me acomodé en mi silla.

—Quiero buscar en cualquier lugar que él haya tenido o visitado —anuncié—. Siento que debo hacerlo. Estaba tratando de decirme algo, claramente, sobre una prisión, un calabozo o un escondite, y debo investigar tanto como pueda. ¿Eso no tiene sentido para nadie más? ¿Por qué mencionaría una prisión?

—Muy bien. Lo haremos contigo —decidió Gregory—. Esta noche cruzaré el Atlántico y localizaré esos viñedos que poseía en el Valle de Napa. Me aseguraré de que no haya un lugar allí que pueda ser utilizado como prisión.

—Santh conoce la casa a la que te llevó, ¿no es así? —preguntó Seth—. Me lo llevaré conmigo y buscaremos en esa casa.

—Qué estúpido por mi parte no haberlo hecho yo mismo cuando pude —murmuré. Y fue estúpido. Pero entonces estaba agotado y me sentía extrañamente incrédulo acerca de lo que había sucedido en realidad.

—¿Qué quieres que haga yo? —se ofreció Sevraine.

Me sentí repentinamente conmovido por su voluntad de ser llamada a la acción.

—Ah, sí —exclamé—. Me había olvidado de esos viñedos americanos. Debería ir contigo, pero no puedo... —me interrumpí, el mero pensamiento de montar las corrientes heladas sobre las nubes me dejaba exhausto.

Sevraine esperó. Gregory esperó. David esperó.

Allesandra estaba claramente afligida por Rhosh, y perdida en sus recuerdos, con la mirada baja. Estaba cantando algo para sí misma, un himno, y murmurando por lo bajo.

—Y ese lugar en el Valle del Loira —la presioné, aunque odiaba interrumpirla.

—Estaba tan enamorada de él en aquella época —confesó ella en respuesta—. Cuando me rescató, me llevó allí y me bajó a la prisión. Me habló de José en el libro del Génesis y del Faraón que lo había mantenido encerrado en su prisión especial todos aquellos años. Dijo que él era el faraón de su mundo. Y aquel era el lugar donde dejaba languidecer a los desventurados mortales.

Lo vi tal como ella lo describió, los anchos escalones de piedra, la humedad que brillaba sobre la piedra desnuda.

—En la prisión había monjes a los que había apresado. Rogaban por sus vidas, sacando los brazos por entre los barrotes para implorarle, rogándole que no temiera a Dios por dejarlos marchar.

Sentí que Sevraine y Gregory y los demás también lo estaban viendo.

—Habló del Talmud, creo —comentó Allesandra, con la mirada perdida en el exterior—. Dijo algo acerca de que Dios determina el destino de cada individuo en la sagrada fiesta de Rosh Hashanah. Y dijo que todos los bebedores de sangre deberían tener una prisión, usó esa misma palabra hebrea, como el faraón que mantenía cautivos a los prisioneros humanos, pero que él, Rhosh, era misericordioso y dejaba que un prisionero saliera el primer día del año. —Se rio de repente—. Hasta que llegó Benedict. Entonces se enamoró apasionadamente de él, y Benedict le rogó que abriera la prisión y dejara salir a todos aquellos monjes. «Pero ahora están todos locos», protestó Rhosh. —Me miró. Mostraba un rostro radiante y sonrió mientras continuaba—: Él le dijo a Benedict que serían tomados por locos cuando hablaran de su cautiverio y que acabarían encadenados en algún lugar peor que su prisión, donde al menos él les daba carne y vino todos los días.

Se interrumpió, volviendo a sus recuerdos. No me atreví a decir nada. Quería desesperadamente que prosiguiera, y así lo hizo.

—Entonces Benedict ganó —dijo, riéndose—. Lo recuerdo como si fuera ayer, Benedict descendiendo las escaleras de caracol a toda prisa. Y luego los monjes subiendo, una procesión de hombres demacrados y harapientos con túnicas podridas, cantando todos ellos algún salmo en latín y corriendo hacia los bosques que llegaban hasta las puertas del monasterio. De hecho, aquellos bosques lo ocultaban del mundo. Benedict se sentía lleno de júbilo, y después de eso Rhoshamandes fue un dios a sus ojos, como lo fue para el resto de nosotros. Por supuesto, Rhoshamandes cerró todas las puertas y nos mantuvimos ocultos en las estancias subterráneas durante los siguientes meses, cuando los sacerdotes vinieron a buscar el legendario lugar donde los monjes delirantes habían sido mantenidos en calabozos por un demonio egipcio.

—Pero ¿y si esa prisión permanece aún bajo tierra, bajo las viñas? —pregunté—. ¿Bajo el bosque?

—Es posible —contestó ella—. Pero he buscado en esas tierras y no he encontrado nada. Hace solo unos meses, Sevraine me llevó allí. Hallamos las ruinas de un viejo campanario y una antigua capilla. La capilla estaba a una milla del monasterio.

—Tengo que ir allí —decidí—. Debo ir ahora. ¿Vienes conmigo? Tengo que buscar cualquier rastro que quede de esa prisión.

—Iré contigo —se ofreció Sevraine. Con su vestido blanco reluciente y su cabello suelto parecía muy poco preparada para ese viaje, pero ella le pidió a Thorne que le trajera su capa de la biblioteca.

Se refería a la biblioteca de Marius, y Thorne se dirigió allí de inmediato.

—Yo también os acompañaré —afirmó Allesandra.

—Pero, Lestat —dijo David—, aunque encuentres esa prisión, ¿qué esperas descubrir allí? No hemos escuchado ni una sola palabra procedente de aquellos a quienes se llevó de aquí. Fueron silenciados casi de inmediato.

—No quiero pensar en ello —respondí—. Quiero ir, ver, averiguar qué quiso decir con aquellas palabras, por qué usó esas en particular y no otras. Debía de referirse a su antiguo refugio en el Loira.

—Sabes que Kapetria y Amel visitaron esas tierras —comentó David.

—Encontraron algunos edificios modernos —dijo Seth—. Fueron allí de día y examinaron cada casa que pertenecía a Rhoshamandes. Estaban ocupadas por las familias que gestionaban sus viñedos.

—No todas —puntualizó Sevraine. Estaba de pie, y en ese momento Thorne entró con su larga capa oscura y se la puso sobre los hombros blancos—. Había un edificio vacío.

—Sí —asintió Allesandra—. Una vieja casa vacía con un jardín. Recuerdo el jardín. —Cuando se puso de pie, volvió a adoptar el gesto y el comportamiento de una anciana, la anciana que era la primera vez que la encontré en Les Innocents. David estaba a su lado. Llevaba ropa moderna, una chaqueta gruesa con un suéter debajo que lo mantendría abrigado durante el viaje, pero Allesandra llevaba solo una túnica fina.

Estaba a punto de decir algo al respecto cuando Thorne apareció de nuevo con un largo abrigo negro de cachemira para ella, y la ayudó a ponérselo.

—Rhosh estuvo observándonos todo el tiempo que estuvimos allí —señaló Sevraine volviéndose hacia mí—. Y yo quería irme. Finalmente, se acercó y nos preguntó qué estábamos haciendo allí en sus terrenos. Le dije que Allesandra quería ver el lugar donde había nacido a la Oscuridad y él dijo que todo había desaparecido. Todo. Nos pidió que fuéramos a Saint Rayne. Yo no quería ir con él.

Gregory hizo un gesto para que esperásemos. Se retiró a un rincón de la habitación y habló en susurros por su iPhone. Podía escuchar a Kapetria en el otro extremo.

Se calló.

—Iremos allí contigo —me aseguró—. Pero Kapetria ya rebuscó en esa casa desocupada, de arriba abajo. Jura que nadie ha estado allí durante décadas.

—Deja que vayamos nosotros, Lestat —pidió Seth—. La prisión aún podría estar bajo tierra. Es muy probable que sea así. No volveremos hasta que la encontremos. Pero tú quédate aquí. Necesitas descansar. Necesitas estar aquí, en el salón de baile. Ahora hay allí una multitud mayor que la que hubo anoche. La noticia de la batalla con Rhoshamandes ha viajado por todo el mundo.

—No puedo quedarme atrás —le dije—. Sabes que no puedo.

21

Era una casa de estos tiempos, aunque no podía decirse que fuese nueva. Pensé que tendría al menos trescientos años. Había sido construida con piedras de la zona, y tenía dos plantas, un alto techo inclinado, y una fachada con ventanas geminadas, y efectivamente estaba vacía, en silencio, sin conexiones para la calefacción o la electricidad, y casi sin muebles.

No había nadie alrededor, solo las sombrías viñas despojadas de sus uvas extendiéndose kilómetros y un grupo lejano de árboles antiguos de inmenso tamaño, y la lluvia fría, una lluvia para mí peor que la nieve, cayendo sobre todo lo que alcanzaba la vista, una lluvia casi silenciosa que yo sentía como agujas en el dorso de mis manos y en mi rostro.

La casa estaba abierta y tenía el aspecto de una propiedad abandonada, pero tan pronto como entramos en la sala principal, vi una chimenea con troncos en ella, y los encendí. También encendí las gruesas velas que había en la repisa de piedra. El polvo cubría el suelo y las telarañas brillaban en los rincones. Podía oler el polvo ardiendo en la chimenea.

Por supuesto que no necesitábamos aquella luz, podíamos ver muy bien en la oscuridad. Pero la luz facilitaba las cosas y me llevé una vela encendida mientras iba de habitación en habitación. El suelo parecía sólido en todas partes.

Cada una de las losas que rompí descansaba sobre una capa de cemento. Seguramente formaban parte de una restauración moderna, pero no había ninguna señal de que nadie hubiera visitado aquel lugar.

Es decir, hasta que llegué a la última estancia, una cámara larga y ancha que contenía una mesa de refectorio con bancos a cada lado. De repente, me encontré con un antiguo fonógrafo de patas pequeñas y curvadas, con un viejo y grueso disco negro etiquetado con el nombre de una ópera de Verdi. Así que quizá Rhoshamandes había ido alguna vez allí, hace décadas.

Antiguas grabaciones en fundas de papel marrón se amontonaban en un rincón. Verdi, Verdi y más Verdi. Y debajo de la mesa vislumbré lo que parecía ser un mosaico cuadrado con la figura de Baco en una cuadriga rodeado de ninfas adoradoras.

—Esta mesa se ha movido recientemente —observé—. Mira las marcas en el polvo. Empujé la mesa hacia un lado, las patas chirriaron sobre la piedra, y la mesa cayó de lado.

El mosaico era hermoso, y posiblemente antiguo, quizá se remontaba a la época romana. Caminé de un lado a otro, y lo golpeé varias veces con la punta de mi bota. No podía sentir nada y no vi nada que indicara que no estaba profundamente incrustado en la piedra.

—Excepto que la piedra es totalmente nueva —repuso Gregory—. Este suelo no es tan antiguo como el mosaico.

Al mismo tiempo, David, Allesandra, Gregory y yo buscamos en las paredes alguna especie de manivela o manija, pero no encontramos nada. Me impacienté y quise buscar por el resto de la casa.

Caminé hacia las puertas dobles que daban al jardín, y allí vi una gran pila de lo que parecían ser láminas de metal brillando a la luz del cielo lluvioso. ¡Láminas de metal!

¿Por qué habría allí algo así?

—Puede haber mil razones —dijo David—. Para remendar el techo, para restaurar las paredes.

Salí a la lluvia, examiné el montón y vi que todas las láminas eran de acero, cada una de ellas de un grosor de unos cuatro centímetros.

—¿De qué está hecho el acero? —pregunté.

—Hierro, sobre todo hierro —respondió Gregory.

Yo estaba cada vez más emocionado, y David estaba cada vez más triste, deseando por encima de todo que de alguna manera pudiera salvarme de todo aquello.

Pero ¿qué estaba haciendo eso allí, todo ese acero, que es básicamente hierro? Y no llevaba allí mucho tiempo, porque debajo del montón de láminas había aplastados arbustos aún verdes, y las huellas de unos neumáticos llevaban al jardín, y estaban llenas de relucientes charcos de lluvia.

Era fácil darse cuenta de que un vehículo pesado había traído aquellas láminas de acero para algún propósito.

Gregory se quedó a mi lado, ajeno al frío con su fino traje de negocios de lana, su camisa sencilla, su corbata y su bufanda de cachemira. Parecía completamente inmune a la lluvia que empapaba lentamente su pelo corto y su cara. Miró por encima de los campos áridos. Y cuando se dio cuenta de que yo estaba temblando, tiritando estúpidamente, se quitó la larga bufanda y me la puso alrededor del cuello.

Intenté negarme, pero no quiso ni oír hablar de ello. Otra figura apareció en la puerta. Era Santh.

Iba vestido con una chaqueta de tweed y un suéter con cuello de cisne, y pantalones vaqueros y botas muy parecidas a las mías. Por primera vez desde que lo conocí, llevaba la melena rubia arreglada, posada como un manto sobre los hombros. También miraba en dirección a los campos, y me di cuenta de que estaba escuchando.

Lo observé durante un largo instante, lo observé atentamente como si algo maravilloso sucediera, y entonces sucedió.

—Escucho algo —susurró.

Gregory me miró y ambos tratamos de descubrir de qué se trataba. Pero yo no oía nada más que la lluvia contra las tejas del alto techo, y contra las hojas del bosquecillo en la distancia. Aquellos árboles inmensos eran los supervivientes de un bosque mucho más antiguo.

—No oigo nada —reconoció Gregory.

—Yo tampoco —convino Sevraine.

—Yo sí —intervino Santh—. Escucho el latido de un corazón. Creo que escucho más de uno, pero sé que hay uno al menos.

—Espera un minuto... —murmuró Gregory. Me apretó el antebrazo con la mano. Por un momento presionó tanto que me hizo daño, pero no me importó.

—Es el latido de un corazón —declaró Santh—. Viene de alguna parte debajo de esta tierra, de ahí fuera.

—Creo que lo escucho —dijo Gregory—. Es irregular, cansado.

De inmediato, nos pusimos a rebuscar por el terreno a nuestro alrededor, pateando piedras, levantando rocas, escarbando en la tierra suelta con las puntas de nuestras botas.

Entonces Allesandra soltó un grito.

—¡Allí, en los árboles, sí, los mismos árboles...! —Salió corriendo hacia la arboleda y desapareció entre los oscuros troncos y las hojas mojadas.

Todos corrimos tras ella.

Allí había piedras antiguas medio enterradas por las raíces implacables de los árboles y las vides. Santh y Gregory soltaron las piedras y las arrojaron a un lado. Luego, ambos comenzaron a cavar con las manos hasta que limpiaron la superficie de unas losas.

—Solo un pedazo de suelo —informó Gregory, sacudiéndose las rodillas. Allesandra agachó la cabeza y Sevraine la abrazó para consolarla.

—Un viaje inútil —susurró Allesandra—. Y me culpo por ello, nunca quise ver este lugar de nuevo, nunca quise estar bajo este cielo otra vez.

Santh se quedó paralizado. Luego se volvió y fijó la mirada en la colina boscosa que había más allá del linde de la viña y desapareció.

Por supuesto que no se había desmaterializado. Simplemente había usado su velocidad sobrenatural para llegar al bosque cercano.

Gregory y yo fuimos tras él.

Aquel bosquecillo era húmedo, denso y joven, y todavía había suficiente luz en el cielo para poder ver las piedras que había allí. Eran antiguas, levantadas por más raíces y viñas hambrientas. Era un ascenso empinado, el barro mojado estaba resbaladizo y un viento frío cortaba el bosque, levantaba las hojas mojadas y me molestaba en los ojos. Pero seguí buscando, como todos, lanzando piedras a derecha e izquierda.

De pronto apareció Santh en lo alto de la colina. Nos estaba llamando para que nos reuniéramos con él.

—¡La antigua capilla! —gritó Allesandra.

Llegamos a él en un instante.

—Oigo cerca el latido del corazón —nos informó Santh—. Y definitivamente hay más de uno. Pero puedo escuchar un corazón claramente. El ritmo es lento. Su dueño está bajo un sueño profundo, pero está vivo.

No había error posible, eran las ruinas de «la antigua capilla». Nos encontramos cara a cara con un largo muro de arcos rotos que terminaban perpendicularmente en la plaza de un campanario resquebrajado. Se elevaba tres plantas hacia los árboles, con sus paredes escarpadas mirando al cielo.

—¡Lo oigo! —chilló Gregory—. ¡Está aquí, bajo tierra!

—Yo también lo oigo —convino Sevraine—. Y también oigo otros dos latidos más.

No pude contener la emoción.

Las altas vides cubrían las ruinas casi por completo, gruesas cepas de invierno se adherían a las paredes, recias como maromas con hojas de color verde oscuro. Y comenzamos a desgarrarlas, arrancándolas de la piedra y del suelo. De repente, bajo el velo de las vides, vi el brillo del metal.

Era una puerta chapada en acero, la puerta del campanario. Una lámina de acero había sido cortada a medida e incrustada en la pared. La rompí, y Santh y Gregory me siguieron adentro.

Nos encontramos en una habitación rectangular con el techo abierto al cielo, con una estrecha escalera de piedra a la derecha que descendía. Todo aquello estaba recién construido. Aún olía a cemento y a madera nueva.

—Rhoshamandes ha construido todo esto —afirmó Sevraine—. Lo haría después de que estuviéramos aquí.

Pero apenas escuché sus palabras porque había oído algo más.

—Lo oigo —confesé—. Oigo el corazón, solo uno, pero lo oigo. —Los latidos eran lentos, increíblemente lentos, y, tal como Santh había dicho, parecía el corazón de un anciano dormido. Comencé a temblar. David me abrazó y me condujo hacia delante.

Bajamos las escaleras corriendo, con los demás siguiéndonos, y nos encontramos en una gran bodega moderna. Allí yacía un montón de láminas de acero, exactamente como las que había junto a la casa, en el viejo jardín. Eran nuevas y aún mostraban las etiquetas del precio. Pero todo lo demás estaba lleno de polvo y parecía no tener entrada ni salida, excepto por las escaleras que nos habían llevado hasta allí.

Buscamos frenéticamente por todas partes. Entonces Santh empujó a un lado la pila de hojas de acero, lanzándolas contra la pared del fondo, y allí estaba la trampilla, una trampilla ancha con un enorme aro de hierro.

—Espera —le pidió David. En silencio, me cogió por los hombros mientras los demás nos miraban—. No sabemos qué encontraremos ahí abajo. No sabemos qué les ha hecho.

—¡Vamos! —exclamé—. Déjame abrirla.

Santh se puso delante de mí para hacer los honores.

Ningún mortal, en realidad ningún grupo de mortales, podría haber abierto aquella portezuela. Tal vez yo mismo no podría haberla abierto. Pero no fue nada para Santh, que la abrió y la arrojó a sus espaldas, revelando su inmenso grosor.

Era como un corcho rectangular en el cuello de una botella, y estaba hecha de piedras enmarcadas en hierro. El aire que se elevó a nuestros rostros era frío y seco, y olía a sangre, no a sangre humana sino a nuestra sangre. Y algo más, un fuerte olor que me era a la vez familiar y desconocido.

Santh desapareció en la oscuridad, aterrizando en el suelo muy abajo con un ruido sordo.

—Vamos, saltad —nos instó, y su voz reverberó contra las paredes—. Es una caída corta.

Tenía razón. El salto no sería difícil para ninguno de nosotros, pero Allesandra tenía miedo, y la cargué en mis brazos.

—¡Esto es parte de la vieja casa! —grité mientras la dejaba y ella se ponía de pie—. *Mon Dieu*, mira las antorchas en los rincones. —Había cuatro, y habían sido empapadas en resina fresca. Era la resina lo que había olido. Había pasado mucho tiempo desde que tuviera en la mano una antorcha como aquellas. Santh las encendió todas con el poder de su mente, y luego cogió una para iluminar el alto arco que constituía la entrada de una catacumba.

—Esto se extiende hasta las antiguas bodegas del monasterio —expuso Allesandra—. Era una manera de escapar si los Hijos de la Oscuridad rodeaban el monasterio. Habríamos entrado a esta catacumba por el otro extremo y salido por la torre.

La catacumba era ancha y había sido barrida. Había más antorchas en las paredes, y las encendí a medida que avanzábamos, buscando solo la comodidad de la iluminación, aunque podíamos ver perfectamente gracias a la antorcha que Santh llevaba en su mano derecha.

Durante cinco minutos completos recorrimos enérgicamente aquel pasadizo, dando varios giros bruscos que parecían enviarnos de regreso en la dirección de la que habíamos venido. No estaba seguro. Pero finalmente llegamos a una gran sala, una habitación con sus propias antorchas y una mesa contra una pared lejana, y otros objetos desperdigados aquí y allá, y láminas de acero brillando a la luz parpadeante de las antorchas.

Y allí, en el suelo yermo, se extendía una larga hilera de ataúdes de hierro, de la antigua forma heptagonal alargada, la mayoría vacíos y con sus tapas abiertas, y solo tres cerrados, y esos tres eran los ataúdes más cercanos a nosotros.

Ahora David y Allesandra podían oír el latido del corazón. Y yo pude escuchar tres latidos en total.

Los otros me miraron, esperando que me moviera primero, pero para mi sorpresa descubrí que no podía hacerlo. Miré los ataúdes, preparado para un horror que aún no podía imaginar.

Pero Santh se adelantó e inmediatamente abrió la tapa del primero. Y nos encontramos mirando lo que parecía ser un cuerpo adulto envuelto enteramente en una cubierta de acero. Por un instante, no supe qué hacer ante aquello.

—Usó el acero para moldearlo alrededor del cuerpo —le dijo Santh—. Lo ha envuelto fuerte, tan apretado como envolviste a Baudwin.

—Inteligente malhechor —comentó Cyril—. Sabía lo que yo le había hecho a Baudwin. Sabía que el acero es principalmente hierro.

Santh retiró el revestimiento de acero como si nada, y reveló el cuerpo de una mujer vestida con una camisa blanca desgarrada, pantalones vaqueros y botas, con los brazos y los pies flexionados, con la cabeza completamente cubierta por el pelo. La levantó y con delicadeza la dejó sobre las piedras.

Sabía que era Gabrielle. Me arrodillé a su lado.

—Madre —le susurré. Podía escuchar el ritmo de su corazón, agonizantemente lento.

Extendí la mano para apartarle el cabello, para descubrirle los ojos, y luego me di cuenta de lo que Rhoshamandes le había hecho.

Tenía frente a mí su nuca. Él le había girado la cabeza completamente. Le había roto el cuello. Dejé escapar un jadeo.

—Ten cuidado —me advirtió Gregory—. No la toques. Esto es un asunto para nuestro médico vampiro. Le ha roto la columna vertebral, y solo Fareed sabrá exactamente cómo curarla.

—Si puede curarla —murmuró Sevraine.

«Por supuesto que podrá curarla —pensé—. ¿Por qué expresa semejante duda, ella, una de las ancianas? Pero ¿y si ella sabe algo que yo no sé?» Finalmente, el miedo me impidió decir ni una sola palabra.

—Fareed sabrá curarla —aseveró Gregory con impaciencia. Y llamó a Fareed, rogándole que viniera de inmediato, describiendo la extraña ruta, el bosque sobre los viñedos y el campanario.

Me quedé al lado de Gabrielle, le besé el pelo de la nuca y le dije en voz baja que estaba allí. Tomé sus manos inertes en las mías, las besé, las posé suavemente en su pecho y le dije que podía escuchar su corazón latir.

—Deja que mis palabras encuentren tu mente, madre —le dije—. Estoy aquí. He venido. Y te llevaré a casa. Os llevaré a todos a casa.

Ningún sonido salió de su cuerpo, ni siquiera un sonido telepático. Pero sabía que Fareed estaba en camino, y esos próximos minutos serían los más largos que había soportado en toda mi vida.

Aturdido, me senté y miré a los demás sacar los dos cuerpos restantes. Con inmenso cuidado, Gregory y Santh deshicieron las envolturas de acero.

Reconocí el sencillo traje de lana oscura y los zapatos con cordones de Louis, y la túnica suelta de terciopelo rojo de Marius. Ellos también habían sufrido el mismo destino.

Ningún sonido provenía de ellos, excepto el latido de sus corazones, y eso significaba que estaban vivos y podían ser curados. Tenía que significar eso. Pero ¿quién sabía? ¿Qué libro contenía imágenes de tales desastres y las instrucciones en términos científicos sobre lo que se suponía que debía hacer con el bebedor de sangre sometido a tales torturas? ¿Algún día Fareed agregaría estos horrores a los libros que estaba escribiendo, y explicaría cómo se podrían reanimar tales cuerpos?

—Nunca había visto algo así —admitió Gregory—. Pero ahora comprendo cómo los silenció tan rápidamente. Les rompió el cuello. Y cómo logró traerlos hasta aquí sin que pudieran pronunciar el más leve grito para que los oyéramos. Están en un sueño parecido a la muerte.

No podía soportar verlos en una fila así, a los tres, con la cara vuelta hacia el suelo. Me apoyé contra la pared. Era como si hubiera viajado miles de kilómetros contra el viento otra vez, estaba exhausto, y comencé a reír casi histéricamente mientras los miraba a los tres con sus manos blancas y la misma ropa que vestían la noche en que se los había llevado.

Había visto tantas cosas horribles en las últimas noches que sabía que mi existencia ahora estaba completamente alterada, pero los habíamos encontrado, estaban aquí, estaban a salvo, y estaba seguro, por lo que sabía, de que los tres serían completamente curados.

Las palabras de Rhoshamandes volvieron a mí, su afirmación de que no lo entendía en absoluto, su afirmación de que no era un monstruo, pero ¿qué juego cruel había querido jugar?

De repente el cuerpo de Marius comenzó a moverse. Todos nos quedamos asombrados.

Una rodilla se levantó bajo la túnica de terciopelo rojo oscuro, y el tacón de su bota raspó el suelo de piedra. Luego el cuerpo se sentó lentamente y las manos se movieron poco a poco hacia la cabeza. Ninguno de nosotros se atrevió a moverse ni a decir una palabra.

Las manos se tomaron su tiempo, tocando el cráneo a través del cabello, y luego comenzaron a girar la cabeza lentamente. Escuchamos chasquidos, crujidos, e incluso el rechinar de las vértebras presionando unas contra otras, pero ahora el rostro de Marius nos miraba de frente, y sus ojos se abrieron de repente y en ellos brilló el fuego de la vida.

Marius nos miró a todos de hito en hito, y una sonrisa apareció lentamente en sus labios.

—Sabía que vendrías —me dijo. Me adelanté y lo ayudé a arrodillarse, aunque, por supuesto, no lo necesitaba. Y cuando se puso de pie, lloré en sus brazos. El único pensamiento en mi mente, la única idea, la única imagen, era Armand, y cómo se sentiría cuando él también pudiera abrazarse a Marius y saber que estaba vivo, que estaba curado, que todos estaban a salvo, y usando mi poder más fuerte le envié las palabras. Le envié la noticia. Y con ella le envié mi amor a Armand.

—¿Y el monstruo? —preguntó Marius. Su voz sonó ronca, como si no fuera la suya—. ¿Qué le ha pasado?

—Muerto, destruido, desaparecido de la tierra —contesté.

—¿Estás seguro?

—Oh, sí —respondí, y me reí—. Estoy bastante seguro de ello. —No podía dejar de reír—. Lo destruí con mis propias manos. Vi sus restos quemados con mis propios ojos. Se ha ido, vencido. Puedes confiar en mí.

Le hice saber cómo había sucedido. Le transmití las piezas de mi memoria en un pequeño torrente, y vi su alivio. Cerró los ojos.

—Lestat —dijo—, ¡eres la criatura más extraordinaria que conozco! Que los dioses te protejan siempre. Eres el más asombroso.

Fareed acababa de llegar. Interrumpió nuestra risa y tuve que controlarme, o me echaría a llorar como un niño.

Pero ahora estaba tan convencido de que todo saldría bien, que no pude contener las lágrimas por mucho más tiempo.

Fareed estudió los dos cuerpos y luego preguntó si Rhoshamandes era diestro.

—Sí —afirmé—. Sostuvo mi hacha con su mano derecha.

—Exactamente como pensé —comentó Fareed.

Luego se arrodilló junto a mi madre y, tomando la cabeza entre sus manos, la giró con cuidado, escuchando cada pequeño chasquido o crujido como si le estuviera confiando algún secreto. Por fin, yacía como en un sueño profundo, sin respiración que saliera de sus labios, y solo latía su corazón.

—¡Madre! —grité—. Madre, despierta. Soy Lestat. Soy yo.

Durante unos largos y tortuosos segundos permaneció allí, inerte, con los párpados a medio abrir, pero luego temblaron, se abrieron del todo y miró hacia el techo. Dio un largo suspiro. Y la expresión regresó a su rostro. Pareció absorta en lo que veía, su pecho empezó a elevarse y a descender respirando cada vez más profundamente.

—¿Puedes verme? —preguntó Fareed. De inmediato, ella lo miró, pero como si lo viera por primera vez.

—Sí, te veo —respondió con una voz áspera y soñolienta. Sus ojos se movían de derecha a izquierda. Cuando me vio dijo mi nombre.

—Estoy aquí, madre —afirmé.

Fareed retrocedió, estudiándola atentamente. La levanté como cuando el novio alza a la novia y la besé en los labios. Podía escuchar la sangre corriendo por sus venas. Podía sentir el calor en su rostro. La dejé de pie con cautela y la abracé tan fuerte como pude, mis sentidos se inundaron con el aroma de su cabello y su piel. Yo estaba temblando. Deslicé los dedos entre su cabello. Era un cabello nuevo y liso, que había vuelto a crecer después de que él la hubiera rapado. Tragué saliva, negándome a mostrarle las lágrimas. Pero no pude evitar decir «madre» una y otra vez, como si fuera la única palabra que conociera. «Madre.»

—Mi campeón —exclamó ella con la misma voz ronca—. ¿Y dónde diablos está el villano?

—Ya no está en la Tierra —le informé apartándole los cabellos de la cara.

—Lestat, deja de preocuparte por mí —me pidió. Obviamente estaba ansiosa por mantenerse sobre sus propios pies, pero enseguida comenzó a caer, y la atrapé y la sostuve una vez más en mis brazos. Cuando habló de nuevo, sus palabras emergieron lentamente—. ¿Dónde estamos? ¿Qué es este lugar?

—Una antigua bodega que pertenecía a Rhoshamandes —le expliqué—. Te trajo aquí. Todos pensamos que te había destruido. Quería que nosotros creyéramos que lo había hecho. Te envolvió en acero, como Cyril envolvió a Baudwin en hierro. Pero ahora estás a salvo, completamente a salvo.

Se apoyó en mí durante un largo instante, pero luego se apartó y me dijo que ya la había ayudado bastante.

No discutí con ella. El tiempo de las lágrimas había pasado, afortunadamente, y me volví a mirar a Fareed, que estaba con Louis.

Yo tenía mucho miedo por Louis.

Pude ver que Fareed estaba teniendo un cuidado extremo. Giró la cabeza de Louis muy lentamente, escuchando de nuevo los inevitables sonidos como si le confiaran algo vital, y finalmente el rostro de Louis estuvo en su lugar, pero Fareed todavía lo sostuvo un rato más, a la espera de que los párpados mostraran los primeros signos de vida.

Pareció que pasaba una eternidad antes de que aquellos deslumbrantes y hermosos ojos verdes se abrieran, pero finalmente lo hicieron, y Louis miró a su alrededor, adormilado, y susurró algo incoherente que no pude captar. Pero sabía que era francés.

—Háblame —dijo Fareed—. Louis, mírame. Háblame.

—¿Qué es lo que quieres que diga? —preguntó Louis. Su voz era tan ronca como la de Gabrielle, y lo vi hacer una mueca de dolor—. Me duele la cabeza y me arde la garganta.

—Pero me ves claramente —repuso Fareed.

—Sí, te veo —asintió Louis—, pero no sé dónde estamos. ¿Qué ha sido de él? ¿Está muerto?

Cuando le dije que sí, que Rhoshamandes estaba muerto, cerró los ojos como si quisiera quedarse dormido, y eso fue lo que hizo. Gregory lo recogió para llevarlo con él en el viaje de vuelta a casa, asegurándole que ahora todos estábamos a salvo.

22

Llegamos al *château* apenas pasada la medianoche. Escuchamos los gritos, los aplausos y los vítores antes de llegar al salón de baile, y allí descubrimos la multitud más grande que jamás había llenado la estancia. Los bebedores de sangre abarrotaban la terraza y los salones cercanos. Parecía que toda la Comunidad de la Sangre había acudido para compartir la alegría y unirse al agradecimiento.

Rose y Viktor, con Sybelle y Benji, pidieron a las tres víctimas que explicaran todo lo que había ocurrido.

Fue Marius quien tomó la iniciativa y relató la historia, pero sin revelar los detalles de cómo a los tres les fueron mermados sus poderes. Explicó el encierro de sus cuerpos en acero, pero no que la dislocación de sus cuellos los había hundido en un estado de silencio sin sueños en el que no podían comunicar nada. Me pareció sabio que no revelara aquello y me asombró cómo describió el rescate, como el heroico trabajo del príncipe malcriado que había mantenido la esperanza de que aquellos a quienes Rhoshamandes había secuestrado todavía pudieran existir.

Se elevaron gritos coreando mi nombre, vítores, un coro

que cantaba «al príncipe malcriado», y luego Marius alzó su voz estentórea para recordarles a todos que el príncipe malcriado también era el príncipe, y se volvió y tomó mi mano y besó el anillo de oro con la cabeza de la Medusa y me hizo un gesto para que me sentara en el trono.

Mi primer ministro.

Mientras miraba por el salón de baile las evidencias de la furia de Rhoshamandes en las paredes y el techo, y las caras brillantes y ansiosas de los neófitos que lo rodeaban, declaró que habría un gran baile al cabo de diez noches, cuando el salón estuviera restaurado por completo, y que hasta entonces los jóvenes debían regresar a sus terrenos de caza, y los ancianos que no tenían necesidad de cazar eran bienvenidos a permanecer en silencio en la casa, mientras que él, Marius, pretendía devolver a los techos de la sala los frescos murales que se merecían antes de que reabrieran el salón para la celebración.

—El peor enemigo al que se ha enfrentado este tribunal ha sido vencido —anunció—. Y de este palacio sale la noticia de que en la décima noche después de esta, todos deben unirse para celebrar la Corte y su propósito. Y ahora os pido que mientras llega esa fecha vayáis por caminos separados, ya que debo encontrar un momento de tranquilidad con los que más cerca están de mí.

Armand no estaba en aquella reunión. Marius había tomado nota de ello y había intercambiado miradas conmigo mientras reflexionaba sobre el asunto.

—Él te necesita —le susurré.

—Ah, he esperado este momento desde hace mucho tiempo —confesó—. Su corazón, por fin, ya no está cerrado para mí.

Me quedé estupefacto por aquellas palabras. ¿No temía Armand que Marius hubiera renunciado a él? ¿Habían tenido propósitos contradictorios entre sí? Tal vez no. Quizá la verdad era que Armand solo había llegado al momento en que podía abrir su corazón a Marius como lo había hecho hacía siglos en Venecia. No podía saber lo que aquellos dos inmortales tenían que decirse el uno al otro.

No podía conocer las historias de todos los inmortales que habitaban en el *château*, de las parejas o de los grupos, o de los que vagaban en soledad y sin molestarse unos a otros por las diferentes bibliotecas y estudios y salones, inmortales con tantos relatos para contar que llenarían interminables estantes de volumen tras volumen, historias que otros inmortales podrían heredar y leer como parte de la promesa de este extraño lugar que se definía ante mis ojos.

La asamblea había terminado. Gregory se adelantó para pedirme que autorizara más fondos para la rápida restauración de la aldea, y Barbara se acercó a mí para pedirme más equipación para las cocinas antiguas que había instalado la primera vez que renové el edificio. De algún modo, me encontré en mi escritorio firmando un documento tras otro, casi sin darme cuenta de que había aceptado instalar baños en el «complejo» de la mazmorra y comprar refrigeradores gigantes. Vislumbré un mapa de las plantas subterráneas de la prisión apenas durante un segundo, y luego firmé más papeles para la restauración de los establos, la reparación de los caminos y una ampliación de los invernaderos en los que crecían nuestras plantas para que pudieran proporcionar frutas y hortalizas frescas para los carpinteros mortales. Las paredes necesitaban enlucido en el exterior, donde Rhoshamandes las había agrietado, y había que alquilar andamios para que Marius pintara los frescos que deseaba, y Alain Abelard, mi humilde arquitecto, pedía otro equipo de techadores. Y la lista de cosas pendientes seguía y seguía.

Mientras tanto, Marius se había ido a buscar a Armand, y Pandora y Bianca se habían ido con él. Y oí voces provenientes de incontables estancias, y el sonido de una película en una de las bibliotecas.

Solté un gran suspiro de alivio cuando pensé en Marius y Armand, pero me encontré mirando sorprendido un pedido para la instalación de un gran horno adyacente a las mazmorras. Me pregunté por qué demonios necesitábamos un horno de ese tamaño, pero en realidad no me importaba, así que firmé donde me dijeron que firmara, y me alegré cuando pude escaparme para visitar las calles de la aldea y ver cómo había progresado la reconstrucción. Hacía un frío delicioso, y la noche era clara y nítida, llena de estrellas y del olor a fuegos de roble, a madera fresca y a pintura, y del suave murmullo de unas pocas voces mortales detrás de las cortinas echadas en las casas.

Fue justo antes del amanecer cuando Gregory y Seth me encontraron y me hablaron de una cuestión que debería haber previsto. Para el encuentro, Gregory desistió del poder de seducción que le confería su túnica señorial y su pelo babilónico. Fue profesional y sincero. Si no encerrábamos a prisioneros mortales en las mazmorras, tarde o temprano los jóvenes vampiros podrían cometer tropelías en las ciudades cercanas a nosotros, lo cual estaba estrictamente prohibido. De lo contrario abandonarían la Corte en masa. No podrían soportar la sed de estar lejos de sus terrenos de caza.

—Para nosotros es demasiado fácil olvidarnos de esa sed —declaró—. Y es cierto, podemos resistir mucho más tiempo que ellos, pero para los jóvenes es doloroso, y no es en absoluto lo que deseamos que ocurra cuando acuden a nosotros.

Estábamos de pie en el sendero pavimentado que conducía al puente, y me encontré mirando el gran castillo con sus ventanas iluminadas y más allá el cielo pálido con su manto de estrellas incandescentes.

Los pájaros de la mañana cantaban en el bosque. Y un último automóvil salió de los terrenos, avanzó a toda velocidad por el puente levadizo y pasó junto a nosotros a gran velocidad en dirección a la autopista.

—¿Así que eso es lo que debo hacer? —le pregunté—. ¿Instalar una mazmorra llena de hombres condenados debajo de la casa de mi padre?

—Siempre ha sido solo una cuestión de tiempo —contestó Gregory—. Los jóvenes tienen que alimentarse. Y ahora quieren estar aquí más que nunca. Quieren verte, hablarte, bailar en el gran salón. Ahora están escribiendo canciones y poemas que cuentan la historia de tu victoria sobre Rhoshamandes. —Sonrió como si no pudiera reprimirse—. Y algunas de las baladas son bastante buenas, y quieren tocarlas para ti.

Me llegó el repentino recuerdo de cuando estuve encima del escenario de un auditorio repleto en las afueras de San Francisco, cantando mis propias baladas con el estridente y ensordecedor acompañamiento de una guitarra eléctrica y una batería. El Vampiro Lestat, el cantante de rock, el creador de una serie de brillantes vídeos de rock que habían descubierto nuestra tribu al mundo, que habían instigado a los mortales a creer en nosotros, a darnos caza, a eliminarnos. Regresé a aquel momento en el escenario, de nuevo bajo la luz de los focos, tan orgulloso, tan arrogante, tan visible.

Tú sabes lo que soy.

Y la agonía de la irrelevancia se había desvanecido, la desesperada consciencia de la absoluta insignificancia en el esquema mortal de las cosas. Podía escuchar las voces rugientes, los pies golpeando el suelo, los gritos, los aullidos delirantes. *Visible.*

Con qué rapidez se había acercado el mundo mortal aquella noche, y todo su abandono temerario, a los resbaladizos y negros restos de los vampiros en el asfalto, quemados en un instante por la voluntad de nuestra gran Madre; a los testigos que decían haber visto mi piel sobrenatural, ¡que la habían tocado! El tiempo había dejado atrás toda la experiencia, encerrándola en las páginas de un libro. ¿Dónde estaban aquellas películas que había hecho? Lo que el mundo recordaba era solo otro cantante de rock con cabello largo y un nombre francés. Los pocos verdaderos creyentes que no negarían la evidencia de sus propios ojos habían terminado en los márgenes de la vida, ridiculizados, arruinados y enojados, y eventualmente se cuestionaron por qué se habían arriesgado tanto, por qué habían insistido en la verdad de algo tan obviamente ficticio y predecible. Cantantes de rock, vampiros, góticos, románticos.

—Lestat —Gregory me devolvió de nuevo al presente—, encerremos víctimas mortales para ellos. Están desesperados por quedarse con nosotros, y piensa en todo lo que podemos enseñar a esos jóvenes.

—A nadie le importan los jóvenes —replicó Santh asombrado por ello.

Y la voz radiofónica de Benji se dirigió a mí:

—Somos una tribu sin padres. ¿Dónde estáis, ancianos? ¿Por qué no abrís vuestras alas para darnos refugio?

—Sí, víctimas mortales, muy bien —dije.

La noche siguiente, mientras estaba sentado en mi cómodo apartamento del *château* con Louis y Gabrielle, reflexionamos sobre la vitalidad de la Corte, sobre su aumento a nuestro alrededor. Hablamos de Rhosh y de por qué mantuvo vivos a sus prisioneros, en lugar de destruirlos.

—Quería que sufrieras lo mismo que había sufrido él

—reveló mi madre—. Eso es lo que me dijo. Es lo último que recuerdo antes de darme cuenta de que era incapaz de moverme o de respirar y de que caía en una especie de vacío.

No podía soportar ni imaginarlo: mi madre en los brazos de aquel demonio. Pero ¿por qué no le había aplastado la cabeza, cosa que podría haber hecho con una sola mano, mientras la alejaba de nosotros?

Vi a Louis estremecerse, agarrándose los antebrazos. Todavía estaba maltrecho por el secuestro, pero no había dado ningún indicio de cómo lo había experimentado.

—Creo que quería usarnos después de que estuvieras muerto —comentó mi madre—. Creo que pretendía destruirte primero y después negociar la paz, ofreciendo devolvernos a la tribu.

—Sí, creo que es una muy buena suposición —convine.

Pero todos estuvimos de acuerdo en que en realidad nunca lo sabríamos. En cuanto a las palabras que había pronunciado en sus últimos momentos, Rhosh estaba negociando conmigo su propia vida.

—Nunca seré capaz de verbalizar con qué rapidez sucedió todo —admití—. En un momento me tenía a su merced, y al siguiente él estaba ciego, y esencialmente indefenso. Y no importa cuán grande sea el poder de quemar o destruir que uno posea, ningún bebedor de sangre posee un don para acabar con las llamas una vez que ha sido engullido por ellas. Solo el agua puede evitarlo. Si hubiera huido de la habitación y se hubiera lanzado al mar, podría haberse salvado. Y era algo fácil de hacer. Pero no le di tiempo para que pensara en ello.

Volví a verlo, trastabillando, aplastado contra la chimenea por toda la fuerza que pude reunir contra él. Seguramente sabía por dónde huir. Pero entonces lo golpeé contra las piedras y le lancé el fuego en una rápida explosión tras otra.

No sentí pena por él en aquellos momentos, y tampoco la había sentido desde entonces. Eso estaba bastante claro. Me parecía imposible que alguna vez hubiera sentido compasión por él. Pero era muy consciente de que algo más me había impedido condenarlo a muerte, y era simplemente mi respeto por él como ser vivo.

No me gustaba tener el poder de decidir sobre la vida o la muerte de los demás. Dios sabe, y solo Dios, cuántas vidas he extinguido. Pero condenar formalmente a una criatura de mi propia especie a la muerte, eso no era algo que pudiera hacer con facilidad, sin importar lo mucho que el Consejo me presionara. Vi en mi mente la muerte de Baudwin, y mi corazón se encogió al recordar aquellas peticiones. Hay muertes y muertes. Hay asesinatos, hay masacres, hay matanzas. Y lo que yo quería para la Corte era algo que ahora corría gran peligro.

Pero ¿cómo podría explicarle esto a Gabrielle y a Louis? ¿A Louis, quien había confesado hace muchos años que tomar una vida humana era la definición inequívoca del mal? A Louis, que ahora estaba hambriento y pálido, y me había preguntado más de una vez si iría con él a París, donde podría cazar en las primeras horas, solo conmigo a su lado, en busca de algo que ninguno de los dos habíamos realmente encontrado.

Por primera vez, les conté la historia de mi regreso cargado con los restos de Rhoshamandes, aunque sabía que lo habían escuchado en boca de otros. Les conté cómo Baudwin había invocado la venganza de Santh y cómo este lo había decapitado. Les conté cómo el salón de baile reverberó con gritos despiadados mientras un ser inmortal, un ser inmune a la enfermedad y a la muerte natural, pereció junto con todo lo que había visto y todo lo que sabía, mientras Antoine esperaba para iniciar el baile que celebraría la muerte de aquella criatura.

—Y es ese pequeño ritual lo que desprecias, ¿no es así? —Fue mi madre quien hizo esa pregunta, recostada en el antiguo sofá de terciopelo, con sus pantalones caquis y sus botas y el cabello una vez más trenzado en la espalda—. ¿Es eso lo que nos estás diciendo?

—Sí —le contesté—. Lo desprecio. —Miré hacia otro lado. Ahora la expresión de sus ojos era tan dura como era habitual en ella, y su tono no menos cínico y distante.

—Pero a ellos les encantó —apuntó Louis. No había hablado hasta ahora—. Por supuesto que les encantó.

—Mientras hablamos, las viejas mazmorras debajo de esta casa están siendo reparadas —les expuse—. Se ha descubierto un nivel aún más bajo de celdas. Están eliminando la suciedad acumulada durante siglos.

—Lestat, los neófitos anhelan quedarse aquí contigo —me informó Louis—, y tú sabes que necesitan sangre.

—Ah, entonces tú también estás a favor de eso —le comenté.

—¿Y tú no? —repuso él. Estaba realmente desconcertado. No respondí.

—Los jóvenes te necesitan mucho más que los ancianos —aseveró Louis—. Son los jóvenes a quienes debes preparar para el Sendero del Diablo. Y los jóvenes deben beber o sufrirán la agonía.

—Lo sé —dije abatido.

De repente me percaté de que Louis me miraba como lo hacían los demás, que en realidad lo hacían con una mezcla de asombro y miedo.

—¡Dios mío, no me digas que estás empezando a creerte todo eso! —exclamé.

Una sombra de decepción cayó sobre su rostro.

—¿Quieres decir que tú no? —replicó casi implorando. Mi madre rio en voz baja.

—Él lo cree, Louis —puntualizó ella. Su voz sonaba alegre—. Cree en ello, pero también cree que la Corte ha cambiado nuestro mundo para siempre. Y eso es lo que él quiere, y lo que siempre ha querido.

¿Siempre quise esto? ¿Cómo podía ella creer algo así? Pero yo sabía que ella decía la verdad, y tuve la sospecha de que sabía más sobre la verdad del asunto que yo.

—Tener prisioneros mortales era algo inevitable —manifestó—. Si no hubieras encontrado las antiguas mazmorras debajo de la torre sudoeste, habrías tenido que construirlas. Tienes al Consejo pendiente de tu decisión. Deberías... —se interrumpió con un breve gesto de disculpa.

—Lo sé, madre —le dije—. Lo sé. Debería haber escuchado al Consejo cuando mucho tiempo antes me advirtió acerca de Rhoshamandes. Ahora lo sé.

No pude leer la expresión de su cara. Tampoco pude leer la expresión del rostro de Louis, pero ambos me miraban y luego mi madre se acercó a mí y, aunque no me tocó, se sentó a mi lado en el suelo, frente a la chimenea.

—No estás solo —afirmó ella—. No importa lo fuerte que seas, hijo mío —añadió—. Ya no estás solo.

Louis me miró con una leve sonrisa en los labios, y de repente sentí una ternura por ambos que no pude expresar. Las palabras de Louis emergieron de sus labios amable y lentamente.

—Nos tienes a todos nosotros.

23

Tres noches después, las celdas de nuestra mazmorra estaban llenas de mortales depravados, traficantes de droga, tratantes de esclavos y de armas, mercenarios, terroristas, proxenetas y asesinos. Las viejas cocinas que instalé cuando renové el *château* servían ahora para alimentarlos. Y el horno estaba preparado con su vientre de fuego esperando cualquier desperdicio que se le entregara. Y cuando cerraba los ojos, podía escuchar el murmullo de las voces allá abajo, en la oscuridad, donde el vino y la comida nunca se agotaban, especulando sobre qué gobierno tiránico se habría atrevido a meterlos en aquel lugar indecible y cómo podrían comprar su libertad. La escoria de la sociedad de Bombay, Hong Kong, San Salvador, Caracas, Natal, Detroit y Baltimore pronto se añadió a la mezcla, junto con los legendarios mafiosos y traficantes de armas de Moscú, Afganistán, Pakistán y España.

Luché contra todas las objeciones expresadas contra mi disposición de que no se celebraría ningún ritual público en el que la multitud se alimentara de aquellos desafortunados matones, sino que los hambrientos podrían bajar las sinuosas escaleras de piedra para recoger a sus víctimas en silencio a la luz de las antorchas y llevarlas a una gran sala preparada a tal efecto; y allí tendría lugar la alimentación, como había ocurrido tantas veces en el pasado, con el telón de fondo de las paredes enlucidas, los oscuros lienzos en marcos ornamentados, las sillas de damasco y una gran cama con dosel de seda y bordados dorados. Entre las almohadas o sobre la gruesa alfombra de lana, los condenados sucumbirían al letal abrazo, con solo el silencio para presenciarlo.

—Así es como debe ser —declaré—. No somos bárbaros.

24

La reconstrucción de la aldea se estaba llevando a cabo muy rápido, a pesar del cruel invierno, y mientras llegaban al valle más carpinteros y artesanos mortales, tomé la decisión de ofrecerle el Don Oscuro a mi arquitecto principal, Alain Abelard, cuando acabara toda la reconstrucción. Por supuesto, no le confié mi decisión. Quería discutirlo con el Consejo antes de hacerlo.

Una vez más, Marius trabajaba duramente en los documentos que encarnarían nuestras leyes básicas. Tenía mucho que decir sobre la creación de nuevos bebedores de sangre, y se esforzaba en convertir sus mejores ideas en contenidos manejables.

Amel, Kapetria y la colonia de Replimoides se reasentaron completamente en Inglaterra en una semana. Los visitaba a menudo, a veces sin ir a ver a nadie en particular, y simplemente paseaba por su pequeña aldea, por la iglesia restaurada y por los amplios terrenos que rodeaban la mansión y el edificio del refugio restaurado, en el que estaban los laboratorios donde trabajaban arduamente en investigaciones tan técnicas y desconcertantes para mí que decidí no subestimarlos ni temerlos nunca más, confiando en el amor de Amel por mantenernos a todos a salvo.

Para mí estaba claro que Gremt, el espectral fundador de la Talamasca, ahora formaba parte de la comunidad de Kapetria junto con Hesketh y Teskhamen, aunque Teskhamen a menudo acudía a la Corte.

Sabía que al menos uno de los proyectos de Kapetria era hacer un estudio del cuerpo de carne y hueso que Gremt había formado para sí mismo, y eso me despertó la curiosidad. Magnus también residía con Kapetria en Inglaterra, y eso también me hizo sentir curiosidad. ¿Podría Kapetria hacer un cuerpo de carne y hueso para Magnus? ¿Para Hesketh? ¿Para cualquiera de esas almas humanas que se aferraban a la atmósfera que nos rodeaba, escuchándonos, observándonos, deseando volver a entrar en la vida que olvidaban lentamente a medida que pasaban los años?

Las advertencias de Armand estaban siempre en mi mente.

Más de una vez me senté con Kapetria en su despacho para discutir sobre su viejo compromiso de no hacer nada que pudiera dañar a la humanidad, y estaba convencido de que ella creía en ese antiguo voto.

—Siempre seremos la Gente del Propósito —me aseguró Kapetria—. Déjame contarte una pequeña parte de las evidencias que hemos recopilado sobre nosotros hasta ahora. Cada hijo clon nacido de mis partes tiene este compromiso total, y casi todo mi conocimiento, al menos todo el conocimiento con el que fui dotada inicialmente, y es así con los hijos de los clones directos de cualquiera de los que conformamos el grupo original. Permíteme señalar que no hay un límite para la cantidad de clones que podemos generar. Cortarme la misma extremidad cada vez que quiero dar a luz a otra funciona tan eficazmente como si elijo otro miembro de mi cuerpo. Pero... —Hizo una pausa, y levantó el dedo para insistir en que prestara mucha atención.

»Pero —continuó—, si debo crear una hija clon de una hija clon, el propósito y el conocimiento no están tan firmemente impresos como en la hija clon directa. Y luego, si una hija clon se hace a partir de esa hija clon de tercera generación, tiene incluso menos conocimiento y menos convicción emocional para el propósito, y así sucesivamente, de modo que para el momento en que lleguemos a mi hija de quinta generación creada desde la cuarta generación, casi no tendrá conocimiento innato, ni comprensión innata de la ciencia o de la historia o de la lógica, y no tendrá conocimiento del Propósito en absoluto.

Yo estaba un poco horrorizado.

—Esta hija clon de la quinta generación no es tan tonta como pasiva, con una personalidad maleable y agradable que parece ser la pálida sombra de la mía. Ahora, para saber más, porque tenía que saber más, he pasado a producir una sexta generación y una séptima. Pero la séptima hija es tan obediente y es tan fácil dirigirla y manipularla que dudé de ir más lejos. Sin embargo, de nuevo, sentí que tenía que continuar y al llegar a la décima generación produje a una esclava perfecta.

—Ya veo —le dije.

—La esclava, aun con su inteligencia disminuida y su total falta de ambición o curiosidad, sin embargo, conoce el dolor y trata de evitarlo, y parece querer solo las comodidades más simples y la paz. A la esclava no le gusta nada más que sentarse en mi jardín y observar el movimiento de los árboles en la brisa.

—¿La esclava es capaz de enojarse, o tiene malicia, o voluntad de hacer daño?

—Aparentemente no —contestó ella—. Pero ¿cómo podemos saberlo? Puedo decirte que creo que, si te regalara a una Replimoide de décima generación, ella estaría contenta de ser tu invitada para siempre y de suministrarte sangre cuando lo desearas. Teskhamen ha puesto eso a prueba. Hay una ligera respuesta en la esclava al ser elogiada por su obediencia, una cierta felicidad al saber que su sangre ha alimentado a otro, pero casi no tiene un sentido real de la diferencia entre ella y otros niños clones o bebedores de sangre o espíritus encarnados como Gremt. El esclavo de décima generación evalúa socialmente a todos los seres en términos de lo que dicen y cómo sonríen o fruncen el ceño.

—Ese es un poder que podría ser utilizado para fines horribles —apunté.

—Absolutamente. Así que ahora mismo está prohibido entre nosotros que cualquier hijo clon se reproduzca. Solo nosotros reproducimos: Derek, Garekyn, Welf y yo.

—¿Cuántas líneas generacionales existen? —pregunté.

—Bueno, hay dos, la mía y la de Derek, y los resultados han sido prácticamente iguales. Todos son miembros valiosos de la comunidad aquí, pero la décima generación debe ser vigilada. Si le pido a Karbella, mi clon de décima generación, que limpie los caminos del jardín, los barrerá hora tras hora, día y noche, semana tras semana, mes tras mes, hasta que se le indique que se detenga.

—Ya veo.

—La generación anterior a Karbella es mucho más útil en términos de servicio, ya que posee lo que llamamos sentido común y una amplia consciencia simplificada de nuestros objetivos generales aquí. La que viene después de Karbella... no lo sé. —Ella suspiró en ese momento, pero luego prosiguió—: Pero tarde o temprano, querré saberlo —dijo—, porque debo saberlo todo sobre nosotros, y debo descubrir por qué nuestros clones heredan el Propósito, ya que lo redefinimos para nosotros mismos antes de que cayera la ciudad de Atalantaya, y ya no es el propósito original que nos dieron cuando nos enviaron aquí: destruir la ciudad de Atalantaya y a toda la raza humana.

—¿Cuál de tus campos de estudio te emociona más? —le planteé.

—Averiguar por qué el cuerpo que creé para Amel tiene tantos fallos.

—Pero ¿cuáles son esos fallos? —pregunté. Amel parecía no solo un varón hermoso y sano, sino tener además una inmensa pasión por la vida.

—No puede procrear en absoluto —afirmó Kapetria—. Y no experimenta el placer de intentar procrear.

—Oh, por supuesto —exclamé—. Y es consciente de esta deficiencia, tiene que serlo.

—Oh, sí, es consciente de ello, pero no sufre ningún deseo, por lo que no siente la falta de nada, y de hecho lo ama todo, ya sea abrazarme o beber una copa de buen vino, o escuchar una sinfonía. De hecho, está convencido de que sus pasiones eróticas se extienden por todo su cuerpo y mente, y que se acerca a la vida con un fervor orgiástico que no está dispuesto a perder.

Pensé en él, en la alegría que sentía al escuchar música, en cómo le encantaba bailar, en la manera en que podía distraerse y obsesionarse con el espectáculo de la lluvia que caía sobre las aceras a la luz de las farolas o de la luna que se deslizaba detrás de las capas de nubes.

—Así nos pasa a nosotros —comenté—, excepto que cuando bebemos sangre, cuando llevamos a la víctima al umbral, hay una... una satisfacción que no experimentamos con nada más.

—Lo sé —convino ella—. Él me lo ha explicado. Su mente está reuniendo tanta información y tantos descubrimientos que ha llegado a un punto en que no puede organizar lo que sabe, ni centrarse en un tema en particular, y siempre me pide algún tipo de medicamento para retrasar el proceso, si es que no es por otra razón, para poder dormir.

—Puedo entenderlo.

—Dice que cuando los vampiros permanecen inactivos durante las horas del día, sus mentes y sus cuerpos experimentan todo tipo de procesos esenciales, que no es simplemente una parálisis porque el sol haya salido, sino que es parte de un ciclo desencadenado por «cambios en la atmósfera provocados por los rayos del sol».

—Debe de tener mucha información que enseñarnos —le dije. Reflexioné sobre mi batalla con Rhoshamandes y el largo viaje hacia el oeste para regresar a Francia. Mi agotamiento fue insoportable, el mismo que pueden experimentar los seres humanos. Nosotros, los bebedores de sangre, podíamos ser torturados con una eterna vigilia, igual que los humanos.

—Sí —asintió Kapetria, respondiendo a mi comentario—, pero hasta que Amel pueda controlar sus impulsos, no le enseñará nada a la gente. La razón por la cual le gusta estar contigo, y no con nosotros, es que tú puedes pensar tan rápido como él, y puedes reavivar en él el interés por su objetivo, y también, bueno, que él te ama de una manera especial. Cada uno de nosotros te ama de una manera especial. Toda la Corte, todos ellos te aman de maneras únicas y especiales.

—¿No es eso verdad para todos? —planteé.

—Estaba pensando en algo muy específico que posees, tu aparente don para hacer que cada persona con la que te encuentras se sienta conectada a ti. Sospecho que otros tienen también ese mismo don, pero en ti la capacidad es mucho más fuerte.

Me sentí incómodo con ese tema. No quería hablar de mí mismo. Redirigí la conversación y le pregunté si ella y los demás asistirían al siguiente baile.

—Nuestra invitación se ha extendido a todo el mundo —expuse—, y ahora los bebedores de sangre que nos ignoraron en el pasado están llegando al castillo. Gregory y Seth reciben cartas a diario. Fareed tiene la idea de que podríamos reunirnos unos dos mil cuando se abra el salón de baile. Supongo que bailarán en la terraza y en los pasillos y en las salas adyacentes.

—Creo que será mejor que no vengamos —señaló—. No creo que necesites incluirnos en tus entretenimientos especiales. Creo que es mejor para ti y para tus compañeros bebedores de sangre que no estemos allí, que sea una noche solo para ti y para ellos.

Estaba a punto de protestar cuando algo me impidió hacerlo.

—Todos saben que estáis bajo nuestra protección —le dije—. Y que podéis venir cuando queráis.

—Sí, Lestat, y te queremos por eso. Pero los bailes se están convirtiendo en un asunto diferente, y este en particular es solo para vosotros.

—Quizá tengas razón. Habrá muchos recién llegados, muchos más que en ningún momento del pasado.

—Sí —afirmó ella—. Sabemos que podemos visitarte cuando queramos, del mismo modo en que tú siempre eres bienvenido aquí.

—Algo ha cambiado —declaré—. Pero no tiene nada que ver con tu seguridad, nada de eso.

—¿Cómo describirías ese cambio?

—Eso es precisamente lo que ocurre —le confesé—, que no sé cómo describirlo. Pero hay algo en la atmósfera del palacio. Hay algo diferente.

—¿Y eso es malo o bueno? —inquirió.

—Creo que es bueno, pero no estoy seguro.

—Te das cuenta de que los asombraste a todos, ¿no?

—Bueno, si lo hice, la suerte tuvo mucho que ver, la suerte y el ímpetu, y mi habitual actitud al respecto. Quiero decir que era lo más simple.

—Eso es lo que sigues diciendo a los demás, ¿no? —preguntó—. Es como si estuvieras avergonzado por tantos elogios.

—No me avergüenzan —repliqué—, pero creo que cualquiera podría haber derrotado a Rhoshamandes con la misma serie de movimientos. Nunca dejamos de ser seres humanos, sin importar la edad que tengamos. Yo no hechicé a Rhoshamandes. Yo solo... —No dije nada más. Me levanté para irme, tomé la mano derecha de Kapetria y se la besé, y luego la besé en sus bien formados labios.

»Siempre te protegeré —le aseguré—. Nunca volveré a ser tan estúpido como lo fui con Rhoshamandes. Nunca dejaré que nadie te haga daño.

Ella me sonrió antes de levantarse lentamente para abrazarme.

—No sé por qué estás tan preocupado —comentó—. Todo marcha de la manera en que siempre quisiste.

—¿Yo? ¿Como siempre quise? —repuse. Salimos de su despacho, atravesamos el jardín y nos dirigimos hacia las puertas de los terrenos de la casa señorial. Era una velada encantadora y sorprendentemente suave para diciembre, y aquellos enormes árboles de roble produjeron en mí una profunda sensación de paz. Quizá me hicieron pensar en los grandes robles de Luisiana y en las largas avenidas arboladas que a menudo llevan a casas como la de Fontayne.

—Sí, es exactamente lo que querías —contestó cuando llegamos a las puertas.

—Kapetria, nunca soñé con una Corte para nosotros. Nunca soñé que la casa de mi padre se transformaría en esa Corte o que me llamarían para convertirme en el príncipe. Créeme, esto no es lo que siempre quise porque nunca lo hubiera imaginado. —Ella me sonrió, pero no dijo nada—. Así que, ¿qué diablos quieres decir? —le pregunté.

—Ah —exclamó ella—. Amel tiene razón. Aún no lo sabes. Pero olvidémonos por ahora de todo esto. Son tiempos felices. Regresa, te veré muy pronto. Iré a París con Fareed en las próximas noches. Quizá te vea allí.

Y ese fue el final de nuestra conversación, y volvimos al *château* y al informe de Barbara de que el trabajo en las criptas se había completado, los techos se habían vuelto a colocar y los azulejos de mármol habían sido reemplazados en las paredes de granito. Se estaban cavando nuevas criptas en las laderas que había detrás del castillo, y pronto otro edificio se elevaría allí, un anexo de cómodos apartamentos para complementar las habitaciones del *château*. Barbara descendió conmigo las escaleras que conducían a mi apartamento, permitiéndome que los recién llegados me saludaran y fueran recibidos por mí, acompañándonos educadamente a la seguridad de mis habitaciones.

—Los candelabros se han reparado completamente y se han vuelto a colgar esta tarde —informó—. Y el suelo de parquet está totalmente reformado. Nunca te imaginarías que fue pasto de las llamas. —Llevaba una bata larga de artista sobre su vestido habitual, y la melena negra suelta sobre los hombros y la espalda.

Me maravillé de cuánto la animaba todo aquel trabajo y de que todo lo que tenía que dar yo a cambio era mi apreciación de los resultados. Tomé nota mentalmente de comprar algo valioso y encantador para Barbara, tal vez un collar de perlas naturales, o incluso uno de diamantes, para mostrarle mi gratitud. De repente, me entristeció saber tan poco de ella como para no poder pensar en nada más significativo que aquello.

Antes de dejar que volviera a sus interminables tareas, le dije una vez más que debíamos seguir enviando invitaciones a todo el mundo de los no muertos para que acudieran al baile.

—¿Te das cuenta de cuántos están aquí ya? —respondió ella—. Lestat, si hay un solo bebedor de sangre en toda la Tierra que no haya oído aún lo que está sucediendo aquí, entonces es que se ha tapado las orejas por voluntad propia.

Ella tenía razón.

Desde el castillo se había enviado noche tras noche el mensaje de que todos los inmortales debían asistir al próximo Baile del Solsticio de Invierno, que nadie debía no asistir por timidez o temor, que la Corte era un lugar en el que todos los bebedores de sangre tenían derecho a ser recibidos, y que todos los ancianos que conocíamos estarían presentes cuando el salón de baile abriera sus puertas nuevamente.

Lo que ofrecíamos era una suerte de pacto feudal: ven a la Corte, reconócela y acata sus reglas, y siempre tendrás su protección, sin importar adónde vayas.

Todas las estancias del *château*, aparte del salón de baile, habían estado abiertas desde la noche en que Marius, Louis y Gabrielle habían regresado. Y Fareed había estado ocupado interrogando a todos los recién llegados y registrado la mayor parte de sus historias. Para ello tenía un equipo de ayudantes, desde aquellos que transcribían directamente en sus ordenadores portátiles lo que escuchaban hasta aquellos que escribían las historias en grandes diarios encuadernados en piel, y otros más que grababan los relatos para ser transcritos posteriormente.

Se hicieron muchos descubrimientos.

Resultó que Baudwin, que había intentado destruirme y había arrasado con la casa de Fontayne en el proceso, había sido el hacedor de Roland, el desafortunado bebedor de sangre que había encarcelado al Replimoide Derek durante diez años. Y al enterarse de la destrucción de Roland a manos de los ancianos de nuestra Corte, Baudwin había jurado destruirme por eso, aunque sabía muy bien que no había estado presente cuando los ancianos destruyeron a Roland. Por qué no había atacado a los Replimoides es algo que se me escapa. Había una larga historia detrás de la creación de Roland, y de la creación de Baudwin por Santh, y todo eso y más formaba parte también de la historia de Fareed, junto con los relatos que Santh le contó a Fareed sobre sus andanzas en los tiempos anteriores a Cristo.

Santh se mostró reservado sobre su paradero durante los siglos de la Era Común, pero de aquellas noches de hace tanto tiempo tenía mucho que decir. Fue durante esa época cuando se forjó su rápida amistad con Gregory, y ahora, cuando Santh no estaba hablando con Fareed, generalmente estaba al lado de Gregory.

Mientras tanto, Louis y Fontayne se habían convertido rápidamente en amigos. A Fontaine le habían proporcionado un espacioso apartamento en la nueva torre sudeste, y allí, juntos, leían *Guerra y Paz* en inglés, y Fontayne a veces le leía la novela en ruso a Louis, que estaba aprendiendo el idioma con mucha rapidez.

Gregory había enviado fondos a Estados Unidos para la reconstrucción de la casa de Fontayne, por lo cual los pueblos cercanos estaban sumamente agradecidos; pero Fontayne quería quedarse con nosotros y estaba ansioso por vender el lugar tan pronto como fuera restaurado a los habitantes locales, quienes estarían encantados de contar con un alojamiento famoso para atraer gente a su distrito. La personalidad extrovertida de Fontayne provocaba que gustara a todos y que hubieran aceptado su propuesta. Pasó un tiempo con Pandora y Bianca, y con Benji y Sybelle.

Conocer a Benji había sido un bello momento para él, ya que había escuchado sus retransmisiones de radio durante más de dos años, y era muy consciente del papel que este había jugado para reunirnos a todos y establecer la Corte.

A medida que se acercaba la fecha del baile, traje ramas repletas de hojas perennes para decorar cada repisa y cada chimenea. Barbara encargó camiones enteros de acebo para añadir a la decoración, y unas guirnaldas de hojas para colgar en grandes festones de aplique a aplique en los pasillos y salones.

Pronto todo el palacio, como lo llamaban los recién llegados, olía a bosque verde, y una noche, en la calle principal, preparé un bufet navideño para todos los mortales que trabajaban en el pueblo y bajé a servir el ponche yo mismo. Notker proporcionó un pequeño cuarteto de bebedores de sangre para ese evento, criaturas silenciosas que no se quejaban y que fácilmente pasaron por humanos mientras tocaban los villancicos franceses de una manera muy atractiva para los oídos humanos.

Por supuesto, yo llevaba una prenda de lana con capucha para el frío, de terciopelo negro y forrada en piel blanca, guantes de piel y gafas con cristales de color violeta pálido para proteger mis ojos «sensibles» de todas las antorchas parpadeantes que bordeaban las calles. Pero fue exquisitamente agradable estar de pie entre mis trabajadores mortales, pasar por humano y conversar como si nada me separara de ellos mientras celebrábamos esa época tan especial del año. Tenía la cómoda sensación de lo muy importante que era para esos mortales inocentes adivinar por un momento la verdadera naturaleza de quienes habitaban en el *château*, y confiaba en que podría preservar su inocencia indefinidamente. Pero mantuve mis ojos en Alain, mi arquitecto, que había estado en la residencia más tiempo que nadie, y pude ver lo que a menudo veía en él, la sospecha de que algo muy misterioso estaba sucediendo a su alrededor, algo más allá de la restauración y la recuperación, algo que podría ser finalmente revelado y quizá muy pronto. (Le había insinuado que tenía secretos que compartir con él, y que lo haría cuando «fuera el momento adecuado»). Se mantuvo algo apartado de la gala navideña, y aunque conversó con otros cuando se le acercaron, pasó el tiempo bajo el cartel de la posada, apoyado contra la pared, mirándome fijamente, con el cuello de lana levantado para protegerse las orejas del viento.

Se había encendido una hoguera alrededor de la cual se reunían los mortales hasta que estaban lo suficientemente borrachos como para no preocuparse por el frío. Y un pequeño coro de niños de Notker cantaba al ritmo de una pandereta el *Gaudete Christus Est Natus* medieval, y los mortales aplaudían y cantaban con ellos.

Reflexioné sobre mi felicidad, mi extraña sensación de satisfacción, tan inusual en mí, tan ajena a mí, y mi mente vagó de regreso a Kapetria diciéndome que tenía lo que siempre quise. Imaginé que ella lo había malinterpretado por completo.

¿Cuándo, en toda mi existencia, no había odiado mi invisibilidad como vampiro? ¿Cuándo no había maldecido mi separación de la gran corriente de la historia humana en la que ahora aceptaba que nunca jugaría un papel?

Nadie sabía mejor que yo que el secreto era imperativo para el mundo que habíamos construido ahí en esas montañas remotas, e incluso Benji había llegado a aceptar que las transmisiones de radio tenían que ser para los conocedores y que ya no podían emitirse para el mundo mortal.

Estaba a punto de darme cuenta de algo, algo de inmensa importancia, ese sentimiento otra vez, esa sensación, y, solo por un momento, comencé a ver cómo un gran número de cosas se unían para producir algo que no me había permitido reconocer y mucho menos aceptar... cuando Alain se me acercó, me pasó el brazo por los hombros y me dijo:

—*Monsieur*, ¿puedo robarle unos minutos de su tiempo?

—Por supuesto —le contesté. Y nos alejamos juntos de la cálida luz del fuego y las antorchas hasta que llegamos a la oscuridad debajo de la hornacina de la fachada de la iglesia.

—*Monsieur* —dijo de nuevo, mirando a izquierda y derecha para asegurarse de que gozábamos de privacidad—. He llegado a una conclusión. No quiero irme de aquí cuando todo el trabajo esté terminado. Creo que de alguna manera ya no encajo en el mundo normal.

—¿Y quién ha dicho nunca que tendrías que marcharte de aquí? —repliqué.

—Se da por sentado, ¿no? —respondió—. Algún día toda la restauración estará completa, y ya no nos necesitará más. Debido a la velocidad con la que hemos restaurado todo después del incendio, puedo ver que, en efecto, el momento está más cerca que nunca. Pero quiero quedarme. Quiero que encuentre espacio para mí en algún lugar donde pueda serle útil, donde pueda hacer cosas y vivir aquí y...

—No te preocupes por nada —lo tranquilicé. Con suavidad, le puse las manos en las mejillas y le volví la cabeza para que me mirara, y miré profundamente en sus ojos color avellana. Qué joven era aún a los cuarenta años, con tan pocas arrugas en las comisuras de los ojos, y una piel tan sana y tan luminosa incluso entre aquellas sombras. Qué perfección.

»Alain —le hablé—, quiero que te quedes aquí para siempre. Te prometo que nunca te pediré que abandones mi servicio.

Le había robado el aliento.

—*Monsieur*, me siento honrado. Vaya, me siento muy honrado, sí, sí, siempre trabajaré para usted. Encontraré cosas para hacer, lo haré...

—No importa, joven —lo interrumpí.

Las lágrimas brotaron de sus ojos. Se me antojó más como un niño, en lugar de un hombre en su mejor momento. Me tomé la libertad de pasar mis dedos enguantados a través de su espeso cabello ceniciento, como si yo fuera un hombre mayor, y por supuesto que debía de ser un hombre viejo para él, un hombre mayor que lo había conocido cuando él era un niño pequeño y su padre lo había traído al *château* para comenzar la restauración, aunque no sabía cómo se explicaba mi apariencia inmutable.

Él era consciente de aquello, eso lo sabía. Lo había visto crecer, irse a la universidad, volver a casa. Lo había visto convertirse en el hombre que era ahora, un viudo con el corazón roto y un hijo que vivía al otro lado del mundo. Un hombre tan delicado y a la vez tan fuerte. De aspecto impecable. Preparado. A través de la fina piel del guante sentí la suavidad de su mandíbula cuadrada. Perfecto. Tomé sus manos desnudas en las mías, sus manos frías, enrojecidas por el frío, y miré sus uñas perfectamente arregladas. ¿Qué cambiaría de él si pudiera? Nada.

Me di la vuelta y abrí las puertas de la iglesia con el Don de la Mente. Se oyó el clic de la cerradura y las puertas se abrieron, y lo oí jadear de sorpresa. Lo cogí de la mano y lo llevé al interior oscuro del templo y cerré las puertas detrás de nosotros sin mirar atrás.

Nos detuvimos en la nave bajo los altos arcos góticos. Al

frente yacía el antiguo altar cubierto de lino blanco adornado con encaje, con sus candelabros dorados y sus velas de cera de abeja, y sus jarrones de flores frescas para la misa de la mañana.

Me volví hacia él y puse mis manos en sus hombros.

—Sabes lo que soy, ¿no? —le pregunté.

No pudo responder. Me miraba, esforzándose por verme en la oscuridad a través de la cual, por el contrario, yo podía verlo con tanta facilidad.

—Creo que es el mismo ser sobre el que escribió, señor, en sus libros. Siempre lo he sabido. He visto cosas, cosas que nunca le confesé...

—Lo sé —convine—. La noche en que Rose y Viktor se casaron en esta iglesia estabas mirando. Rompiste el toque de queda y miraste desde la ventana de la posada. Podría haberte enviado a casa, pero no lo hice. Te permití mirar.

—Entonces todo es verdad —dijo con la mirada brillante.

Cerré los ojos y escuché el ritmo de sus latidos. Me quité los guantes y tomé sus manos nuevamente y sentí el latido de su corazón en ellas, y luego besé la palma de su mano derecha.

—No hay vuelta atrás —afirmé.

—¡Lo deseo! —gritó—. Démelo.

—Alguna noche, dentro de mucho tiempo, llegarás a ver que lo que estoy haciendo es muy egoísta, pero cuando lo recuerdes, por favor, piensa que me contuve durante muchos años. He hecho muchas cosas impulsivas y estúpidas en mi vida, pero lo que hago ahora lo hago con mucho cuidado.

Dos horas más tarde, lo bajé del arroyo de montaña en el que él había limpiado todos los fluidos de su muerte física y lo crucé por el puente levadizo y las puertas hacia el patio interior de la casa. Lo envolví en mi manto forrado de piel con capucha y usé esa misma prenda cuando lo llevé a mis aposentos, y lo vestí escogiendo cuidadosamente entre la gran cantidad de camisas y chaquetas que llenaban mis armarios, y luego lo guie hacia el interior de la cripta.

Lo vi temblar mientras miraba el féretro, el antiguo ataúd en el que ahora dormiría. Lo vi acomodarse en él, y me arrodillé a su lado y lo besé en los labios. Sus ojos ya se estaban cerrando.

—Estaré aquí cuando despiertes —le aseguré.

25

Dos noches antes del baile, la Gran Sevraine envió baúles repletos de magníficas y relucientes prendas femeninas para que fueran entregadas libremente a todas las que quisieran usarlas; y Barbara y yo vimos habitaciones llenas de chaquetas, levitas, túnicas y mantos, sotanas y hábitos, casi todos confeccionados con terciopelo, para los varones.

El terciopelo se había convertido en el paño de la Corte. Yo solo vestía prendas de esa tela, y siempre con encaje blanco. Marius también llevaba terciopelo, siempre de color rojo; y era el tejido de innumerables trajes y vestidos en el castillo.

Pero había muchas prendas populares entre nosotros, de damasco satinado y de seda, incluyendo *sherwanis* ornamentados con joyas incrustadas. Capas de ópera, capas forradas de pieles, botas y zapatos finos, camisas, chaquetas de piel de todos los estilos, monos usados por los bebedores de sangre vagabundos que habían llegado a nuestras puertas. Pero es que para el Baile del Solsticio de Invierno podrían usar harapos si así lo deseaban.

Mientras tanto, Fareed había revisado su estimación de nuestra población estableciéndola en tres mil vampiros en

todo el mundo, pero solo conocía a unos dos mil bebedores de sangre en persona. Y habíamos oído hablar de vampiros del Lejano Oriente que no habían tenido contacto con los bebedores de sangre de Occidente durante miles de años. Sin embargo, utilizamos nuestros poderes telepáticos para enviarles la invitación.

A medida que la fecha del baile se acercaba, empecé a inquietarme cada vez más, pero no sabía por qué. Cada noche la casa se había llenado de bebedores de sangre deseosos de conocerme, y me intrigaban los vampiros más viejos que, después de la muerte de Rhoshamandes, habían superado sus anteriores reticencias para ver la Corte por sí mismos. Así que no era la necesidad de estar solo lo que alimentaba el temor que sentía. Era algo más, algo que tenía ver con esa aceleración en mí que sentí la noche en que llevé los restos de Rho-shamandes al *château* y los rugidos de la multitud me recor-daron mi largo concierto de rock.

De hecho, disfrutaba de la vida en el *château* como nunca antes, realmente la disfrutaba. No obstante, había un temor, un miedo tal vez a algo que estaba cambiando en mi interior, algo que todavía no era capaz de diseccionar, algo que podría no ser malo en absoluto, sino, por el contrario, espléndido.

La noche antes del baile, Marius invitó al Consejo al gran salón para ver sus trabajos en el techo ya terminados.

Nos quedamos asombrados. Esperábamos el panteón ha-bitual de los dioses romanos, y en lugar de eso encontramos una gran procesión danzante con los bebedores de sangre que habían dado forma a nuestra historia, con las manos unidas aquí y allá para sugerir una inmensa cadena circular. Todo estaba pintado al estilo robusto y colorido del barroco: las figuras regias de Akasha y Enkil con sus coronas doradas y sus largos bucles egipcios trenzados, los rostros oscuros, dis-tantes, aparentemente distraídos, y siguiéndolos a ellos la fi-gura de Khayman, el pobre Khayman, con ropajes egipcios, como podría haber vestido cuando fue el mayordomo de la casa real, y las gemelas pelirrojas con sus feroces ojos de un verde profundo, sus cuerpos delgados ataviados con suaves vestidos ondulantes, y Santh, la poderosa figura de Santh, con su enorme melena rubia cubriéndole los hombros, vestido con una armadura de cuero tachonada de bronce con la mano en la empuñadura de su espada, y Nebamun (nuestro Gregory), resplandeciente como el ángel babilonio que me había dado su sangre, y Seth, el hijo de la Reina, vestido completamente de lino egipcio, y Cyril, mi Cyril, glorificado allí mismo con los antiguos, con su rostro oscuro y sonriente y su mata de cabe-llo castaño ingobernable. Su desgastado abrigo de piel y sus botas habían sido representadas con tanto cuidado que parecían vestimentas reales. Pero nada superaba su rostro expresivo. Al lado de Cyril estaba Teskhamen, sobrio, con una larga túnica egipcia. Luego estaba la figura extrañamente sin vida de Rhoshamandes, con una cara que no significaba nada, con la austera túnica marrón que había llevado cuando de alguna manera logré destruirlo, y su tierno Benedict con un hábito blanco de monje, pegado a su maestro con una sonrisa seductora y juvenil. Entre las manos de Benedict se encontraban las de la reina Allesandra con el atuendo ornamentado e incrustado en joyas que podría haber llevado en los días del reinado de su padre. Junto a ella, pero a un lado, y solo, estaba mi creador, el jorobado Magnus, con su capa de capucha oscura, su rostro blanco y demacrado y su nariz aguileña de una belleza innegable, pero pálida al resplandor de sus enormes ojos oscuros. Después de Magnus aparecía Notker en su habitual atuendo monástico, rodeado por un grupo de sus cantores que sostenían liras, pintados como ángeles en un coro celestial.

Luego aparecía la Gran Sevraine con su vestido blanco de diosa griega, que brillaba con piedras preciosas, y la delicada e imperiosa Eudoxia, la largo tiempo perdida neófita de Cyril, de quien Marius nos había contado tantas cosas y a la que ahora señalaba, seguida por la figura alta y musculosa de Avicus y su esposa en la Sangre, la siempre hermosa Zenobia, y el propio Marius con su familiar túnica de terciopelo rojo, su largo cabello completamente blanco, con Pandora, la escurridiza Pandora, vestida con una simple túnica en tonos marrones y calzada con sandalias, y luego Flavius con su vieja túnica romana y la pierna de marfil que había sido su muleta.

Después de ellos, aparecía el rubio Eric, que había fallecido mucho tiempo atrás, y Mael, de ojos fríos, que también había desaparecido, y después la vibrante y deslumbrante

Chrysanthe conocida por todos nosotros, y Arion con su hermosa piel negra y sus ojos pálidos, vestido con un antiguo quitón griego abrochado en los hombros y atado alrededor de la cintura con un cinturón de piel. Y aparecían otros Hijos de los Milenios, algunos nuevos en la Corte y otros conocidos solo por leyendas, todas figuras impresionantes, figuras para reflexionar en el tiempo, figuras de las que hablar, hasta que la gran procesión llegaba a los magnates de la era actual.

Armand había sido representado con una devoción no disimulada en terciopelo del color de la sangre, su rostro juvenil y angelical, sus ojos castaños e infinitamente tristes, y junto a él estaba la ágil y seductora Bianca con su majestuosa túnica púrpura del Renacimiento. Junto a ella estaba mi madre, Gabrielle, con su larga melena a la espalda, su figura alta y esbelta, bastante digna con su chaqueta y sus botas de color caqui, el rostro sereno con solo una pequeña sonrisa. Luego aparecían Eleni envuelta en unas faldas arremolinadas de color azul, y Eugenie y Laurent con un llamativo atuendo del siglo XVIII, como cuando eran los fieles servidores del Théâtre des Vampires en sus primeros años. Le seguía Fontayne con su levita de estilo antiguo, con encajes adornados con perlas, su rostro delgado y brillante como si estuviera iluminado desde dentro, y Louis, mi apuesto Louis, vestido con un traje de lana oscura y de cuello alto, con una mirada divertida pero ligeramente velada que escondía un secreto en sus hipnóticos ojos verdes. A su lado estaba Claudia, mi pequeña y trágica Claudia, con sus mangas abullonadas, su faja azul y sus rizos dorados, la única verdadera niña vampira de la procesión, que extendía su manita hacia David Talbot vestido al estilo anglo-indio quien, a su vez, se acercaba a Benji Mahmoud, este exquisitamente vestido con su traje negro de tres piezas, su rostro redondo y alegre, sus ojos negros riendo bajo el ala de su sombrero fedora negro, y la dulce Sybelle, nuestra talentosa pianista, la siempre fiel compañera de Benji, la pálida y misteriosa Sybelle con su sencillo y moderno vestido de gasa negra.

Les seguía Jesse Reeves, tan esbelta y frágil con su larga melena cobriza idéntica a la de las gemelas que habían sido sus antepasados, y la Rose de pelo negro como el azabache, la niña frágil a la que yo había tratado de proteger de todo lo malo cuando vivía, y que ahora era una de nosotros, y su esposo en la Sangre, Viktor, mi amado hijo Viktor, más alto que su padre, igual de rubio, y quizá un poco amenazador, con una mirada fría que recordaba más a la de mi madre que a la mía. A su lado estaba su madre, Flannery, con las prendas más simples y modernas, envuelta en silencio y misterio, que se había convertido en una de nosotros muchos años después del nacimiento de Viktor. Fareed estaba a su diestra, tan bello como siempre, con su piel dorada e irresistible, sus ojos feroces y casi burlones, vestido con su sencilla bata blanca y unos pantalones del mismo color. Le seguían otros médicos y científicos bebedores de sangre, sigilosos, reticentes, como si sufrieran en silencio que Flannery les prestara las mismas atenciones que a todos los demás; y luego, Barbara, mi encantadora y modesta asistente, con su hermoso vestido de lana de color magenta, y finalmente Alain, el último en completar el gran círculo, con la mano levantada para señalar la figura del Rey Enkil. Alain llevaba la ropa elegante que yo le había instado a vestir, con una chaqueta de gamuza suave hecha a medida, como si fuera terciopelo, y encaje antiguo, su rostro rubicundo y sus ojos color avellana llenos de optimismo.

Aquel era el gran círculo de figuras danzantes que abarcaba todo el techo del salón de baile.

Y en el centro, en un gran escudo equidistante de los candelabros, estaba la figura del príncipe con su capa de terciopelo rojo, forrada de piel, con una corona real de oro en la cabeza y con un cetro en la mano.

Me sonrojé cuando lo vi. Marius me dio una palmadita en el hombro y me dijo riendo que me estaban subiendo los colores a las mejillas. Sacudí la cabeza y miré al suelo. Luego volví a mirar el techo. Era de una semejanza perfecta, como todas las obras de Marius, y rodeando al príncipe había lo que me pareció ser la jungla del Jardín Salvaje.

Detrás de aquellas grandes figuras centelleantes, las figuras de la procesión y del escudo que enmarcaba al príncipe, el ciclo nocturno cubría el techo en un azul pálido luminiscente salpicado de pequeñas estrellas formando sus inevitables patrones y constelaciones.

Si las palabras pudieran capturar el arte de la obra de Marius, y el notable flujo de colores a través de la gran procesión, y los sutiles toques de oro y plata, y su habilidad sobrenatural para capturar el brillo de las joyas y la vitalidad de los ojos... Si solo pudieran... pero no podían.

Aquello era un logro magnífico. Marius nos hizo notar que había espacio en el techo para pintar otro círculo dentro del gran círculo, y espacio suficiente para agregar figuras detrás de las ya existentes. Y salimos del salón convencidos de que a todos les encantaría aquella nueva obra.

¿Por qué estaba preocupado? ¿No quería que la Corte tuviera éxito? Por supuesto que lo quería. ¿No estaba contento de haber destruido a Rhoshamandes? Estaba más que contento. Entonces ¿qué estaba cambiando en mí que me confundía tanto? Fuera lo que fuese, tenía que ver conmigo. Era privado y vital para mi bienestar.

26

Llegó la noche del baile. Mientras las puertas del gran salón aún permanecían cerradas, la orquesta se dispuso en el extremo posterior izquierdo de la sala, que le proporcionaba un amplio espacio para unos cien músicos y un coro detrás de cien voces.

Ahora había un nuevo estrado en el centro de la pared posterior, con el trono que me regaló Benedict en medio y al frente. Una fila de sillones franceses dorados había sido colocada detrás del trono dibujando un arco, que Gregory me dijo que estaban destinados al Consejo.

Todo eso me pareció muy bien, pero la posición de prominencia otorgada al trono, que ahora estaba frente a las distantes puertas dobles del salón, me hizo sentir muy incómodo. Y verme en colores tan brillantes en el escudo del centro del techo de yeso también me inquietaba.

Las mazmorras estaban llenas de criminales, asesinos y desalmados de todo tipo, a fin de proveer a los neófitos. Y en la planta baja del *château*, justo en el patio interior, se encontraban las habitaciones llenas de prendas que se ofrecían gratuitamente a todos los interesados. Pero le dije a Barbara, a

Alain y a los demás que estaban administrando aquellas habitaciones que nadie debía ser presionado para vestir galas contra su voluntad. Todos eran bienvenidos.

Justo antes de que comenzara oficialmente el baile, los miembros del consejo colocaron un atril en el corredor cerca de la entrada, al final de la gran escalera, con un gran libro de recepción abierto, encuadernado en cuero negro, y una moderna pluma adornada para que los invitados escribieran sus nombres. Tuve que confesar que tenía curiosidad por saber qué vampiros le dedicarían tiempo a firmar en el registro.

Mientras tanto, el Consejo estaba listo para dividirse y alinearse a ambos lados de la entrada del salón de baile para saludar a los recién llegados. Toda la familia de la casa iba vestida con prendas espectaculares, y los ancianos habían optado por dejarse la barba y el cabello largos y naturales. Gregory, Seth y Santh eran los vampiros más viejos de la casa, y todos llevaban levitas de satén bordadas y zapatillas doradas. Marius, Notker, Flavius, Avicus y otros Hijos de los Milenios lucían túnicas largas ornamentadas con bordados en oro, y solo Thorne y Cyril vestían elegantes abrigos y botas de piel, cada uno con una camisa adornada con encajes tanto en los puños como en el cuello. Nunca los había visto así y estaba encantado.

De las vampiras femeninas, Sevraine era la que más destacaba.

Vestía una túnica griega de tela dorada, su pelo satinado como velo, y sus desnudos brazos bien formados como el mármol. Pero Bianca, Pandora, Chrysanthe y Zenobia lucían vestidos de gala de suntuoso terciopelo en un espectro de colores que variaban de apagados a deslumbrantes. Y los jóvenes miembros de la casa llevaban la indumentaria que se podía esperar en un baile formal de estos tiempos. Viktor, Benji, Louis, Fontayne y Alain con corbata blanca y chaqueta negra, y las mujeres más jóvenes, incluidas Sybelle y Rose, con modernos vestidos. La exhibición de joyas era impresionante, había rubíes, esmeraldas, diamantes y zafiros por todas partes, y collares de perlas y pasadores y alfileres de oro y plata.

En cuanto a mí, iba vestido como siempre, con una levita de terciopelo rojo con botones de camafeo, y capas de encaje bordado en el cuello y el mismo encaje níveo que se extendía sobre mis manos, con los invariables pantalones ajustados y las botas negras brillantes, y el anillo dorado de la Medusa en mi dedo, y el cabello arreglado como siempre. Y me pregunté si no sería una decepción allí sentado en el trono en el centro del salón de baile frente a las puertas abiertas y el largo pasaje a las grandes escaleras, pero no estaba tan preocupado por eso. Si era una decepción, lo sería por razones obvias: que los recién llegados por la invitación al baile y por nuestra historia reciente me encontrarían normal y corriente, joven y poco interesante. Como ya dije, tengo el aburrido atractivo de un ídolo de matiné y siempre lo he tenido. Y hasta que me decido a herir a alguien de verdad, también tengo un aspecto inofensivo, lo cual no ayuda. Pero ya basta de ese tema.

Ahora dejadme hablaros de los recién llegados.

Desde que habíamos abierto el *château* habían llegado muchos bebedores de sangre. Pero casi todos eran vampiros jóvenes, vampiros nacidos en la Oscuridad en el siglo XX. Incluso había algunos que se habían convertido en bebedores de sangre después del año 2000. Pero los ancianos que vinieron, los bebedores de sangre más grandes y poderosos, estaban en su mayoría conectados a alguien que ya estaba en la Corte o que alguien conocía. Notker, por ejemplo, trajo a un par de íntimos bebedores de sangre de su refugio alpino para ver la Corte, y entre sus hijos cantores muchos eran antiguos. Arion, que se había convertido en parte de la Corte, un hermoso vampiro de piel oscura con ojos amarillos que se jactaba de llevar al menos dos mil años en la Sangre, nos fue presentado a través de su conexión con el enemigo convicto de los Replimoides, Roland. Otro Hijo de los Milenios, un ermitaño por naturaleza, y amigo de Sevraine, también había venido a ver la Corte y se quedaría con nosotros durante meses antes de despedirse con agradecimientos y bendiciones.

Pero, en general, los recién llegados eran jóvenes, muy jóvenes, y eran los más desesperados por formar parte de la Corte y por ser protegidos por ella, y ahora se les permitía alimentarse de los miserables prisioneros del calabozo.

Quedó claro cuando Fareed hizo la lista y trató de evaluar el tamaño de nuestra población, dado que la mayoría de los bebedores de sangre del mundo habían perecido durante los primeros trescientos años de su existencia. Y por eso Armand, al encontrarse con Louis en el siglo XIX, se había considerado el vampiro más antiguo del mundo, después de haber sido secuestrado por los Hijos de Satán en el siglo XVII.

Ahora, después de la muerte de Rhoshamandes, cada vez más vampiros jóvenes venían a nosotros, y algunos de aquellos visitantes recientes tenían cuatrocientos o incluso quinientos años de edad, pero sin los poderes o la sofisticación de Armand, y estaban ansiosos por aprender todo lo que podían enseñarles los ancianos de la casa.

Pero aquella noche sucedieron cosas inusuales.

En primer lugar, casi todos los bebedores de sangre que nos habían visitado alguna vez con anterioridad habían regresado, y todos recibieron con agrado la invitación a las habitaciones del guardarropa y aparecieron en la gran escalinata con relucientes prendas que aumentaban la alegría y emoción de la atmósfera.

Y cuando ocupé mi lugar en el trono, cuando se abrieron las puertas y todos los jóvenes residentes de la casa llenaron el salón de baile a derecha e izquierda, mientras la orquesta bajo la dirección de Antoine comenzaba a tocar un magnífico canon compuesto por Antoine, mezcla de Pachelbel y Albinoni, comencé a darme cuenta, a pesar de mi ansiedad e inquietud, de que algo histórico estaba sucediendo. Podía escuchar los suaves e inconfundibles latidos de los vampiros en tal cantidad que sabía que aquella multitud superaría a cualquier otra que hubiéramos hospedado.

Escuché los latidos de los corazones, escuché saludos en la planta de abajo. Escuché automóviles que se desplazaban en nuestra dirección por aquellas carreteras desiertas y apartadas. Y me percaté de que otros aparecían de la nada en los campos cubiertos de nieve que nos rodeaban.

Mi nerviosismo aumentó. Un gran camino a través de la multitud me dio una visión de aquellos extraños que estaban llegando a la cima de la escalinata, y me sentí luchando desesperadamente para ocultar mi confusión.

Pero entonces apareció una mujer deslumbrante, aparentemente de la nada, sonriéndome mientras se acercaba, con la mano extendida para saludarme.

Llevaba el cabello peinado gloriosamente al viejo estilo francés del que María Antonieta se habría sentido orgullosa, y su corpiño de damasco dorado revelaba una delgada cintura que descendía hasta unos grandes faldones de seda de color púrpura oscuro, superpuestos a una falda abierta de varias capas de encaje bordado que cubría sus pies hasta las puntas de sus zapatillas. La forma de sus brazos con las mangas cortas ajustadas, la vista de sus brazos desnudos emergiendo de las mangas largas abiertas de encaje ornamentado, y sus manos gráciles... todo era tan tentador y encantador que dibujó en mí una sonrisa inmediata, hasta que me di cuenta de que era mi madre.

¡Gabrielle! Aquellos brillantes ojos azules, los labios pintados de rosa y la suave risa confidencial pertenecían a mi madre.

Mientras subía al estrado y tomaba su lugar a mi lado, comencé a levantarme para abrazarla, pero ella me ordenó que permaneciera como estaba.

—*Mon Dieu*, mamá —exclamé—. Nunca te había visto tan hermosa. —Había lágrimas de gratitud en mis ojos. La habitación se llenó de color mientras yo luchaba por recuperar la compostura, y la música y el color se fundieron en una gran mezcla embriagadora y generalizada que me mareó un poco.

—¿No pensaste que esta noche sería para ti la Reina Madre? —preguntó, mirándome con amor—. ¿Crees que no sé lo que está pasando en tu mente todas estas noches y ahora mismo? No puedo leer tus pensamientos, pero puedo leer tu rostro.

Tomó mi mano derecha entre sus manos cálidas, la levantó y besó el anillo dorado de la Medusa que muy pronto otros también besarían.

—Estaré a tu lado —aseguró—. Hasta que me digas que no me quieres.

Dejé escapar un profundo suspiro de alivio que no intenté ocultarle.

Y ahora, el primero de los recién llegados entraba en el salón y venía directamente hacia mí. Jóvenes y orgullosos y felices con sus ropas elegantes, algunos se apresuraron a confesar cuánto me adoraban por vencer a Rhoshamandes, y otros retrocedieron hasta que mi madre les indicó que se acercaran.

—Venid a conocer al príncipe —dijo con una voz alegre que no creo que hubiera escuchado antes de sus labios—. No tengáis miedo. ¡Venid!

Y luego vinieron antiguos, antiguos como nunca nos habían visitado antes, avanzando lentamente hacia el trono, bebedores de sangre tan majestuosos y pálidos y poderosos como Marius o incluso tal vez como Sevraine, con ojos como gemas. Extendí mi mano, y una y otra vez besaron el anillo en lugar de simplemente estrecharme la mano en señal de saludo.

Sus voces sonaron bajas e íntimas, ofreciendo nombres con poco preámbulo: Mariana de Sicilia, Jason de Atenas, Davoud de Irán, Kadir de Estambul.

Escuché la voz de Cyril a mi derecha, justo detrás de mi madre, también ofreciéndoles el saludo. Y luego me susurró al oído: «No temas, jefe, te tengo cubierto». Y yo le mostré una rápida sonrisa agradecida, aunque tener miedo, estar realmente asustado, era algo que ni siquiera se me había ocurrido.

Cuando aquellas impresionantes figuras se movieron entre la multitud creciente, vi a Seth acercarse a ellos y ofrecerles un rostro y una mano cordiales. Mientras tanto, vinieron otros, jóvenes, brillantes, de carnes sonrosadas casi humanas, a veces balbuceando en su entusiasmo que estaban agradecidos, muy agradecidos por ser bienvenidos.

«Todos los bebedores de sangre son bienvenidos a la Corte —proclamé una y otra vez—. Respeta las reglas, mantén la paz, y esta es tu Corte. Te pertenece tanto a ti como a nosotros.»

Y ahora se acercaba otro antiguo, delgado y con los mismos rasgos severos de Seth y el mismo cabello negro denso y una barba tan brillante como la de Gregory. Viejo, muy viejo. Tan lleno de poder. Tan lleno de poder como Rhoshamandes lo había estado una vez, capaz de destruir la aldea en un cuarto de hora, y capaz de destruir todo lo que se había logrado aquí.

Pero no había ni rastro de malicia, ni mácula de hostilidad, ni aliento de resentimiento.

El volumen de la música iba en aumento.

—Están esperando a que bailes —me comentó mi madre—. Ven, baila este vals conmigo para que ellos también puedan bailar.

Me quedé sin palabras. ¿Alguna vez habíamos observado esa formalidad antes? Me encontré cogiéndola de la mano y llevándola al centro del salón, mientras le echaba un rápido vistazo a aquella imagen cegadora de mí en el escudo. Luego presioné mi mano contra su pequeña cintura, y nos movimos rápidamente en círculos mientras la orquesta llenaba la sala con la melodía enérgica de un vals oscuro y original, lleno de misterio, encantador.

Su hermosura era perfecta, sus delicados pies se movían sin esfuerzo y su cabello era un halo radiante para su rostro, para sus ojos exquisitos... Bueno, aunque estuvieran decepcionados conmigo, pensé, cuando la mirasen a ella no podrían encontrar nada más que belleza.

Entonces vino a mí un recuerdo. La había visto así hace muchos años en esta misma casa: la había visto con ese mismo vestido en un pequeño retrato lacado de ella con mi padre, una pintura que colgaba de la pared de su dormitorio y que seguramente ya habría desaparecido para siempre.

Ella se reía cuando le daba vueltas y más vueltas, cada vez más rápido. La música nos incitó a una velocidad fantástica y tuve la clara sensación de que estábamos subiendo al cielo, solo nosotros dos, girando en círculos, y toda la luz brillante que nos rodeaba era luz de las estrellas. Pero podía sentir el suelo bajo mis pies, podía escuchar el chasquido de sus tacones, un sonido tan erótico, el chasquido de los tacones de una mujer, y luego vi a Gregory con su espléndida túnica, quitándomela de las manos y ofreciéndome la mano de la magnífica Chrysanthe.

—Sí, querida —le dije a Chrysanthe—, es un placer.

Todos a nuestro alrededor bailaban, muchos se unían a nosotros, y los bebedores de sangre más jóvenes, solos, meciéndose con las manos levantadas y los ojos cerrados, y algunos de los varones bailaban como los griegos bailan en las tabernas esa maravillosa danza en la que se mueven de lado con las manos sobre los hombros de los otros. El vals había evolucionado en una forma completamente nueva con el ritmo profundo de los timbales y el choque de los platillos y el canto de los niños sopranos, y bailarines sobrenaturales creaban sus propios patrones por todas partes, sus propios círculos o grupos más grandes, describiendo arabescos en el suelo.

Bailé con Zenobia, y con Pandora y con Rose, mi preciosa y pequeña Rose, y con la majestuosa Mariana de Sicilia.

—Príncipe, ¿te das cuenta de que nunca ha habido una Corte como esta? —dijo ella con el rostro blanco y frío como el de Marius.

—He tenido esa sensación —le contesté—. Pero no estaba seguro. Ahora lo estoy, si tú me lo confirmas.

De repente, sonrió y la máscara se disolvió en una expresión vital cálida e intrigante.

—Príncipe, nunca antes se habían hecho cosas como las que habéis hecho tú y tus amigos —afirmó—. Y eres simple y directo y tu sonrisa es rápida y abierta.

No podía pensar en qué decir, y creo que ella lo sabía, pero no le importaba, y en un momento me entregué a la Gran Sevraine cuando ella, Mariana de Sicilia, se cambió a Teskhamen, con su túnica de plata y oro.

El baile me arrastró de nuevo, sin palabras y maravillosamente, y reflexioné sobre cómo se veía ese gran espectáculo a ojos de los mortales, o incluso a ojos de mi joven Alain, tan mortal todavía, pero no podía imaginarlo, y de repente el pensamiento más extraño llegó a mí: no me importaba cómo se viera a ojos de los mortales. No podía imaginar que ninguna especulación fuera más irrelevante. Casi me reí en voz alta. Sevraine me aseguró en susurros que ella, Gregory y los demás tenían las cosas «bajo vigilancia» pero que todo estaba tal como parecía, alegre y amigable.

—Sí, es así, ¿no? —repliqué.

Sevraine cayó en los brazos de Marius, y me retiré al trono, inclinándome hacia delante para observar el baile con detenimiento, para estudiar a cada uno de los individuos que podía escoger entre la multitud, y vi, vi perfectamente lo distinto que era cada ser, y también vi algo más, algo que nunca antes había notado en el salón de baile. Vi cuán cómodos estaban todos. Poco a poco, a medida que mis ojos pasaban de una figura a otra, vi cómo el vestido y el baile eran la expresión plena de los deseos de cada individuo; vi lo completamente en paz que estaban aquellos bailarines, hablando contentos entre sí o perdidos en el ritmo, o simplemente meciéndose sobre los pies, dejándose llevar embelesados. Vi lo que nunca había visto antes: para todos ellos, incluso para aquellos que habían permanecido en la Corte durante el último año o más, esta era una experiencia completamente nueva. Nunca se había intentado nada como aquello, ni en tamaño, ni en alcance ni en generosidad.

Y había un ambiente extraordinario que nos unía: estábamos entre los nuestros sin ningún pensamiento dado hacia el mundo mortal en absoluto.

No era la imitación de la vida mortal que una vez había logrado con Louis y Claudia en nuestra pequeña casa burguesa en el Barrio Francés de Nueva Orleans. Era una vida diferente, *nuestra* vida, definida por cómo queríamos vestirnos, bailar, hablar, estar juntos. Y la vida mortal no tenía nada que ver con aquello.

Me vino algo a la mente. Me puse de pie y me moví entre los bailarines. Busqué a Louis y lo encontré casi enseguida. Estaba bailando con Rose. Bailaban de la manera convencional entre los hombres y las mujeres, y luego experimentaban otras variaciones simples, giros, nuevos abrazos, inventándose los movimientos, como tantos otros. La música era más hermosa ahora, o al menos eso me parecía, como la música melódica que solía tocar yo, sin llegar a hacer que uno enloquezca o llegue a un estado de éxtasis. Los contemplé pacientemente mientras bailaban hasta que Viktor apareció y le pidió el baile a Rose. Por supuesto, Louis soltó a Rose y luego hizo una reverencia como si estuviera en un baile en la vieja Nueva Orleans después de la ópera. Me acerqué a él y lo cogí de la mano.

—¿Qué estás haciendo? —dijo.

—Bailar contigo —le contesté. Lo hice girar fácilmente al ritmo de la música. De inmediato vi que encontraba incómodo bailar conmigo como una mujer cuando baila con un hombre, pero entonces algo lúdico y vibrante apareció en sus ojos. Se entregó a ello. Giramos dos veces y luego tres veces más, rompimos el patrón y deslicé el brazo alrededor de su cintura y bailé a su lado, como lo hacen los hombres griegos—. ¿Prefieres que bailemos así? —le planteé.

—No lo sé —respondió aparentemente rebosante de felicidad. Pero era yo el que realmente rebosaba de alegría. La música parecía conmovernos como si no pudiéramos hacer nada al respecto, mecidos por ella de manera exquisita, y luego nos colocamos de nuevo el uno frente al otro y simplemente bailamos en un abrazo suelto, cómodo, íntimo, formando un cuerpo y luego dos cuerpos, y un cuerpo otra vez. A nuestro alrededor había tantos bailarines que casi nos obligaban a bailar sin movernos realmente del sitio. Pero ¿qué importaba? Uno también puede bailar de esa manera. Uno puede bailar de mil maneras. Ah, si tan solo pudiera remontarme unos cuantos siglos y llevar la luz de este salón de baile al mundo que una vez había compartido con alguien más...

—¿Qué te pasa? —me preguntó de repente.

—¿Qué?

—He visto algo, algo en tus ojos.

—Solo pensaba en un chico que una vez amé hace mucho tiempo.

—Nicolas —dijo.

—Sí, Nicolas —admití—. Parecía que todas las pequeñas victorias de la vida y de la vida después de la muerte fueran demasiado difíciles para él, que la felicidad fuera algo imposible para él... La alegría era una agonía, creo, pero no quiero pensar en eso ahora.

—Algunos somos infinitamente mejores siendo miserables que siendo felices —declaró amablemente—. Se nos da bien y estamos orgullosos de ello, y en eso somos los mejores, y simplemente no sabemos lo que significa ser feliz.

Asentí. Mis pensamientos eran tan densos y confusos como los bailarines y la música. Pero los bailarines y la música eran hermosos. Mis pensamientos no.

No recuerdo haber hablado nunca de Nicolas a Louis, ni siquiera había mencionado su nombre. Pero ya no lo recuerdo todo, como alguna vez pensé que hacía. Hay algo en nosotros, incluso nosotros mismos, que no lo permite, algo que aleja lentamente el recuerdo del sufrimiento insoportable.

—No tengo ningún talento para ser miserable —le dije.

—Lo sé —convino riéndose. Qué rostro tan humano. Qué cara tan encantadora.

Seguramente en ese salón de baile había ahora el doble de bebedores de sangre que en ninguna otra ocasión, y sentí que debía dejar que aquel momento tan maravilloso siguiera su curso y volver a saludar a los recién llegados como debería hacerlo el príncipe. Pero no antes de abrazar a Louis por un momento, y luego besarlo y decirle en francés que lo amaba y que siempre lo había hecho.

Regresar a mi trono dorado supuso una verdadera epopeya. Tomé asiento, Louis se colocó a mi izquierda en las sombras, y observé el espectáculo de los bailarines como si contemplara la belleza de una tormenta.

Un antiguo entró en el salón de baile.

Escuché el latido de su corazón. E inmediatamente después sentí el efecto de sus latidos en la multitud, la consciencia sutil que se apoderaba de los demás, la consciencia que emana de los antiguos. Aquella era una criatura tan antigua como Gregory o Santh. Los bailarines se hicieron a un lado para abrirle paso hasta mí.

Aquella criatura blanca y alta, un varón de ojos negros hundidos y cabellos morenos y sueltos, se acercó lentamente ofreciéndome una sonrisa sutil mucho antes de que me alcanzara. Era una figura demacrada, más alta que yo, con hombros anchos y enormes manos huesudas, su cuerpo vestido con una sencilla sotana de terciopelo negro.

Vi cómo Gregory lo seguía, y luego Seth. Sentí que Cyril presionaba de cerca. Thorne estaba a mi lado también.

El recién llegado se inclinó ante mí.

—Príncipe —dijo—. Hace siglos conocí a miembros de tu corte en Egipto. Pero tal vez no lo recuerden ahora. Yo era un sirviente de la Sangre de la Reina, pero no un soldado.

Gregory se adelantó para abrazar a aquel bebedor de sangre.

—Jabare —susurró—. Por supuesto que te recuerdo. Aquí no hay sirvientes ni soldados. Bienvenido.

—Viejo amigo —respondió el recién llegado—. Déjame besar el anillo del príncipe.

Sentí que me sonrojaba mientras lo hacía. De repente me alegré de no haberme alimentado en muchas noches, de haber pasado hambre de verdad, ya que no habría tanta sangre que me subiera a las mejillas cuando alguien de esa venerable edad me rindiera homenaje.

—¿Por qué eres tan tímido? —preguntó Jabare, y ocurrió ese milagro de nuevo cuando su rostro, limpio de toda expresión, de súbito reflejó los sentimientos del corazón con una calidez y sinceridad inconfundibles.

—Porque aún no sabe lo que ha conseguido, Jabare —contestó Gregory—. Ese es uno de los muchos encantos de Lestat, que, a pesar de sus proezas y su ingenio, se muestra modesto. No entiende lo que está sucediendo a su alrededor.

Quise decir que sí lo entendía, y de pronto vino aquella aceleración, aquella profunda amenaza de una intuición tan poderosa que me llevaría a rincones de mi corazón que nunca antes había explorado, y ciertamente me sacaría de aquel momento.

Y no quería que nada me sacara de allí. Pero entonces me di cuenta de algo. Mientras veía a Jabare hablar con Gregory, estrecharse las manos, besarse, cuando miré a todas partes y vi rostros contentos y confiados, y vi alegría y reconocimiento y escuché el sonido de voces amigas y el tono dulce de las risas, me percaté de que lo que temía de aquella aceleración se materializaba en ese momento, ese momento radiante e inmenso.

Casi había identificado por completo aquella sensación que me había estado acosando noche tras noche desde el preciso instante en que, tras traer el cuerpo decapitado de Rhoshamandes a ese mismo salón de baile, escuché los gritos y los vítores y vi los puños alzados, y entonces pensé en el escenario del concierto, en el gran momento del viejo cantante de rock cuando los mortales gritaban mi nombre y alzaban sus puños de la misma manera, y me sentí tan visible, tan completamente conocido, tan reconocido...

Mon Dieu! Estaba casi allí, en ese momento reflexivo en que redirigiría todo hacia mi interior.

De repente la música se detuvo. Mi madre salió de la pista de baile y se colocó a mi izquierda, detrás de mí, y Marius tomó su lugar a mi derecha mientras hacía gestos para que todos callaran.

Se presentó simplemente como Marius, conocido por algunos como Marius de Romanus, nacido en la Oscuridad en un santuario druida hace unos dos mil años.

—Le prometí a mi joven amigo aquí —empezó—, que él no tendría que hablar con esta asamblea. Le dije que hablaría yo y es un placer para mí hacerlo. Después de semanas de ingente trabajo, he reducido nuestra voluminosa constitución a unas pocas reglas simples que quiero compartir con vosotros. Pero creo que todos sabéis cuáles son y lo vitales que resultan para todos nosotros.

De repente, Benji gritó, abriéndose paso hasta el frente de la multitud:

—¡Mata al malhechor por tu propia tranquilidad! ¡Y mantén siempre el secreto de nuestra presencia, de nuestra naturaleza y de nuestros poderes!

Cuando Marius asintió sonriendo, por todos lados los neófitos compartieron la aprobación y la risa.

—Sí, sí, sí, perdonadme, todos vosotros, jóvenes que habéis tenido que escucharme tantas veces decir lo mismo —se disculpó Marius—. Pero en verdad, mis hermanos y hermanas, esos son los mandamientos sobre los cuales se construye nuestra supervivencia. Y os damos la bienvenida a todos vosotros, bebedores de sangre de este mundo, a la Corte, a creer en ella, a honrarla, y a ser siempre protegidos por ella.

Aplausos, suaves rugidos de acuerdo, y ante mí, a través de toda aquella asamblea reluciente, vi las caras pálidas e imponentes de los antiguos embelesadas y con expresión de aprobación. Vi cómo asentían, los vi mirándose unos a otros, vi incluso al antiguo que tenía frente a mí, Jabare, asintiendo.

—Somos cazadores —declaró Marius—, y de la raza humana tomamos lo que debemos tomar para vivir, y lo hacemos sin arrepentimiento. Pero estamos reunidos aquí esta noche para declararnos lealtad los unos a los otros, para aceptar lo que somos, no solo para nosotros mismos, sino para todos los que compartimos la Sangre Oscura, sin importar la edad o la historia.

Hizo una pausa, dejando que se elevaran los aplausos. Por todas partes vi las miradas puestas en él, los rostros expectantes. Y continuó ahora, alzando su voz sin esfuerzo y sin la menor distorsión.

—Ya sabes cómo nos unimos —dijo—. Habéis oído cómo, por el simple deseo de ayudarnos unos a otros contra un enemigo común, salimos de la oscuridad que nos ocultaba de nuestros compañeros. Conocéis la historia de cómo el enemigo común resultó ser Amel, ese espíritu que nos dio a luz. Todos sabéis cómo fue liberado de sus innumerables cadenas invisibles sin causar daño a ninguno de nosotros. Pero lo que nos ha traído aquí esta noche es la abrumadora necesidad de celebrar eventos que ahora han cambiado nuestra historia para siempre.

»No hablo de las historias escritas y de las películas hechas por Lestat de Lioncourt que os dieron a todos y cada uno de vosotros la historia que nunca podríais haber aprendido de otra manera; y no hablo de la gran generosidad de este joven al crear este gran edificio que puede contener a todos los bebedores de sangre de nuestra tribu. Esas son cosas buenas y cosas que nos benefician a todos. Ahora hablo de la batalla de Lestat contra Rhoshamandes.

Sentí que el rostro se me acaloraba. Bajé los ojos. En un instante lo vi todo, y no me importó quién lo leyera en mi mente, porque realmente apenas era nada. Y poco a poco me di cuenta de que Marius se había detenido y me estaba mirando.

—Hablo del simple hecho de que cuando parecía una certeza que Rhoshamandes destruiría todo lo que se había construido aquí —continuó Marius—, y los cínicos entre nosotros decían que tenía que suceder, porque si no era Rhoshamandes sería otro, el príncipe hizo algo que ningún bebedor de sangre en la historia de nuestra tribu ha hecho antes, y, por extraño que parezca, ni él mismo se dio cuenta.

Se hizo un silencio tan profundo en el salón que parecía que no hubiera nada vivo entre sus paredes. Todos los rostros se volvieron hacia Marius. Yo también lo estaba mirando.

—El príncipe, sin pensarlo dos veces —prosiguió Marius—, ofreció su vida por la Corte. Se ofreció a morir para que la Corte pudiera continuar.

Aquellas palabras me sorprendieron. Lo miré y no pude ocultar mi perplejidad.

—Oh, lo sé —me dijo con una voz suave y clara que todos pudieron escuchar—. Sé que querías acabar con Rhoshamandes, por supuesto que lo deseabas. Pero no tenías manera de saber que podías hacerlo. Y nadie hubiera predicho que podrías. Y con la voluntad de morir, te pusiste en sus manos... y lo desarmaste y lo destruiste.

De nuevo, el silencio. Yo mismo me quedé también sin palabras.

—Ningún bebedor de sangre en nuestra oscura historia de seis mil años ha hecho algo así —aseveró, con los ojos puestos en mí—. Y con ese gesto, y la destrucción de un enemigo mortal, corrió la voz por todo el mundo de que las nociones elevadas de esta Corte no estaban arraigadas en sueños elegantes y ociosos, sino en nuestra propia sangre, y si tú, Lestat, pudiste hacer eso por nosotros, entonces todos nosotros podemos unirnos para hacer que esta Corte perdure para siempre.

El silencio se rompió.

Se rompió en murmullos y susurros, y una suave mezcla de voces dando su consentimiento y luego otras más clamando para declarar que era verdad, y luego vino el aplauso, cada más fuerte, y después llegaron los pisotones contra el suelo, y el rugido llenó la habitación, y Marius se quedó quieto, mirándome.

—¡Levántate! —me susurró mi madre.

Me puse de pie, y ahora, cuando Marius retrocedió, me percaté de que tenía que decir algo, pero, en nombre del Cielo, no sabía qué decir, porque todo había sido tan rápido, tan simple, tan natural... Y entonces la palabra, la palabra que acababa de expresar en mis pensamientos más profundos, la palabra «natural», vino a mí, y supe que nunca podría expresar con palabras lo que estaba sintiendo, lo que estaba llegando a comprender, ese profundo secreto que no podía compartir con otros, aunque nos implicaba a todos nosotros, porque todos estábamos reunidos aquí.

Levanté la mano y luego la voz.

—Esto es lo que he soñado para nosotros —lloré—. ¡Que esta Corte viva para siempre! —Una vez más, se alzaron los gritos por toda la sala—. Que nunca volvamos a ser reducidos a vagabundos solitarios tan desconfiados unos de otros como lo somos de los mortales que nos desprecian. ¡Que nunca más volvamos a beber el veneno del odio hacia nosotros mismos! —Los gritos sonaron aún con más fuerza—. Debemos amarnos los unos a los otros si queremos permanecer juntos —aseveré—. Y es amarse unos a otros, y nada más, lo que nos dará la fuerza para escribir nuestra propia historia.

Los gritos y aplausos me sobrepasaron. Todavía me quedaban dentro algunas palabras patéticas más, o eso parecía, pero se perdieron en el estallido de vítores y aplausos. Y sabía que ya no importaba que dijera nada más. Estaba claro lo que estaba pasando.

Vi a Armand mirándome con una leve sonrisa en los labios, vi a Louis de pie junto a él y vi a mi amado Alain con ellos, mirándome maravillado, y a su lado, Fontayne y Barbara. Miré a Armand. Iba vestido espléndidamente con ropas de terciopelo de color burdeos, una vez más con los dedos cubiertos de anillos mientras aplaudía junto con los demás. No podía creer la calma, la expresión de aceptación en su rostro, pero entonces asintió. Solo fue un pequeño gesto, un gesto que nadie más habría notado, pero yo lo vi, y lo vi sonreír de nuevo. Marius me abrazó y se alejó rápidamente, y yo me senté una vez más, me acomodé en el trono de terciopelo rojo, con la cara sonrojada nuevamente, y el aplauso dio paso a la orquesta y una vez más la multitud bailó aquella música extasiante. Me senté y cerré los ojos, y la comprensión que había estado evitando desde aquella noche en que había traído los restos de Rhoshamandes, la comprensión de que había evitado lo imposible, esa comprensión me dominó por completo.

¡Visibilidad, significado, reconocimiento! ¡Todo lo que siempre quise cuando me subí al escenario de música, todo lo que siempre quise cuando era un muchacho y me fui a París con la cabeza llena de sueños, todo lo que siempre quise y que ahora tenía allí mismo con mis hermanos y hermanas! Tenía todo lo que siempre había deseado, y lo tenía allí y ahora, en ese lugar y entre mi propia gente.

La vieja historia humana simplemente no importaba. Tenía eso, tenía ese momento, tenía ese reconocimiento, y esa visibilidad y esa significación. ¿Y cómo podría pedir algo más? ¿Cómo podría mirar a los inmortales que me rodeaban y que habían presenciado todas las épocas de la historia registrada y querer algo más que eso? ¿Cómo podría mirar a los inmortales que habían sido atraídos a ese lugar por algo más inmenso que lo que habían presenciado nunca, y anhelar algo más que el reconocimiento que ahora me daban? La victoria de nuestra propia tribu para abrazarnos y dejar de lado el odio que nos había dividido durante siglos. Mi victoria.

«Por la Comunidad de la Sangre», dije en mi corazón. Y sentí la fría y adormecida coraza de alienación y desesperación que me había encarcelado toda mi vida entre los no muertos. Sentí que la coraza se agrietaba, se rompía y se disolvía por completo en fragmentos infinitesimales. Lo que Magnus me había quitado me había sido devuelto mil veces. Y lo que se había arrebatado aquella noche en San Francisco cuando

Akasha visitó la muerte y el horror en nuestro espectáculo de música rock había sido devuelto mil veces más. Y ahora sabía que podía ser el monarca que mi pueblo quería.

Porque en verdad eran mi pueblo, mi tribu, mi familia. Y lo que ocurriera de ahora en adelante no sería solo mi historia. No, sería la historia de todos nosotros.

26 de septiembre de 2017

La comunidad de la sangre de Anne Rice
se terminó de imprimir en abril de 2020
en los talleres de
Litográfica Ingramex, S.A. de C.V.
Centeno 162-1, Col. Granjas Esmeralda,
C.P. 09810, Ciudad de México.